황니가

황니가 찬쉐 장편소설

黃泥街

김태성 옮김

차례

그 도시 변두리에는 황니가黃泥街라는 거리가 있었다. 나는 아주 생생하게 기억하고 있지만 그들은 하나같이 그런 거리가 없었다고 말한다.

그래서 찾아가 보았다. 누런 먼지를 뚫고, 누런 먼지를 뿌옇게 뒤집어쓴 사람들의 그림자를 뚫고 황니가를 찾아가 보았다.

우연히 마주친 사람에게 물었다. 「혹시 여기가 황니가 아닌가요?」 사람들은 하나같이 내게 죽은 물고기의 눈빛을 보였다. 질문에는 아무도 대답하지 않았다.

내 그림자는 뜨거운 아스팔트 길 위를 막막하게 이동하고 있었다. 해가 내 눈두덩을 초콜릿빛으로 태워 놓았다. 눈동자는 유리구슬처럼 눈두덩 안에 정체되어 있었다. 내 눈동자도 어쩌면 죽은 물고기의 눈이 되어 있었을지 모르지만 그래도 나는 사물을 인식하고 변별하려고 힘들게 애

쓰고 있었다.

어느 거리에 도착했다. 집들은 전부 무너져 주저앉았고 거리 양쪽에는 거지들이 누워 있었다. 나는 그 부서진 문틀 위에 예전에 거미줄이 있었던 것을 기억했다. 하지만 나이 든 거지가 말했다. 「붉은 거미요? 올해가 어느 해인가요?」 풍뎅이만 한 초록 머리 파리가 그의 머리에서 툭 떨어졌다.

쓰레기를 버리기라도 하듯이 하늘에서 검은 먼지가 쏟아져 내렸다. 약간 짭조름한 것이 설파민 알약 같은 냄새가 났다. 어린아이 하나가 맞은편에서 달려왔다. 아이가 콧구멍에서 코딱지를 파내면서 내게 말했다. 「암 환자 두 명이 죽었어요. 저쪽에서요.」

내가 아이를 따라가 보니 철문이 하나 보였다. 철문은 이미 심하게 부식되어 무너져 내리기 직전이었다. 까마귀들이 철침 위에 한 줄로 나란히 앉아 있었다. 코를 자극하는 시체 썩는 냄새가 허공에 가득했다.

거지들은 이미 잠들어 꿈속에서 그 짭조름한 먼지의 냄새를 음미하고 있었다.

꿈이 하나 있었다. 그 꿈은 푸른 뱀처럼 부드럽고 차갑게 내 어깨를 타고 미끄러져 내려갔다.

황니가와 S 기계 공장에 관하여

황니가는 좁고 긴 거리였다. 거리 양쪽에는 각양각색의 키 작은 집들이 이리저리 마구 뒤엉킨 채 들어서 있었다. 흙벽돌로 된 담장도 있고 나무판자로 된 담장도 있었다. 이엉을 얹은 지붕도 있고 기와지붕도 있었다. 창문이 세 개인 집도 있고 두 개인 집도 있었다. 문이 거리 쪽으로 난 집도 그렇지 않은 집도 있었다. 계단이 있는 집도 없는 집도 있었다. 마당이 있는 집도 없는 집도 있었다. 집집마다 독자적인 이름이 하나씩 있었다. 〈샤오肖 씨네 술집〉, 〈뤄羅 씨네 향 가게〉, 〈덩鄧 씨네 찻집〉, 〈왕王 씨네 국숫집〉 같은 이름이었다. 가게 이름으로 볼 때, 황니가 사람들에게는 과거에 무척이나 번성했던 기억이 있는 것 같았다. 하지만 지금, 집 안에 있는 사람들의 기억은 집 자체와 마찬가지로 너무나 낡고 쇠락한 탓인지 아무도 과거의 눈부신 발전과 번영을 상기하지 못했다.

황니가는 아주 더럽고 지저분했다. 하늘에서 항상 검은 먼지와 더러운 불순물이 쏟아져 내렸기 때문이다. 어디서 오는 건지 모를 먼지가 1년 사계절 내내 시시각각 떨어져 내렸다. 심지어 비도 검은 비가 내렸다. 나지막한 집들은 흙 속에서 삐져나온 것처럼 위에서 아래까지 온통 잿빛 먼지를 뒤집어썼고 창문도 선명하게 보이지 않았다. 먼지가 떨어져서 길을 가는 사람들은 몸을 가릴 물건을 준비해야 했다. 쉬지 않고 떨어지는 먼지 탓에 황니가 사람들은 대부분 썩은 것 같은 붉은 눈이었고, 사계절 내내 기침을 심하게 해댔다.

황니가 사람들은 하늘이 짙은 남색인지 푸른색인지, 은회색인지, 불처럼 붉은색인지, 그 색깔과 유형의 구별에 신경을 쓴 적이 없었다. 그들 머리 위의 작은 하늘은 항상 같은 색이었기 때문이다. 굳이 말하자면 잿빛 속에 약간의 노란빛을 띠고 있었다. 아주 오랜 세월을 견뎌 낸 돛단배 같은 색깔이었다.

황니가 사람들은 일출의 장엄한 광경을 본 적이 없었고 일몰의 웅위한 기세를 본 적도 없었다. 침침해진 그들의 작은 눈동자 속에서 해는 항상 아주 작고 노란 공과 다르지 않았다. 떠올랐다가 때가 되면 지는 것 말고는 다른 어떤 모습도 보인 적이 없었다. 그들은 〈오늘은 해가 떴네〉 혹은 〈오늘은 해가 안 떴네〉, 〈오늘은 해가 아주 좋군〉,

〈오늘은 해가 별로 좋지 않네〉라고 말할 수 있을 뿐이었다. 그러다 한여름이 되어 집 밖이 뜨겁게 타오르고 집 안이 대나무 찜통으로 변할 때면 격노하여 잇새로 〈사람을 태워 죽일 작정이군!〉 하는 푸념을 내뱉었다.

황니가에서는 짓물러 흐물흐물해진 과일을 팔았다. 어찌 된 일인지 모르겠지만 과일들은 시장에 나오기 무섭게 전부 짓물러 흐물흐물해졌다. 온통 흐물흐물한 사과와 흐물흐물한 배, 흐물흐물한 오렌지, 흐물흐물한 복숭아, 흐물흐물한 감귤, 흐물흐물한 포도 천지였다. 있는 과일은 다 팔았다. 거리에는 1년 내내 사람들을 유혹하는 과일의 달콤하고 향긋한 냄새가 떠다녀 길 가는 사람들이 석 자씩이나 침을 흘렸다. 하지만 일반적으로 황니가 사람들은 과일을 사 먹지 못했다. 짓무른 과일도 마찬가지였다. 그래서인지 쓸데없이 사람들에게 겁을 주는 말을 해댔다. 「짓무른 과일을 먹으면 암에 걸린단 말이야!」 암에 걸릴까 두렵긴 했지만 때로는 몇 개 사서 구복을 채우기도 했다.

황니가에는 사람들이 많이 살다 보니 쓰레기도 많았다. 예전에는 쓰레기를 전부 강물에 쏟아 버렸다. 강물은 빠르게 흘러서 일단 쏟아 버리면 금세 깨끗하게 사라졌다. 어느 날 하늘에서 큰비가 내리자 어떤 중년 여성이 남들이 신경 쓰지 않는 틈을 타서 쓰레받기 가득 연탄재를 가져다가 어느 음식점 문 앞에 쏟아 버렸다. 연탄재를 버리면서 그 여자가 말했다. 「이깟 연탄재가 뭐 그리 큰 문제가 되겠어.」 그 여자가 처음 시작한 이런 행동은 금세 사람들에게 목격되었다. 이어서 같은 행동을 하는 사람들이 두 번째, 세 번째, 네 번째 나타났다. 모두들 남들이 신경 쓰지 않는 틈을 타서 행동했지만 전부 남들의 눈에 띄고 말았다. 쓰레기는 갈수록 높이 쌓여 가더니 금세 작은 산을 이루었다. 처음에는 순수하게 연탄재만 버렸지만 나중에는 썩은 채소 이파리나 다 떨어진 신발, 깨진 유리병, 어린아이의 대변까지 온갖 쓰레기를 다 버리기 시작했다. 비가 왔다 하면 시커먼 오수가 도로를 가로질러 어느 집 문 앞에까지 흘러갔다. 그러면 그 집 사람이 거칠게 욕을 해댔다. 「알고 보니 우리 집이 쓰레기통이었네. 정말 피 한 방울 흘리지 않고 사람을 죽이는 격이로군! 그래 좋아. 내일 당장 시 정부를 찾아가 알리고 사람들을 전부 고소해야겠어!」 하지만 어디에 고소를 한단 말인가? 사람들은 매일 너무나 바빠서 아무것도 할 수 없었다. 너무 바빠 살아가다 보니 얼마 지나지 않아 시 정부에 신고하는 것조차 잊어버리고 말았다. 두 번째 비가 내릴 때가 되어서야 또다시 고소할 일을 기억해 냈지만 두 번째에도 당연히 고소는 이루어지지 않았다. 다른 일에 정신이 팔려 있었기 때문이다.

황니가 사람들은 담이 아주 작았다. 게다가 모두들 악몽을 자주 꾸었다. 또 매일 남의 집에 가서 무슨 꿈을 꾸었는지, 얼마나 무서웠는지, 밤에 놀라서 어떻게 했는지, 꿈속에서 어떤 징조가 있었는지 장황하게 늘어놓았다. 얼굴이 창백해지고 눈알이 튀어나올 정도로 힘주어 얘기했다. 들리는 바에 따르면 어떤 사람이 악몽을 하나 꾸고서 나흘이 넘도록 계속 같은 얘기를 쏟아 냈는데, 마지막에는 얘기를 하다가 갑자기 벌떡 일어서더니 그대로 쓰러져서 숨이 끊어져 죽어 버렸다고 한다. 의사가 몸을 해부해 보고서야 이미 쓸개가 파열되었다는 것을 알 수 있었다. 「마음속에 무슨 일이 있을 때는 절대로 그 일로 끙끙 앓아선 안 돼요!」 부녀자들은 손가락 하나를 세워 앞으로 내밀면서 경고했다. 「될수록 많은 사람한테 다 얘기하는 게 좋지요.」

황니가 사람들은 모두 어떤 〈기계 장치〉를 설치하곤 했다. 말은 도둑을 예방하기 위한 것이라고 하지만 그 〈기계 장치〉를 설치할 때마다 자신이 다치기 일쑤였다. 예컨대 치齊 아줌마는 항상 문틀에 뜨거운 물이 담긴 커다란 주전자를 걸어 두었다. 한번은 문이 열리면서 뜨거운 물이 그녀 쪽으로 쏟아졌다. 지금도 그녀의 발에는 커다란 화상의 흔적이 남아 있다.

황니가의 동물들은 종종 발광하곤 했다. 고양이도 그랬

고 개도 그랬다. 오래 기르다 보면 발광을 하면서 이리저리 뛰어다니다가 사람을 만나면 마구 물어 댔다. 그래서 미친 고양이나 개가 나타나면 집집마다 문을 굳게 닫아걸고 감히 거리에 나오지 못했다. 하지만 그 축생들은 언제나 예상하지 못한 곳에서 튀어나와 흉악한 몸짓을 보였다. 한번은 미친개 한 마리가 사람 둘을 물어 죽였다. 두 사람은 나란히 서 있다가 함께 다리를 물렸다.

황니가 사람들은 모두 옷을 두껍게 입는 것을 좋아했다. 때로는 여름이 됐는데도 솜저고리를 입었다. 말로는 〈홑겹이라 아주 가볍다〉라고 하지만 속으로는 〈마음을 놓을 수 없어〉 옷을 물에 담그곤 했다. 병에 걸리는 것을 예방하기 위해서였다. 병에 걸렸다 해도 물속에 한번 들어갔다 나오면 곧 좋아졌다. 어느 해 여름에는 한 노인이 갑자기 등이 참을 수 없이 가려워 솜저고리를 벗고 자세히 살펴보니 솜 안에서 벌레가 잔뜩 나왔다. 한 마리, 또 한 마리, 무수한 벌레가 열심히 밖으로 기어 나오려고 발버둥을 치고 있었다. 나중에 그 노인은 정말로 여든 넘게 살았다. 어린아이들이 더위를 참지 못하고 옷을 벗을 때마다 어른들은 욕을 해댔다. 「죽고 싶어 환장했어? 성가시지 않게 다들 얌전히 살란 말이야!」

황니가 사람들은 도시에 들어가는 일이 아주 드물었다. 아예 도시 가까이 가지 않는 사람들도 있었다. 전하는 바에 따르면 원래는 도시가 없고 이 황니가만 있었다. 「이전에는 하늘에서 항상 좋은 것들만 떨어졌지. 하수도에도 커다란 고깃덩어리들이 떠다녔어. 먹고 싶으면 얼마든지 건져서 먹을 수 있었지. 집집마다 커다란 바퀴벌레를 키웠어. 바퀴벌레들은 사람들처럼 밥상 옆에 앉아 밥을 먹었지. ……그런데 그런 걸 왜 묻는 거야? 자네는 조반파造反派[1]의 앞날에 대해 어떻게 생각하나?」

황니가 주민들은 항상 잠을 자고 있었다. 그러면서도 몇 년이나 잤는지 알지 못했다. 해가 높이 떠서 문을 열면 맑아진 눈을 비비면서 남들이 놀랄 정도로 있는 힘껏 입을 크게 벌리고 요란한 소리를 내면서 하품을 했다. 잘 아는 사람이 문 앞을 지나가기라도 하면 몽롱한 상태로 그를 불러 세워 말했다. 「이른 아침이네요. 너무 일찍 일어났어요! 가서 편히 더 자요…….」 잠꼬대를 하는 것 같았다. 아침을 먹으면서도 잠을 잤다. 머리를 푹 수그린 채 맛있게 식사를 했다. 실을 꿰어 제본한 고서가 한 권 있었다. 읽고 또 읽다 보면 눈꺼풀이 무거워져 책을 떨어뜨리고 말았다. 그러다가 결국에는 아예 책을 덮고 코를 골기 시작했다. 뒷간에 가서 똥을 누면서도 토끼잠을 잤다. 다 자고 나면 똥 누는 일도 끝나 있었다. 줄을 서서 바오쯔包

---

1 중국의 문화 대혁명 내 사본수의 노선을 걷는다는 혐의로 비판 투쟁을 당한 주자파走資派에 반대했던 군중 조직 및 그 구성원들을 말한다.

子^{2}를 살 때도 오래 서 있다 보면 앞에 있는 사람 쪽으로 쓰러졌다가 화들짝 놀라며 얼른 다시 일어서곤 했다. 막돼먹은 여자들은 거리를 욕했다. 욕을 하고 또 하다 보면 기분이 안 좋아져 하품이 나왔다. 하품을 한 번 하면 두 번 하게 되고, 두 번 하고 나면 또 세 번 하게 되었다. 욕도 해댔다. 욕을 한 번 할 때마다 하품을 한 번씩 했다. 그런데 어째서 잠이 오지 않는 걸까? 봄 경치는 사람들을 편하게 하고 가을의 높은 하늘은 상쾌한 느낌을 주지만 겨울에는 무얼 하기에도 불편했다. 계절이 하나하나 바뀌는 것 자체가 졸음의 이유였다. 어쩌다 아예 정오까지 자버리면 밥 한 끼를 절약할 수 있었다. 적게 소모하니 적게 먹어도 무방한 것이다. 거리 입구에서 끝까지 작은 집 안이나 길 위에서 남녀노소가 모두 서로 몸을 부딪치며 이리저리 비틀거리고 넘어졌다. 하루를 어떻게 살아 넘겨야 할지도 알 수 없어 혀를 차면서 탄식했다. 「하루가 정말 빨리 지나가네!」 정말 그랬다. 해가 거리 입구 왕쓰마王四麻네 초가집 지붕에서 내려오기 시작하면 황니가의 하루는 어느새 다 지나가 버렸다. 너무나 빨랐다. 왜 이렇게 빨리 지나가는지 알 수가 없었다. 눈 깜짝할 사이에 지나가 버렸다! 아무리 생각해 봐도 이유를 알 수가 없었다.

2 고기와 채소 등으로 만든 소가 들어 있는 만터우(饅頭, 일반적으로 소를 넣지 않고 찐 찐빵으로, 중국 북방 지역의 주식)를 말한다.

하루 자고 나면 계절이 하나 지나가 버리는 것 같았다. 달리 방법이 없으니 황니가는 또 잠을 자야 했다. 집집마다 문을 굳게 닫았다. 몇몇 집은 그나마 작고 희미한 전등을 하나씩 켜두었다. 어떤 집들은 검은 동굴 같은 창문 하나만 열어 두었다. 하지만 9시가 되면 작은 전등마저 전부 꺼졌다. 마지막 작은 눈을 감으면 거리 전체가 이 도시의 변방에서 완전히 사라져 버리는 것 같았다. 아무리 해도 찾을 수 없었다.

황니가가 끝나는 지점에는 주민들의 집이 닥지닥지 붙어 있고, 그 사이에 S 기계 공장이 서 있었다.

S 기계 공장은 황니가의 독생자였다.

S 기계 공장은 사람들의 마음속에 유일하게 황니가의 가치를 높여 주는 존재였다.

공장에서 일하는 사람들은 5백에서 6백 명이나 됐다. 대부분 황니가 주민들이었다.

S 기계 공장에서는 어떤 물건을 생산하는 것일까? 「쇠구슬요.」 사람들은 이렇게 대답했다. 보름에 한 번씩 거무튀튀한 물건 수십 상자가 공장 안에서 운반되어 나왔다. 이 쇠구슬은 어디에 쓰는 것일까? 아무도 대답하지 못했다. 억지로 대답해 보라고 을러대면 사람들은 놀란 표정으로 좌우를 두리번거리며 되물었다. 「상부에서 파견되어 온 분이신가요?」 얼른 자리를 뜨지 않으면 그들은 계

속 물어 댔다. 「합리화 관리에 대해 어떻게 생각하시나요? 오래된 혁명 근거지의 전통을 계속 계승하고 전파해야 하는 건가요?」 그러면 상대방은 머리가 당혹감으로 가득 차버렸다. 몸을 돌려 등을 보이며 얼른 그곳을 빠져나가는 수밖에 없었다.

S 기계 공장의 역사에 대해서는 아무도 알지 못했다.

S 기계 공장은 황니가가 끝나는 지점에 서 있었다. 아주 오래전부터 그 자리에 서 있었다.

S 기계 공장은 황니가가 생겨났을 때부터 있었다. 황니가에 사는 주민들은 S 기계 공장에 대해 항상 이렇게 말했다. 「우리 S 기계 공장은 아주 훌륭한 고깃덩이예요. 귀신들도 보고 또 보면서 한 입 베어 먹지 못해 안달이지요. 우리 S 기계 공장은 일찍부터 상부에 줄이 닿아 있었어요. 우리는 모두 황니가에서 소형 버스를 타고 들어갔다가 소형 버스를 타고 나오지요. 우리 S 기계 공장은 정말 대단해요. 거대한 작업장 여섯 동이 얼마나 위풍당당한지 몰라요. 평면 프레이즈 선반에서 쇠를 깎는 소리에 아줌마 하나가 놀라 쓰러지기도 했지요. 어떤 사람은 도시에서 땅굴을 뚫어 우리 S 기계 공장의 기지로 들어오려고 하기도 했다니까……」

사실 녹이 잔뜩 슬어 있는 철문 안의 S 기계 공장은 볼만한 것이 별로 없었다. 새로 지은 건물이라고는 사무동

하나뿐이었고 그나마 이미 검은 먼지가 잔뜩 내려앉아 있었다. 도처는 온통 거미줄투성이였다. 건물 안에는 또 화장실에서 나는 악취가 지독했다. 여섯 동의 작업장은 전부 어두컴컴했다. 과거에 주민들이 살던 집을 개조한 것이라 창문이 아주 낮고 작았다. 귀신의 눈 같았다. 창문옆에는 삼노끈이 매달려 있고 삼노끈에는 회색 술 장식이 달려 있었다. 기계 선반에서 요란한 소리가 나면서 대기가 진동하면 술 장식이 버들가지처럼 한들한들 흔들렸다.

공장 입구에는 연못이 하나 있었다. 사람들은 이 연못을 맑은 물이라는 의미로 〈칭수이탕清水塘〉이라고 불렀다. 사실 이 연못의 물은 전혀 맑지 않고 시커멓기만 했다. 위에는 엔진 기름이 한 겹 떠 있어 고약한 악취를 풍겼다. 연못 주변에는 폐기된 면사와 깎인 쇠 부스러기들이 널려 있다가 계속 연못으로 밀려가 바닥에 쌓였다. 이 죽은 물속에 물고기가 사는 것을 본 사람은 아무도 없었다. 이 죽은 물 속에는 장구벌레조차 살지 않았다. 연못 위에는 항상 죽은 고양이나 새의 사체가 떠 있었지만 어디서 온 것인지는 알 수 없었고 이런 물체들이 연못에 떨어지는 것을 본 사람도 전혀 없었다. S 기계 공장 사람들은 연못을 둘러싸고 바라보면서 의론을 벌였다. 두리번거리면서 서로의 생각을 주고받다가 문득 두려움이 몰려오면 그제야 용기 있는 척하면서 큰 소리로 한마디 던졌다. 「이 귀신 같은 하늘은 도대체 어떻게 된 거야!」 그러고는 각자 핑계를 대고 재빨리 흩어졌다.

뒷문 쪽에는 흙더미가 몇 개 있었다. 들리는 소문에 의하면 원래는 화원이었다고 하지만 지금은 꽃도 나무도 전혀 없었다. 푸른 이끼가 잔뜩 자란 부서진 벽돌과 기와만 한 더미 쌓여 있을 뿐이었다. 바람에 날려 온 폐지와 쓰레기가 이리저리 주변을 뒹굴고 있었다. 어쩌다 참새 몇 마리가 내려앉곤 했지만 오래 머물지는 않았다. 오늘날에도 그 흙더미 아래서는 진흙으로 메워진 커다란 구덩이를 발견할 수 있었다. 안에는 해골이 묻혀 있었다. 해골에 어떤 이유과 사연이 있는지는 모르지만 이곳에 매장된 때부터 흙더미 사이로 종종 커다란 도깨비불이 흐르는 것이 사람들 눈에 띄기 시작했다. 초록색으로 빛나면서 이상하리만치 밝은 불이었다. 도깨비불은 흙더미도 아주 환하게 비춰 주었다. 누군가가 등롱을 들고 그 주변을 이리저리 돌아다니는 것 같았다. 그 때문에 밤이 되면 이 흙더미 주위를 지나가는 사람이 없었다. 류톄추이劉鐵錘 라는 친구가 다른 사람들과 5위안 내기를 하고 반쯤 가다가 놀라서 다시 돌아온 적도 있었다.

작업장 밖에는 도처에 온갖 물건들이 쌓여 있었다. 사람들이 마음대로 가져다 던져 놓은 것들이었다. 던져 놓고는 잊어버린 것들이었다. 폐기된 무쇠 기계 선반도 있고 기포가 잔뜩 생긴 주철 받침대도 있었다. 녹이 슬어 망가진 쇠구슬도 한 무더기 있고 고정 장치가 사라진 테이블 바이스도 있었다. 깎인 쇠 부스러기도 한 더미나 있었다. 오래전부터 이 모든 것에 녹이 두껍게 슬어 있었다. 버석버석한 갈색 녹이었다. 어떤 것은 반쯤 땅속에 묻혀 비와 햇볕에 노출되어 있다 보니 진흙과 거의 하나가 된 상태였다. 사람들은 이 물건들도 결국에는 진흙이 되고 말 것이라서 기꺼이 모든 것을 그대로 받아들였다.

S 기계 공장은 한때 요란한 소리를 내면서 밤낮으로 쉬지 않고 돌아가며 괴상한 모양의 쇠구슬을 토해 냈다. 황니가 사람들은 이 요란한 소리 때문에 하루 종일 머리가 어지러웠지만 오랜 세월이 흐르는 동안 점차 이 시끄러운 소리를 자연계의 본질적인 소리로 받아들이게 되었다. 한숨 자고 일어났는데 갑자기 그 요란한 소리가 들리지 않으면 뇌 근육이 크게 손상된 건 아닌지 두렵기도 했다.

이전에 황니가라는 거리가 있었다.

그 거리에 S 기계 공장이 있었다.

그곳은 1년 내내 회색 먼지로 가득 차 있었다. 아주 작고 파란 꽃이 회색 먼지 속에 자라고 있었다. 눈을 몹시 자극하는 괴상한 모습이었다.

그곳에는 망가진 우산 같은 모양의 집이 여러 줄 늘어서 있었다. 박쥐가 무리 지어 석양의 햇살 속에서 이리저리 날아다니고 있었다.

오, 황니가, 황니가. 내게는 일련의 꿈이 있었다. 아주 친근하고 서글프면서 서로 연결되지 않는 그런 꿈들이었다! 꿈속에는 항상 기괴한 철문이 하나씩 있었다. 항상 그렇게 누렇고 지저분한 작은 해가 하나씩 있었다. 철문에는 아무 연고도 없이 철침이 한 줄 돋아나 있었다. 작은 해는 영원히 그 흐릿한 하늘 한구석에 걸려 금속처럼 죽은 빛을 쏟아 냈다.

오, 황니가, 황니가. 혹시 너는 내 꿈속에만 존재하는 것인가? 혹시 너는 그림자라 흐릿한 슬픔을 흔들고 있는 것인가?

오! 황니가, 황니가…….

생활 태도를 변화시킨 큰 사건

이 거리에 사는 사람들은 아주 오래전에 왕쯔광王子光이라고 불리는 물건이 왔었다는 사실을 기억했다. 왜 그를 〈물건〉이라고 말하는 것일까? 누구도 왕쯔광이 사람인지 아닌지 단언할 수 없었기 때문이다. 한 줄기 빛 혹은 한 덩이 불이라고 하는 것이 나을지도 몰랐다. 이 빛 혹은 인화燐火가 그 흑록색 집 처마 쪽에서 떨어져 내려 온통 잿빛에 잠겨 있는 황니가 사람들의 그 좁은 마음의 밭을 비추면 사람들은 까닭 없이 끝없는 이상을 쏟아 냈다. 이로 인해 사람들은 장기적인 고뇌와 흥분의 혼재 속에 빠져 벗어나지 못했다.

6월 21일, 이른 아침, 치 아줌마는 변소에 갔다가 가장 먼저 남자 변소 쪽에서 신비한 빛이 흔들리는 것을 발견했다. 아줌마 본인의 말에 따르면 당시에 변소 지붕에서 회백색 별들이 떨어져 내렸고 지붕 기와가 와르르 어지럽게 소리를 냈으며 무언가가 위에서 뛰어내리는 것 같았다고 했다. 아줌마는 고개를 들어 그 모습을 바라보려고 했지만 목에 힘이 없어 자기도 모르게 변소 옆에 주저앉고 말았다. 그런 다음 어떤 풍경 속으로 들어갔다. 그 풍경 속에서는 무수한 검정개가 서로를 물어뜯고 있었다. 해는 한 무더기 겨울 띠 풀에 바싹 달라붙어 있었다. 치 아줌마는 눈을 감고 몸을 가볍게 흔들며 오전 내내 생각에 잠겼다. 사람들이 그녀를 발견했을 때, 그녀는 신발을 벗어 줄로 꿴 다음, 귀에 잘 걸어 매달고서 변소 주위를 빙빙 돌고 있었다. 같은 시각에 왕쓰마라고 불리는 구레나룻이 멋진 사내 하나가 문 앞 소태나무에 아주 큰 똥통을 매달고는 스스로 나무 위에 올라가 그 똥통 안에 앉아 그네를 탔다. 정오까지 그네를 타다가 결국 줄이 마모되어 끊어지는 바람에 똥통이 꽉 하고 땅바닥에 떨어졌다. 그로 인해 그는 한쪽 다리가 부러졌다. 그러자 아예 일어서지 않고 나무 아래서 코를 골기 시작했다. 그가 코를 고는 소리는 대포 소리처럼 우렁차 거리의 주민들 모두 그 진동에 마음과 정신을 안정시킬 수 없었다. 모두들 일제히 재채기를 해대기 시작했다. 그 일이 있고 난 뒤에 그는 자신이 나무에 올라가기 전에 머리 없는 시신 하나가 자기 집 뒷문을 두드렸고, 그 소리를 듣는 순간 이미 좋은 일이 찾아왔다는 것을 확신했다고 말했다. 그래서 그 똥통 안에 들

어가 앉았다는 것이다. 그는 똥통 안에 들어가 앉아 밖에
서 요란하게 벤파오鞭炮[3] 소리가 울리는 것을 들었다. 머
리 위로 연기가 모락모락 피어오르는 것도 보았다. 나중
에 그는 꿈속에서 아주 큰 복숭아를 하나 삼켰다가 자기
도 모르게 장미처럼 붉은 이름을 불렀다. 「왕쯔광?」맨 처
음에 왕쯔광에 관한 갖가지 의론은 여기서 유래했다. 물
론 극도로 신비하고 난삽하며 또한 절대로 손에 잡을 수
없고 변화무쌍한 의론들이었다. 그것이 일종의 암시이자
광상이라고 말하는 사람도 있고 일종의 접착제이자 마술
의 거울이라고 말하는 사람도 있었다……. 라오쑨터우老
孫頭[4]가 큰 소리로 아무런 부끄러움도 없이 사람들을 향
해 선포했다. 「왕쯔광의 형상은 우리 황니가 사람들의 이
상입니다. 이제부터 우리의 생활 태도가 크게 변할 겁니
다.」그는 이런 말을 하면서 자연스럽게 손을 뻗어 자기
허벅지에 앉아 있는 파리를 때려잡았다. 이 간사하고 교
활한 늙은이는 확실히 눈썰미가 있는 사내였다. 그는 한
마디 할 때마다 정확한 진상을 말하곤 했다. 하지만 진상
은 종종 짙은 구름과 안개 속에 떠 있는 작고 어두운 별이
라 일반적으로는 잘 감지되지 않았다. 세상 돌아가는 이

3 한 꿰미에 죽 펜 연발 폭죽으로 주로 설이나 혼례, 제사 때 터뜨린다.
4 성인이 된 사람의 성이나 이름 앞에 〈라오老〉 자를 붙여 잘 아는 사이에
친근한 호칭으로 쓴다. 이 작품에 나오는 〈라오위〉나 〈라오왕〉 등도 같은 경
우다. 어린아이에게는 〈샤오小〉 자를 사용한다.

치에 능숙하고 또 영원히 천진함과 순결함을 유지하는 사람들만이 어두움 속에서 그것을 〈깨달아 낼 수 있었다〉. 라오쏜터우가 바로 그런 유형의 사람이었다. 그에게는 돌아갈 집이 없었다. 한밤중에 황니가 사람들이 창문 밖으로 머리를 내밀고 이리지리 살펴보다 보면 주점 앞의 그 말라 죽은 나무 위에 원숭이처럼 매달려 있는 크고 거무튀튀한 물체를 발견할 수 있었다. 그가 바로 라오쏜터우였다. 라오쏜터우는 깊이 잠든 적이 없지만 완전히 깨어 있던 적도 없었다. 그는 S 기계 공장에서 경비 업무를 담당했다. 실수를 한 적은 한 번도 없었지만 매일 미친개들을 공장 안으로 끌어들였다. 미친개들이 마구 뛰고 짖으면 그는 손뼉을 치면서 공장 안을 빙글빙글 돌며 휘파람을 불어 개들의 분노와 흥분을 자극했다. 이상하게도 개들은 절대로 그를 물지 않았다. 이삼일 개가 오지 않으면 그는 멀리 나가 개들을 찾았다. 그래도 개들이 없으면 병으로 쓰러져 얼굴이 누렇게 뜨고 몹시 지친 모습을 보였다. 물을 적신 수건으로 머리를 감싸고 졸면서 말했다. 「머리가 너무 아파. 차라리 죽는 게 낫겠어.」 황니가에 왕쯔광의 망령이 나타난 뒤로 이 늙은이는 갑자기 몸에 걸치고 있던 더러운 얼룩으로 가득한 낡은 솜저고리를 벗어 버리고 상반신을 다 드러낸 채 돌아다녔다. 게다가 잠시 두 눈에서 빛이 나고 정신이 또렷해지면서 의표가 당당해지기도 했다. 그는 어디서 났는지 모르지만 공기총을 한 자루 들고 있었고 하루 종일 끊임없이 주점 앞에 있는 말라 죽은 나무를 향해 사격을 해댔다. 다음 날에도 또 아주 괜찮은 구상을 해낸 그는 다양한 색깔의 고무풍선을 나무에 잔뜩 매달아 놓고는 하나하나 총을 쏘아 터뜨렸다. 또 커다란 정수기용 물통을 주점의 다락방에 올려다 놓고 누군가가 지나가기를 오래도록 기다렸다. 확실한 계획을 세운 그는 어느 행인을 조준하여 물통을 쏘았다. 물이 행인의 머리 위에 정통으로 쏟아지게 할 작정이었다. 「붉은 별들이 반짝거리고 빛줄기가 1만 장丈[5]에 이르렀다.」 그는 주점의 모든 고객을 붙잡고 자신이 얼굴에 윤이 나고 혈색이 좋으며 코끝에 작은 종기가 하나 났다고 솔직히 말했다. 또 자신의 정신적 면모에 커다란 변화가 있다는 것을 드러내기 위해 그날부터 매일 짓무른 배를 하나씩 먹는 원칙을 지켜 나갔다. 게다가 수많은 사람이 보는 가운데 일부러 벌레 먹은 자국이 있는 부분을 깨물어 먹었다. 사각사각 경쾌한 소리를 내면서 배 하나를 다 먹은 그는 자신을 둘러싸고 있는 사람들을 향해 자신이 이미 왕쯔광의 일부 종적을 발견했다고 떠벌리면서 이 일은 호랑이 무늬 고양이와는 직접적 연관이 전혀 없다고 말했다. 사실 진상은 상상이 불가능하다고 했다.

5 길이의 단위로 척尺의 열 배, 즉 약 3미터에 해당한다.

왕쯔광이라는 사건이 없었다면 우리의 황니가는 영원히 어두컴컴하고 빛이 없는 잿빛 작은 거리로 남아 있었을 것이다. 영원히 생명이 없는 죽은 거리가 되어 황혼의 작은 해가 조용히 비추고 있었을 것이다. 영구적으로 기념할 만한 작은 일도 일어나지 않고 속된 세상을 놀라게 할 만한 영웅 한두 명도 배출하지 못했을 것이다. 하지만 치 아줌마가 변소 옆에서 해와 겨울 띠 풀의 이미지 속으로 들어간 순간부터 황니가의 모든 것이 변했다. 작고 허름한 초가집이 꿈틀거리더니 햇빛 속에서 기이하고 왕성한 생기를 토해 냈다. 사람이 죽기 직전에 잠시 정신이 맑아지는 것과 같았다. 지붕 위의 말라비틀어진 풀이 길 가는 사람들을 향해 빈번하게 고개를 끄덕였다. 그 안에 있는 어떤 생명의 즙액을 뿌려 주기라도 하는 것 같았다. 황니가가 새로 태어났다. 이러한 신생을 축하하기 위해 모든 사람이 이마 위에 태양 고약 두 조각을 붙이고 다녔다. 그러면서 가슴속에서 솟구쳐 오르는 광적인 환희의 열정을 억눌러 단번에 성정이 점잖고 우아하며 언어가 함축적인 사람들로 변했다. 어떤 사람이 물었다. 「날씨에 뭔가 새로운 동향이 있나요?」 이에 대해 누군가가 아주 깊이 있고 의미가 잘 드러나지 않는 말로 대답했다. 「방금 비를 맞은 진흙에서 기어 나오는 지렁이처럼 영성靈性을 지닌 작은 동물들을 본 사람은 얼마나 눈과 마음이 즐거웠을까!」 모든 것이 이랬다. 그들은 한 장, 또 한 장 벽에 표어를 붙였다. 빨간 종이와 초록색 종이, 노란 종이에 야릇한 표어들이 쓰였다. 〈어둠은 이미 지나갔다. 곧 빛이 광림할 것이다!〉〈훌륭한 남자들은 사방에 뜻이 있다!〉〈끓인 물을 마시는 문명적인 습관을 기르자!〉마침내 어느 날 정오에 위안쓰袁四의 아내가 허리에 새빨간 비단을 묶고 거리에 나타났다. 그녀가 뛰어나올 때, 산 위에서는 크고 작은 요괴 쥐들이 거대한 대오를 이루어 산 아래로 밀고 내려왔다. 쥐들의 발걸음이 탁탁 돌이 떨어지는 소리를 냈다. 작은 집에 사는 사람들은 전부 눈에 검은색 가리개를 쓴 채로 머리를 내밀어 한쪽으로 기울이고는 잠시 귀를 기울이다가 갑자기 엉엉 울기 시작했다. 울음소리가 하늘과 우주를 가득 채웠다…….

해가 뜨는 세월 속에서

1

해가 나면 물건들이 썩기 시작했다. 도처에서 썩어 갔다.

재래시장 입구에 산더미같이 쌓여 있던 채소들이 햇빛 아래서 열기를 내뿜기 시작하고 누런 물이 거리 입구로 흘러내렸다.

집집마다 작년에 비축해 두었던 썩은 생선과 고기를 죄다 내다가 햇볕에 말리고 있었다. 그 위로 하얀 구더기가 가득 꿈틀거렸다.

수돗물도 마실 수 없게 되었다. 들리는 소문에 따르면 시체 한 구가 펌프의 파이프를 막고 있어 며칠 연속 모두들 시체 썩은 물을 마신 탓에 역병이 발생할지도 모른다고 했다.

1백 살이 넘은 몇몇 노인의 종아리 살이 벗겨진 상처에서도 냄새나는 진물이 흘러, 그들은 매일 바지통을 걷어 올리고 전시하듯이 문 앞에 나와 지나가는 사람들에게 그 터져 나온 붉은 살을 감상하게 했다.

우편배달 차가 황니가에 30분 정도 멈춰 섰다. 바퀴 하나가 망가졌다. 검사를 해봤더니 타이어 안에 있는 튜브가 풀처럼 흐물흐물한 물질로 변해 있었다.

거리 입구의 왕쓰마는 갑자기 한쪽 귀가 없어졌다. 누군가 그에게 귀를 어떻게 했느냐고 묻자 그가 눈을 흘기며 말했다.「밤중에 짓물러서 떨어져 나갔나 보지 뭐.」맨들맨들하고 누런 고름이 흐르는 데다 한쪽만 남아 구멍이 잘 보이지 않는〈귀〉를 쳐다보면서 모두들 대단히 부자연스럽게 근심 가득한 얼굴이 되어 마음속으로 자신의 귀도 그렇게 짓물러 떨어져 나가는 것이 아닌지 걱정하고 있었다. 정말로 그렇게 되면 어쩌나 하는 마음들이었다.

이런 날씨는 쇠도 녹여 버릴 것 같았다. S 기계 공장 대문 위의 녹도 조금씩 벗겨져 마침내 철책 하나가 떨어져 나갔다. 하얀 가시가 가득하고 사람을 태워 죽일 듯이 작열하는 작은 해가 쇠의 녹 같은 색깔의 하늘 한구석에 얼마나 걸려 있었는지 아무도 기억하지 못했다. 철문 안에 있는 사람들은 더더욱 기억하지 못했다. 해는 원래부터 그 자리에 그렇게 걸려 있었던 것 같았다. 처음부터 그 자리에 있었다면 사람들이 주의를 기울이지 않는 것도 당연했다. S 기계 공장 사람들은 해를 거의 보지 않았다. S 기계 공장 사람들은 코로 기온을 느꼈다. 대단히 민감한 코라고 할 수 있었다. 모두들 함께 바람을 맞으면서 목을 잔뜩 움츠린 채 말했다. 「춥네.」 해가 약간 흐려지자 또 말했다. 「뼈와 근육에 한기가 들어찼어.」 머리를 가리키면서 말했다. 「이 안에 조수潮水가 들어 있어.」 그렇게 말하면서 손으로 허공에 가볍게 획을 하나 그었다. 〈조수〉가 밀려와 재빨리 피하려는 것 같았다. 해가 조금 뜨거워지자 또 기분이 나쁜 듯이 말했다. 「오늘 또 1도가 올랐어. 사람 죽이겠네.」

사람들의 기억 속에는 아주 오래전부터 줄곧 해가 떴다. 어떤 원인으로 아주 오래 철문 안에 있는 4백 내지 5백 명에 달하는 사람들이 줄곧 혼수상태에 있는 것인지 알 수 없었다. 의식이 흐릿하고 눈곱 때문에 눈꺼풀이 찰싹 달라붙어 있어 무척이나 흡족한 것 같았다. 입에서는 계속 침이 흘러내렸다. 각양각색의 뜨거운 꿈, 땀 나는 꿈이 아무 데나 마구 쌓여 있는 썩은 나무판 속에서, 기름 얼룩투성이 상자 위에서 솟아올라 꿈의 그물을 이루었다. 그 사이에는 짐승들이 우짖는 것 같은 갖가지 콧소리가 끼어 있었다. 시원했다! 해는 이렇게 좋았다. 해 아래서는 모기도 꿈을 꾸었고 파리도 꿈을 꾸었다. 옌라오우閻老五 종아리의 까진 상처 위에서도 초록 머리 파리 몇 마리가 꿈을 꾸고 있지 않는가? 반쯤 잠에서 깬 파리 한 마리가 아직 머리가 어지러운지, 아직 침이 남아 있는 옌라오우의 크게 벌린 입 안으로 단번에 날아 들어갔다.

아무것도 예측할 수 없는 가운데 경비원인 라오쑨터우가 꿈에서 깬 사람들과 얘기를 나누기 시작했다. 「하늘이 영험한 기운을 나타내기 시작하면 이상한 일들이 일어난 거야. 우선 모든 형세가 아주 좋아졌다는 걸 인정해야 해……. 상부에서는 〈아주 좋다〉 정신을 제창하는데 이는 애국주의에 관한 정신이야. 무얼 〈아주 좋다〉라고 하는 거냐고? 지금의 형세가 아주 좋다는 거야! 내 말뜻은 잠을 잘 때 두 눈을 완전히 다 감지 말라는 거야. 한쪽 눈은 뜨고 한쪽 눈은 감으면 이상한 일이 일어날 거라고.」 해가 벽돌을 말리고 있었다. 벽돌에서 바삭바삭 소리가 나면서 라오쑨터우와 호응하고 있었다. 그의 목소리가 낮아지면서 트림을 유발하고, 트림은 또 하품을 유발했다. 이를 듣던 사람들은 갑자기 이에 호응하여 눈꺼풀이 당겨지고 얼마 지나지 않아 머리가 혼미해졌다.

라오쑨터우의 말에는 누구도 관심을 보이지 않았다. 하지만 라오쑨터우의 말은 얼마 후 아주 영험한 능력을 드러냈다.

머리 깎는 사람이 왔다. 그 사람은 기름으로 얼룩진 짐 보따리를 어깨에 메고 손에는 눈처럼 하얗게 빛나는 면도

칼을 들고 있었다. 그는 짐 보따리를 탕 하고 S 기계 공장 문 앞에 내려놓고는 큰 소리로 외치기 시작했다. 「머리 깎아요!」

안에 있던 사람들이 일제히 담장 아래를 내려다보면서 두려움 가득한 표정으로 작은 머리들을 이리저리 돌렸다.

「내려올래요?」

「내려오라고…… 뭐라고요?」

「머리 깎으시라고요!」 그는 여전히 머리를 깎으라고 외치면서 핏발이 선 커다란 눈알을 굴렸다. 모든 사람이 그 눈동자에서 차가운 빛이 두 줄기 발산되는 것을 감지했다.

때가 되면 하늘과 땅 사이가 전부 빨갛게 변하는 게 아닐까? 서쪽 담장 위에 불빛이 가득 남게 되는 것은 아닐까? 하늘과 땅 사이는 방금 피를 흘린 것처럼 붉었다.

「연못에 죽은 고양이가 한 마리 떠 있어요.」 쑹宋 아줌마가 목소리를 낮춰 말했다. 그녀는 사람들을 쳐다보지도 않고 쥐처럼 담장에 붙어 움직이고 있었다.

「헛소리 하지 말아요! 쳇, 죽은 고양이는 없던데요.」 치 아줌마가 그 키 작은 여자를 꼭 붙잡고는 잠시 생각에 잠겼다가 뭔가 떠올랐는지 고개를 들고 손뼉을 쳤다. 그러더니 얼굴이 자줏빛으로 변해 그녀에게 되물었다.

「1천1백만 사람의 머리가 땅에 떨어진다고요?」

「연못에 또 죽은 고양이가 떠올랐어요.」

「귀신이 머리를 깎나 보군요…….」

「1천1백만 사람의 머리가…….」

「핏빛 재앙이…….」

모든 사람이 말을 전하고 있었다. 말을 하면서 걱정스러운 눈빛으로 서쪽 담장 위 핏빛 하늘을 바라보았다.

「차각차각, 어디서 사람 머리를 베나 봐요.」장몌쯔張滅資가 흐리멍덩한 표정으로 흰자위만 드러나도록 눈을 까뒤집으며 말했다. 모두들 놀라서 일제히 낯빛이 변하더니 황급히 고개를 들어 주위를 살폈다. 해가 어째서 저렇게 밝고 하얀 것일까? 저렇게 밝고 하얀 건 가짜임에 틀림이 없었다. 어떤 음모를 숨기고 있는 것이 분명했다. 개가 짖고 있지 않는가? 그리고 아무도 저 철문에 가서 부딪치지 않는데 왜 항상 탕탕 소리가 나는 건지 알 수 없었다.

「1천1백만 사람의 머리가 땅에 떨어질 거야!」치 아줌마가 이를 앙다물고 공장 안을 미친 듯이 뛰어다니다가 다른 사람과 마주치면 얼른 걸음을 멈추고 손으로 허공에서 아래로 죽을힘을 다해 베는 동작을 취했다. 입으로도 동작과 똑같은 말을 했다. 「전부 땅에 떨어져야 해.」

S 기계 공장 사람들은 벌벌 떨면서 이리저리 왔다 갔다 했다. 그들은 그날 눈을 자극하는 서쪽 담장 위의 핏빛 하늘을 여러 차례 남몰래 바라보았다. 그러고는 미간을 찌푸리면서 생각에 잠겼다. 눈을 가늘게 뜨고 깊은 생각에

잠겼다. 아주 깊이 생각에 잠겼지만 머리에 아무것도 떠오르지 않았다. 그리하여 긴 탄식을 내뱉고는 잠을 자려고 했지만 차마 잘 수가 없었다. 말을 하는 목소리도 바뀌었다. 사람들마다 식식 쉰 목소리를 냈다.

「그래도 날씨는 좋네.」 할 말이 없으니 억지로 할 말을 찾았다.

모두들 그렇게 기다렸다.

마침내 기다리던 것이 왔다.

황니가에서 개가 짖고 썩어 짓무른 고기를 파는 사람이 물건을 사라고 외치기 시작했다. 막돼먹은 여자가 날카로운 목소리로 외치기 시작했다. 이 소리들은 아주 먼 곳에서 S 기계 공장으로 전해 오는 듯했다. 윙윙윙, 윙윙윙…….수많은 벌이 귓가에서 끙끙대는 것 같았다. 안에 있는 사람들은 햇볕에 그을어 몸이 푸석푸석하게 변했다. 정신도 흐릿해졌다. 가볍게 긁어도 사각사각 소리가 나고 가볍게 툭 건드려도 먼지가 일 것 같았다. 아주 좋은 날씨였다!

「머리 깎아요!」 커다란 눈을 휘둥그레 뜬 사람이 또 공장 문 앞에 왔다. 손에는 눈처럼 빛나는 무언가를 들고 있었다. 눈에서는 차가운 빛을 내뿜고 있었다.

모두들 놀라서 작업장 안으로 들어가 몸을 숨겼다.

「동지 여러분, 상부에서 공문이 하나 내려왔습니다.」 라오위老郁가 비쩍 마른 팔을 들어 올린 채 성큼성큼 빠른 걸음으로 들어왔다. 「악성 독창毒瘡이…… 어떤 영감탱이가 나를 쳐다보고 있어요. 최근에 음모가 하나 있었습니다! 내가 직접 삭삭삭 하는 소리를 들었어요. 이리저리 둘러봤더니 도처에서 이런 소리가 들리더라고요. 이게 도대체 어떻게 된 일이겠습니까?」

대단했다!

S 기계 공장의 철문이 라오쑨터우에 의해 끼익 소리를 내며 굳게 닫혔다. 모든 사람의 얼굴에 귀신의 그림자가 어른거렸다. 음침한 그림자가 재빨리 몸을 숨겼다. 입으로는 아무 상관도 없는 얘기를 하는 척했지만 마음속으로는 남에게 말할 수 없는 일을 간직하고 있는 것 같았다.

뜻밖에도 말뚝잠이 없어졌다.

「독창이 난 부위는 등이에요.」 라오위가 득의양양한 어투로 말했다.

「저 사람은 누군가요?」

S 기계 공장 사람들이 일제히 허공을 향해 눈을 치켜뜨고는 중얼중얼 서로에게 뭔가를 물었다. 다 물은 다음에는 뇌 즙을 짜내듯이 생각에 잠겨 이리저리 두리번거리면서 몹시 불안하고 당황한 모습을 보였다. 허공을 바라보다가 눈을 가늘게 뜨고 똑같은 질문을 되풀이했다. 「누구지?」

그 문건이 대체 무슨 의미인지, 조사하고자 하는 대상은 또 누구인지 분명하게 말하는 사람은 하나도 없었다.

게다가 황니가 사람들은 완고하고 교양을 갖춘 시민들이
었다. 꼬치꼬치 캐묻고 철저히 따지는 그런 괴물들이 아
니었다. 조사하려면 하라지 뭐. 누군가가 억지로 물었다
가는 대답을 듣지 못할 것이 분명했다. 눈을 치켜뜨고 화
를 내면서 〈멍청이!〉라고 한마디 내뱉어 그 사람이 깜짝
놀라 반쯤 죽게 하는 수밖에 없을 것이다.

아무리 조사해도 아무런 결과도 얻지 못하고 모두들 스
스로 어쨌든 나는 아니겠지 하는 의심을 품게 될 것이다.
애써 앞뒤 상황을 잘 생각해 봐도 안심하지 못하고 등을
더듬어 보고는 마침내 자신의 몸에는 독창이 나지 않았다
는 것을 확인하게 될 터이다. 이리하여 콧구멍을 크게 벌
리고 다른 사람의 몸에서 냄새를 맡았다. 계속 냄새를 맡
아 보았지만 공연히 먼지만 잔뜩 들이마셔 콧구멍 언저리
가 까맣게 변해 버렸다. 날씨는 또 매일 아무런 변화 없이
무덥기만 한 채 6월이 코앞에 다가오고 해도 더 뜨거워지
고 있었다. 황니가 사람들은 오래된 습관에 따라 숨저고
리를 입고 있었다. 당연히 땀이 났다. 지금은 조금만 긴장
했다 하면 땀이 비 오듯이 흘렀다. 햇볕 아래 옷을 말리면
퀴퀴한 냄새가 났다. 벗고 싶어도 감히 벗지 못했다. 감기
에 걸리면 어떻게 한단 말인가!

조사하려면 얼마든지 하라고 그래. 라오쑨터우는 전혀
개의치 않는 것 같았다. 하루 종일 문 앞에 서 있다가 사

람들을 만나면 〈지금 형세가 아주 좋아!〉 하고 선전했다.

하루는 미치광이 양싼楊三이 자신이 그 사람을 색출해 냈다고 선포했다. 그런데 그가 색출해 낸 것은 사람이 아니라 도마뱀이라고 했다. 그리고 그 도마뱀은 거리 입구 왕쓰마네 집 담장 위에 있었다고 덧붙였다. 아침에 그는 갈고리를 가져가 그 담장 옆을 지나가면서 도마뱀을 잡을 생각이었다. 그런데 도마뱀이 그를 향해 침을 뱉는 것이었다. 처음에는 다른 사람들도 흥미진진한 태도로 그의 말에 귀를 기울였지만 나중에는 갑자기 도마뱀이 어떻게 독창을 전파할 수 있는가 하는 의문이 생겼다. 게다가 이 멍청이는 독창과 관련해서는 한마디도 언급하지 않았는데, 그로 보아 쓸데없는 헛소리를 늘어놓은 것임을 알 수 있었다. 배가 부르니 할 일이 없었던 것이다.

나중에 또 한 가지 여론이 일었다. 독창을 퍼뜨리는 것은 사실 사람이 아니라 귀신이라는 견해였다. 물에 빠져 죽은 낙수귀落水鬼라는 것이다. S 기계 공장 사람들은 대부분 그 귀신을 본 적이 있지만 얼굴을 자세히 보지는 못했다. 귀신이 S 기계 공장에 올 때마다 얼굴을 검은 천으로 가렸기 때문이다. 아무리 날이 더워도 검은 천을 벗지 않았다. 땀을 뻘뻘 흘리면서도 절대로 벗지 않았다. 귀신은 비쩍 말라 호리호리한 데다 허리와 등이 굽어 있었고 아주 초라하고 꾀죄죄한 모습이었다. 길을 걸을 때는 항상 사람들을 피했고 스삭스삭 소리를 냈다. 때로는 어두운 구석에 숨어 뭔가 주워 먹기도 했다.

「그 귀신은 말이야, 내가 보기에는 류劉씨 귀신인 것 같아.」류톄추이가 말했다.

「뭐라고?」치 아줌마가 펄쩍 뛰면서 말했다. 「누가 류씨 귀신이야? 내가 보기에는 우리 치씨 귀신이구먼. 오늘 아침에 우리 집으로 아주 음산한 바람이 불어왔어. 나는 그 냄새만 맡고도 알아봤지. 내가 그랬어. 〈착한 녀석, 왔구나!〉 그 녀석이 아니고 누구겠어?」

「말도 안 되는 소리 하지 말아요, 이 요사스러운 아줌마야!」

「애먼 사람 화나게 하지 말고 조용히 해.」쑹 아줌마가 중얼거렸다. 「언제까지 조사할 거야? 이렇게 땀을 흘리다니, 이러다가는 등에 더께가 앉겠네.」

라오쑨터우가 침을 뱉으면서 큰 소리로 끼어들었다. 「지금의 형세는 아주 좋다니까!」

「아마 부엉이일 거야.」바보 양싼이 또 새로운 견해를 제시했다. 「한밤중에 지붕 위에서 계속 같은 말을 떠들어 대는 게 뭐가 있겠어? 같은 말을 반복하기만 하면 내 꿈속에 부엉이가 나타난다니까.」

이틀 뒤, 라오위가 눈을 가늘게 뜨고 배시시 웃으면서 다가왔다. 손에는 문건이 하나 들려 있었다.

「동지들, 상부의 정신을 어떻게 이해하고 있습니까? 이런 하늘빛은 역병이 발생할 것 같은 모습이네요. 강에는 죽은 돼지들이 대거 떠내려오고 있어요. 아침에는 그 악취 때문에 밥을 먹을 수 없었다고요. 중요한 문제가 하나 생각났어요. 최근에 어떤 음모가 있었어요! 도둑놈 하나가 밤새 우리 집 문밖을 지키고 있었어요. 이게 어떤 성질의 위협일까요?」

두 번째 문건이 내려온 그날부터 S 기계 공장 사람들은 반신불수가 되기라도 한 듯이 일제히 몸을 옆으로 세워 길을 걷기 시작했다. 앉을 때도 편하게 앉지 못했고 잠을 잘 때도 각자 다른 사람들을 피해 보이지 않는 곳에 숨어서 잤다. 남들과 친근하게 대화를 주고받지도 못했다. 얘기를 나눈다 해도 멀리 떨어져서 얼굴을 반쯤 가리고 말했다. 무섭다 보니 어떤 이야기의 단서를 생각해 내지도 못했다. 하나같이 눈을 까뒤집으며 반나절씩 깊은 생각에 잠겼지만 입으로는 그 놀라운 한마디밖에 내뱉지 못했다. 「누구지?」 이 한마디를 내뱉고는 황급히 좌우를 두리번거렸다. 가슴은 계속 쿵쾅쿵쾅 거세게 뛰고 있었다.

그날 오후, 라오쑨터우가 썩은 나무판자 사이에서 실컷 자고 일어나서는 허벅지를 탁 치면서 용감하게 말했다.

「독창 문제는 애당초 존재하지 않는 건지도 몰라. 지금의 형세는 아주 좋다고!」

「맞아요.」 장몌쯔가 맞장구를 쳤다. 「하루 종일 철문에서 소리가 난 건 바람 때문이 아닐까요? 저는 줄곧 철문을 생각하느라 마음이 편치 않았어요. 어쩌면 철문이 아니라 거리의 개들이 제 심장을 뛰게 한 것인지도 몰라요. 최근에는 미친개들이 너무 많아요. 걸핏하면 길 가는 사람들을 향해 죽어라고 짖어 댄다니까요.」

미치광이 양싼도 하품을 하면서 두 사람의 대화를 거들었다. 「맞아요, 정말 그런 것 같아요. 최근에 꿈에 항상 그 부엉이가 나타났어요. 나는 도무지 이해가 안 돼요. 왜 족제비가 아닌 거지요?」

그날 해는 특별히 밝았다. 철문이 울려 대자 예상치 못하게 조사하는 사람들이 왔다.

붙잡힌 사람은 뜻밖에도 라오쑨터우였다! 어떻게 저런 생각을 했을까?

「위험해! 위험해! 위험해!」치 아줌마가 공장 안을 미친 듯이 뛰어다니면서 큰 소리로 외쳤다. 「음모가다! 첩자다! 1천1백만 사람들의 머리가 땅에 떨어지고 있다!」이렇게 외치다가 무릎을 꿇고는 진흙을 씹었다. 씹다가 목구멍 뒤로 넘겼다. 눈으로는 자신이 씹어 낸 땅 위의 구덩이를 내려다보았다. 그녀는 흉악한 사람이었다. 쇠도 삼킬 수 있을 것 같았다!

불도저처럼 커다란 초록 머리 파리가 서쪽 담장의 핏빛

속에 내려앉아 있었다.

「연못에 뭐가 떠 있어요?」 쑹 아줌마가 쥐처럼 미끄러져 지나갔다.

「누군가가 라오쑨터우의 자리를 노리고 있어요!」 미치광이 양싼은 뭔가를 기억해 내고는 놀라서 펄쩍 뛰었다.

치 아줌마가 진흙이 섞인 침을 토해 내고는 달리면서 소리쳤다. 「동지 여러분! 여러분은 1천1백만 사람의 머리가 땅에 떨어지는 문제에 대해 어떻게 생각하시나요? 네? 핫! 밤에는 창문을 꼭 닫으세요! 첩자를 조심해야 해요!」

하지만 대부분의 사람은 흥분하지 않았다. 공허하게 뜬 눈으로 누런 하늘만 쳐다보고 있었다. 마음속으로 뭔가를 생각하고 있는 것 같았다. 생각하고 또 생각하다가 자신도 모르게 말했다. 「라오쑨터우는? 아, 있었지. 하!」

세면대 밑에서 굄태충 몇 마리가 나오자 수많은 사람이 이를 에워쌌다. 어떤 사람은 담배 가루를 뿌렸고 또 어떤 사람은 뜨거운 물을 뿌리자고 제안했다. 결국에는 물을 뿌리지 않고 내버려 두었다. 다음에 와서 보기로 했다.

담장에 균열이 생기자 또 많은 사람이 둘러쌌다. 누군가 담장 안에 귀중한 물건을 숨겨 놓았다고 의심하면서 정을 몇 개 가져다가 하루 종일 쪼아 대자 틈이 더욱 넓어졌다. 하지만 그 틈에서 아무것도 나오지 않자 물건을 땅 밑에 감춘 것이 분명하다면서 정을 던져 버리고 가서 잤다.

하품은 아주 빠르게 전염되었다. 누군가가 시작했다 하면 주위 사람들 모두 입을 다물지 못했다. S 기계 공장 사람 전체가 하품을 해댔다. 한번 하품을 했다 하면 눈꺼풀을 지탱할 수가 없었다. 꿈도 따라왔다. 정말 노곤했다! 해는 정말 좋았다!

재를 품은 구름이 솜처럼 한데 모이고 있었다. 날씨는 또 그렇게 찌는 듯이 더웠다. 해 아래 S 기계 공장은 먼지 속에서 꿈을 꾸고 있는 것 같았다. 때로는 회의를 열기도 했다. 회의를 열고 또 열다가 전부 꿈속으로 빠져들고 말았다. 회의를 주재하던 사람만 남아 뽕나무하늘소처럼 스스스…… 외쳐 댔다. 사람들은 꿈속에서 땀을 흘렸다. 꿈속에서 해에 돋아난 하얀 가시를 보았다. 꿈속에서 구더기가 끼는 것을 보았다. 대부분이 뽕나무하늘소가 외치는 소리 때문이었다.

라오쑨터우는 잡혀갔지만 누구도 이 일을 기억하지 못했다. 쿵샤오룽孔小龍만이 그 일을 기억했다.

어느 날, 쿵샤오룽이 보란 듯이 목에 힘을 주고 걸으면서 많은 사람이 지켜보는 가운데 라오쑨터우의 솜이불을 들고 지나갔다. 솜이불은 새것처럼 깨끗했다.

「염병할! 저 친구가 라오쑨터우의 뭐라도 되는 건가?」 쑹 아줌마가 가장 먼저 깨어나 말했다.

모두들 쿵샤오룽의 뒷모습을 자세히 살피면서 생각에

잠기더니 갑자기 라오쑨터우가 이미 보이지 않는다는 사실을 깨달았다. 정말 이상한 일이었다. 이 늙은이가 어디로 간 걸까?

이제 치 아줌마가 S 기계 공장의 경비를 맡게 되었다. 이제 S 기계 공장에는 아침부터 저녁까지 징을 깨뜨리는 듯한 그녀의 요란한 목소리가 울려 퍼졌다. 「1천1백만 사람의 머리가 땅에 떨어지는 걸 조심하라고요!」 그녀는 실컷 외치고 나면 S 기계 공장의 철문을 두드려 요란한 소리를 내서 사람들을 깜짝 놀라게 했다. 귓가에서 반나절이나 윙윙하는 소리가 떠나지 않았다.

「뒷간에는 두꺼비 요정이 있어……」 위안쓰의 아내가 꿈속에서 말했다. 그 꿈속에는 노란 벌이 가득했다. 아무리 쫓아내도 없어지지 않고 온몸이 퉁퉁 부어오르도록 쏘아 댔다.

「어째서 족제비가 아닌 거지? 응?」 미치광이 양싼이 썩은 나뭇더미 속에서 알아들을 수 없는 말을 중얼거리면서, 마음속에 무슨 걱정이라도 있는 것처럼 불안해하며 이리저리 몸을 뒤척였다.

미친개 한 마리가 황니가에서 마구 짖어 댔다.

치 아줌마가 이리저리 왔다 갔다 하면서 철문을 끊임없이 울렸다. 또 때로는 갑자기 빠른 걸음으로 걷다가 사람이 없는 어두운 구석으로 숨어 들어가 눈을 커다랗게 뜨고 이리저리 살피기도 했다. 이렇게 살피고 나서 아무도 없는 것을 확인하고는 무릎을 꿇고 커다란 입으로 진흙을 씹기 시작했다. 찌걱찌걱 소리를 내면서 입 안에 진흙을 가득 넣고서 열심히 씹어 댔다.

이전에는 라오쑨터우가 있었지만 나중에는 없어졌다.

라오쑨터우는 어째서 없어진 것일까? 아무도 기억하지 못했다.

그 꿈들은 영원히 끝나지 않았다.

해는 영원히 누런 하늘에 걸려 있었다.

2

덥고 축축했다. 많은 물건이 흠뻑 젖었다. 시끄럽게 떠들어 대고 서로 마구 부딪쳤다. 날개가 달린 것들은 헬리콥터처럼 햇빛 속에서 하늘 위아래로 마구 날아다니면서 빙 돌아 S 기계 공장의 공간 전체를 점령했다. 지상의 어두운 곳 각양각색의 은밀한 구석에서는 날개 없는 것들이 작은 무리를 이루어 움직이면서 하나로 뭉치고 있었다. 어떻게 까닭 없이 이처럼 많은 물체가 생겨난 것일까? 모두들 영문을 알 수 없었다. 어쩌면 S 기계 공장은 근본적으로 공기가 달라 바깥보다 훨씬 습하고 훨씬 진하고 끈적끈적한 것인지도 몰랐다. 물론 S 기계 공장은 뭔가를 생성해 내는 것을 좋아했다. 뭐든지 다 만들어 냈다. 이렇게 만들어 낸 것들은 아주 토실토실하면서도 활발했다. 처음에는 뒷간 처마 밑에 달팽이가 생겨났다. 달팽이가 한 줄 한 줄 생겨나더니 나중에는 갑자기 거대한 꽃나방이 생겨났다. 나방은 박쥐만큼이나 커서 날아갈 때면 휘익 소리가 났다. 단조 작업장 주임 라오위는 작업장 사람들을 전부 동원하여 나방들을 깡그리 때려잡으려 했다. 이리저리 때려잡은 결과 완전히 박멸한 것 같았지만 가까이 다가가 자세히 살펴보니 때려잡은 것은 아무것도 없었다. 나방을 때려잡는 과정에서 수많은 사람의 눈에 나방 날개에서 떨어진 가루가 들어가 나중에는 눈이 빨개지는 눈병이 발생하고 말았다. 모두들 S 기계 공장이 만들어 낸 것들은 해치려 하지 말고 화목하게 서로 잘 지내야 병도 없고 재앙도 없다는 교훈을 얻게 되었다.

나중에는 뜻밖에도 사람들의 배 속에 뭔가가 생겨나기 시작했다. 아주 오래전부터 몇몇 사람의 배 속에서 사각사각 소리가 나기 시작하더니 엄청나게 부어오르기 시작했다. 몹시 답답했다. 나중에는 또 뼈까지 뚫고 들어갔다. 뼈들이 폭발할 것 같았다. 한번 폭발하면 수많은 사람이 담장을 향해 날아가 마구 찢어졌고 땅바닥에 어지럽게 나가떨어졌다. 정말로 견디기 어려워 보였다. 나가떨어진 사람은 몸을 마구 움직이면서 거품을 토했다. 입으로는 큰 소리로 외쳤다. 「역신이다! 귀신 둘이 우리를 찾아왔다! 도처에 마구 구멍을 뚫어 대니 사람이 살 수가 있나?」

뭐가 생겨난 것일까? 아무도 말을 하지 못했다. 특별히 과학을 신봉하는 사람들은 병원에 가서 엑스레이를 찍어 보았다. 이리 찍고 저리 찍어 보았지만 아무것도 찾아내지 못하자 한동안 헛소리를 해대다가 결국에는 몸을 해부해 보자는 제안을 했다. 배를 어떻게 열어 본단 말인가? 미친 것이 분명했다. 과학도 믿을 수 없는 것 같았다.

「도시에서는 수염이 난 영감이 임신을 하더니 열 달 뒤에 쌍둥이를 낳았대요……」미치광이 양싼이 말했다.

「그런데 무슨 쌍둥이인지 알아요? 쌍둥이가 뭐였냐 하면요! 거짓말 안 하고 솔직하게 말할게요. 바로 제가 걱정하던 뱀이었어요! 이틀 전에 제가 시내에 들어갔더니 어떤 여자가 커다란 구렁이를 낳았더라고요. 먼저 나온 녀석이 태어나자마자 뒤따라 나오던 녀석을 물어 죽였대요……. 에이, 이런 일은……」쑹 아줌마가 이렇게 말하면서 안색이 변하더니 등을 구부리고 몸을 움츠렸다. 몸이 검은 천에 싸인 뼈 같았다. 몸을 떨자 안에서 우두둑하고 뭔가 부딪치는 소리가 났다.

밤에는 한차례 비가 내렸다. 해가 뜨자 지면이 끓어오르기 시작했다. 공중에서 아주 작은 뭔가가 옹옹 소리를 내고 있었다. 모두 사람이 일제히 손으로 차양을 만들어 눈을 찌르는 햇빛을 가리면서 날씨를 가늠하고 있다가 고개를 가로저으며 중얼거렸다.

「비가 오면 사방이 밝아지고 비가 안 오면 지붕이 빛나니 또 아주 맑은 날씨가 되겠네.」

「이런 날씨에는 늙은 암퇘지들이 쪄 죽기 십상이지.」

「개들도 쪄 죽을 거야.」

「닭들도 쪄 죽겠지.」

「사람도 쪄 죽을 거라고!」

「뱃가죽이 바오쯔처럼 익어서 터지겠지. 언제나 날씨가 변하려나?」

낮에는 숨이 차고 땀이 났다. 사람들은 날씨를 보면서 중얼거렸다. 배에서 나는 소리를 귀 기울여 듣기도 했다. 그러면서 어서 해가 지기를 애타게 기다렸다. 두 번째 대낮이 가까워지자 또 숨이 차고 땀이 흘렀……. 이런 순환이 이어졌다. 멈추지도 않았고 끝나지도 않았다.

라오위가 철문 안으로 걸어 들어왔다. 눈에 자줏빛 큰 혀가 가득했다. 열 명 남짓 되는 사람이 감탕나무 아래 있는 개미집을 둘러싸고 그 자리에서 토악질을 했다.

「이보게, 자네들은 몸이 어떤가?」 그가 묘한 미소를 지으며 말했다. 「도둑놈 하나가 밖에서 밤새 문을 두드리더라고. 눈이 새빨개진 개 한 마리가 걸핏하면 집으로 뛰어 들어왔지. 개가 짖었다 하면 내 눈에서 지네가 떨어져 나온단 말이야. 의사는 내가 폐결핵이라고 하더군. 자네들이 보기엔 어떤가? 내가 죽을 것 같나? 응?」

그가 묻자 모두들 토악질을 멈추고는 눈을 까뒤집고 기억을 되살리려 애썼다.

「이런 날씨는 뭐랄까, 그게 약간……」 치얼거우 齊二狗가 우물쭈물 대답하고는 고무신을 벗어 놓고 발가락 사이를 후비기 시작했다. 후빌수록 더 가려웠다.

「맞다!」 여러 사람이 신이 나서 안도의 한숨을 내쉬며 말했다. 「무슨 날씨냐 하면 사람 죽이는 날씨지!」

「구더기가 생기는 날씨야!」

「이런 날에 엉덩이를 때리면 2리 밖까지 구린내가 날 거야!」

「우리 집 침대 밑에서 벌레가 거품처럼 한 무더기씩 나와요.」

「겨울에 생선을 절여 놓았는데 오늘 뚜껑을 열어 보니 생선이 온데간데없더라고. 구더기들이 전부 먹어 치운 거야!」

벽에 바짝 달라붙어 움직이던 쑹 아줌마가 귓속말을 하듯이 말했다. 「잠깐만요, 동지 여러분, 거리에 죽은 개들이 가득해요. 연못에는 또 뭔가가 떠올라 있어요……. 이게 무슨 뜻일까요?」

그날 S 기계 공장은 특별히 조용했다. 사람들은 제각기 숨을 죽이고 정신을 집중하여 귀를 기울였다. 보이지 않는 무언가가 계속 여기저기 돌아다니고 있었다. 이쪽에서 잠깐 소리가 나더니 또 저쪽에서 소리가 나는 통에 사람들은 정신과 마음이 한꺼번에 불안했다.

「바람일 거야. 오늘은 날씨가 좀 습한 것 같아.」장메쯔가 용기를 내서 말했다. 말을 마친 그는 추위를 두려워하는 것처럼 목을 움츠렸다.

「무슨 소리냐 하면, 아무 소리도 아니야. 완전히 억지 상상이라고. 문제는 강에 있어. 아침에 커다란 괴물 물고기가 떠내려왔다고 하더라고. 날이 밝자마자 냄새를 맡아보았지. 나는 죽은 개일 거라고 생각했어.」치얼거우가 자신감에 찬 어투로 말했다.

「어떤 물체 하나가 옆으로 지나갔는데, 분명하게 보진 못했지만 어쩌면 원숭이였는지도 모르겠어.」왕창王强이 자기 뺨을 두드리며 말했다.

「원숭이라고?」

「내가 보기에는 그 물건이 또 온 것 같아.」

「대단하네. 그해에도 한 번 오지 않았었나? 나중에 하늘에서 죽은 물고기가 떨어지면서 우리 집 지붕에 너덧 개의 커다란 구멍이 뚫렸었지. 당시에 나는 물고기를 다 먹지 못하면 소금에 절여 둬야겠다고 생각했는데 역병이 발생할 줄 누가 알았겠어? 동지 여러분, 제발 죽은 물고기는 먹지 말아요!」

「귀신이 닭 털을 잘랐어요! 아침 일찍 거리의 닭들이 전부 털이 잘렸어요.」

「죽여! 뭘 더 기다리는 거야?」

「거리에 미친개들이 뛰어다녀요. 누군가가 쫓아가면서 개를 때리고 있어요. 에이! 제발 우리 집으로 기어 들어오지만 말아 줘.」

「미친개가 뭐 그리 대수라고? 전에 나를 물었을 때는 때리지 않고 가만 놔뒀었어. 그런데도 광견병이 발생하지 않았지. 미친개에게 물렸다고 해서 전부 광견병에 걸리는 것은 아니라는 사실을 알 수 있지. 나도 안 걸렸잖아?」

「온몸에 땀을 흘리고 감기에 걸려도 살고 싶을까? 그 사람은 정말로 주제 파악을 못 하는군!」

「이렇게 귀신 같은 날씨가 조만간 우리를 전부 쪄 죽게 하고 말 거야.」

「미친개한테 물렸으면 알아서 나가 죽으면 되지, 왜 때리려는 거야? 항상 형세를 생각해야지.」

이때 빠르고 급한 발걸음 소리가 들렸다. 알고 보니 라오위였다.

「죽일 놈의 왕쓰마가 실종됐어!」

사방이 이상할 정도로 조용했다. 모기 한 마리조차 날아다니지 않았다. 사람 몸에 기어오르는 모기도 없었다. 왕쓰마라니? 어떤 왕쓰마를 말하는 건가? 모두들 땀을 뻘

삘 흘리면서 서로를 쳐다보았다. 맷돌을 돌리듯 머리를 돌리면서 뭔가 깨달으려 애썼지만 아무것도 깨닫지 못했다. 이리하여 아무렇지도 않은 척하면서 이리저리 왔다 갔다 하다가 눈을 가늘게 뜨고 해를 올려다보고는 물을 한 모금 토해 냈다.

「왕쓰마가 실제 인물인가요?」 장몌쯔가 갑자기 두려움이 가득한 표정으로 말했다. 자신의 목소리에 화들짝 놀란 것 같았다. 귓가가 윙윙 울렸다.

모두들 뭔가를 확실히 알고 있는 것 같기도 하고 전혀 모르는 것 같기도 했다. 그들은 왕쓰마가 실제 인물이 틀림없다고 생각했다. 또 한편으로는 왕쓰마가 실제 인물이 아닐지도 모른다는 생각도 했다. 실제 인물이라면 어떻게 실종될 수 있단 말인가? 뭔가 앞뒤가 맞지 않는 것 아닌가? 더위에 머리가 이상해져서 쓸데없는 생각을 하고 있는 건 아닐까? 철문은 도대체 어떻게 된 것일까?

「들리는 소문으로는 귀신이 닭 털을 잘랐다고 하던데?」 라오위가 음흉한 표정으로 말했다.

「빌어먹을 귀[耳] 같으니라고! 아!」 장몌쯔가 담장에 몸을 부딪치면서 말했다. 「뭔가가 안에서 깨물고 있는 거야. 사람을 죽이고 있다고! 사람을 죽이고 있는 거야!」

「귀신이 닭 털을 자른 것과 왕쓰마의 사건 사이에 어떤 연관 관계가 있을까?」 라오위가 차갑게 웃으며 물었다.

변소 안에는 사람들이 가득 들어차 있었다. 제각기 용변을 보고 있었다. 한참 용변을 보고 있는 사람은 몸을 일으키려 하지 않았고 기다리는 사람은 더 기다리지 못하고 바지에 그대로 용변을 보았다. 용변을 보면서 얘기를 나누었다.

「오늘 변소에 몇 번이나 왔어요?」

「오늘만 세 번째예요. 염병할!」

「저는 여덟 번째예요! 엑스레이를 찍어 봐야 할까요?」

「엑스레이에는 찍히지 않을 거예요. 변을 다 보고 나면 아무것도 없게 되니까 그걸로 좋은 것 아닌가요?」

「이번 역병은 과거보다 더 심한 것 같아요. 내가 일찍이 말했잖아요. 음식점 문 앞에 쓰레기를 버리지 말라고요. 그런데 아무도 말을 듣지 않았어요. 옛날처럼 모두들 강에다 쓰레기를 버리면 단번에 흘러가 버려 아주 깨끗해지잖아요. 그러니 어떻게 갖가지 괴상한 질병이 생길 수 있겠어요?」

「사람들의 마음이 예전 같지 않아요. 갈수록 망가지고 있다고요.」

「저는 배가 부풀어 올라서 더 이상 버틸 수 없을 것 같아요.」

「좀 참아 보세요. 곧 끝날 거예요.」

「못 참겠어요. 이쪽 구석에다 용변을 보면 돼요. 걱정하지 말아요.」

「전에는 변소에 가려면 그렇게 오래 기다려야 했는데, 지금은 가자마자 볼일을 볼 수 있어요. 빈자리가 아주 많거든요.」

「왕쓰마의 귀 어디가 썩어서 못 쓰게 되었는지 잘라 낸 게 틀림없어요…….」

「왕쓰마의 귀에 구더기가 생겼다는 얘기를 들었어요. 그래서 사람들 볼 낯이 없어 도망쳤다고 하더라고요.」

너무 오래 쪼그리고 앉아 있다 보니 온몸의 솜털이 전부 폭발했고 솜옷의 깃이 다 젖었다. 각자 생각에 잠겼다. 올해는 더위가 왜 이렇게 빨리 찾아온 거지? 세월이 정말 화살 같네! 내일은 솜옷만 입으면 안 될 것 같아. 정말 큰일이야! 철문에서 계속 소리가 나서 사람들이 용변도 조용하게 볼 수 없잖아.

밖에서 치얼거우의 목소리가 들려왔다. 「네 생각은 어때? 이거야말로 사람들이 깊이 생각해야 하는 문제가 아닐까? 난 아무리 해도 생각해 내지 못했는데 알고 보니 땅의 독소가 신경 쇠약을 치료할 수 있었더군.」

각양각색의 땀을 흘려 고약한 냄새가 나는 머리들이 한데 모였다. 너무 많은 시선이 집중되다 보니 갈라져 틈이 생긴 치얼거우의 엄지손가락이 부어올라 몇 배나 크게 팽창했다. 손톱 위에는 희미하게 뭔가 움직이는 물체가 있는 것 같았다. 또 무슨 소리도 나는 것 같았다. 자세히 살펴보았지만 시커먼 묵은 때밖에 보이지 않았다. 자세히 살펴보고 나서 모두들 의미심장한 표정으로 고개를 끄덕였다. 고개를 끄덕이던 그들의 얼굴에 그윽한 미소가 피어올랐다.

「동지들, 이 문제의 성질은 아주 심각합니다.」

「담장 위에 부엉이가 있는지 주의 깊게 살펴보세요.」

「강에 커다란 괴물 물고기가 떠내려오고 있어요.」

「도시의 커다란 종이 밤새 미친 듯이 울려 댔어요. 우리 마누라는 짜증을 견디지 못하고 그릇을 깨뜨렸지요. 연달아 스물세 개나 깼어요.」

「감기에 걸리더라도 절대 약을 먹지 마세요. 독이 신경을 다치게 하지 않도록 조심해야 해요.」

해는 화로처럼 뜨겁게 타올랐다. S 기계 공장 사람들은 해가 이렇게 사람들을 태우면 아무래도 파리는 줄어들 것이라고 생각했다. 하지만 일반적으로 해가 뜨거울수록 파리도 더 많아진다. 파리는 해를 좋아하기 때문이다. 비가 한차례 내리면 더 좋을 것 같았다. 그리하여 사람들은 비가 내리기를 간절히 기다렸다. 하지만 해는 약해지지 않았고 파리는 적잖이 눈에 띄었다. 비는 어땠을까? 내릴 징후조차 보이지 않았다. 지면은 불의 상자가 되어 버렸다. 도처에서 쩍쩍 갈라지는 소리가 들렸다. 게다가 파리는 밤잠도 편히 잘 수 없을 정도로 사람들을 괴롭혔다. 몸을 뒤집으면 허리 아래가 차가웠다. 뭔가 작은 물건이 몸에 눌리는 느낌이 들었다. 전등을 켜고 살펴보면 파리 사체 몇 개가 흩어져 있었다. 둥글게 살찐 배가 터지면서 안에서 하얗고 작은 구더기들이 기어 나왔다. 구역질이 나 죽을 지경이었다. 햇볕 아래서 파리에게 많이 물린 사람은 물집이나 부스럼이 생기기도 했다. 여기저기 부스럼이 생겨날 뿐만 아니라 누런 진물이 흐르기도 했다. 어떤 여자는 부스럼이 생겨 두 눈알이 전부 짓물러 떨어져 나가는 바람에 맹인이 되었다.

나중에는 담장에도 부스럼이 나기 시작했다. 그것도 파리가 물어서일까? 맨 처음 S 기계 공장의 담장 위에는 아무 이유도 없이 커다란 주머니가 생겨났다. 햇볕을 쪼이자 악취가 났다. 갑자기 돌기한 주머니 때문에 놀란 라오위는 두려움으로 얼굴이 새파랗게 질려 시계를 보았다. 7시 20분이었다.

「동지들, 연구 좀 해봅시다.」 그가 말했다.

「밤에 창문을 잘 닫도록 하세요!」 치 아줌마는 이리저리 뛰어다니면서 사람들을 만날 때마다 고개를 끄덕이며 말했다.

「변소 뒤에 죽은 개가 한 마리 있어요.」 장몌쯔가 황급히 달려와 말했다. 「저는 항상 뭔가 뜻밖의 일이 일어나지 않을까 걱정이에요. 그 녀석 배에 파리가 잔뜩 들어 있거든요. 여기저기 누런 진물이 흐를 거예요.」

라오위는 또다시 시계를 보았다. 7시 30분이었다.

그가 말했다. 「이봐요, 여러분들은 흙이 지니고 있는 독소의 용도에 대해 어떻게 생각하십니까? 네? 들리는 바에 따르면 약방에서는 흙의 독소가 전부 다 팔렸다고 하더군요. 이런 사실이 수많은 문제가 있다는 걸 말해 주는 게 아닐까요?」

「더위로 사람이 죽었어요!」

「도처에 이 죽일 놈의 구더기 천지예요. 아침에 밥그릇을 들고 오면서 마음속이 줄곧 답답하더라고요. 밥에 구더기가 있는 게 아닐까 해서 말이에요. 퉤퉤!」

「최근에 약방에서 대량으로 신경 독약을 팔고 있어요.」

「조사 결과 황니가에 매춘부가 다 합쳐서 여덟 명 있는 것으로 밝혀졌어요.」

「제가 이불로 있는 힘을 다해 머리를 가렸는데도 그 종소리는 계속 귓속을 파고들었어요. 종이 한 번 울릴 때마다 마누라가 그릇을 두드렸어요.」

「잠깐만요! 무슨 물건이라고요?」

알고 보니 담장 위의 주머니에서 찍찍 소리가 났다. 정신을 집중해서 자세히 들어 보니 천지간의 민물이 선부 찍찍 소리를 내고 있었다. 누런 하늘 아래 아주 작은 풍뎅이들이 무수히 날아다니고 커다란 파리 한 마리가 헬리콥터처럼 내려오고 있었다. 모두들 눈꺼풀이 간지러워 문질렀다. 그러고는 하품을 했다. 하품을 하자 꿈도 따라왔다. 꿈은 멈추지 않고 아주 오래 끝도 없이 이어졌다. 꿈속의 사물들은 무척 이상했다. 개도 좋고 지네도 좋고 부엉이도 좋았다. 집도 좋고 나무도 좋았다. 모든 사물이 쉬지 않고 찍찍 소리를 냈다. 그 소리 속에서 아주 얇은 눈곱이 한 겹 새어 나와 눈꺼풀 언저리에 응결되었다.

그날 라오위는 시퍼런 얼굴로 주위 담장 아래 서서 하루 종일 시계를 들여다보았다.

해가 질 때쯤 미친개가 또 짖어 대기 시작했다.

「알고 보니 독창이 난 부위는 똥구멍 안이었어. 복숭아나무에 해골이 맺혔고 땅바닥은 온통 발자국 천지가 되었지.」 치얼거우가 작은 눈을 비비며 몸을 뒤척였다.

미치광이 양싼이 낮은 목소리로 말했다. 「어째서 족제비가 아닌 거야? 응? 내가 보기에는 완전히 누런 족제비여도 될 것 같은데 말이야.」

「나도 줄곧 눈을 감을 수 없었어. 그 죽은 개가 걱정이 되어서 말이야. 그 개는 어디서 온 거지? 어째서 갑자기 변소 뒤에서 죽은 거야? 자네들은 저 해가 금앵자金櫻子[6] 같다는 생각 안 들어?」

6 장미과의 상록 관목.

「이름 하나가 자꾸 내게 달라붙고 있어. 어제는 밥을 먹다가 입에서 그 이름이 튀어나와 깜짝 놀랐다니까. 나중에는 밤새 너무 초조하고 괴로웠어. 절대 자기 혼자 중얼거리는 습관을 기르지 말라고.」

「후싼胡三 영감네 집 천장 틈새에서는 또 검정 버섯이 떨어졌대.」

「사흘 동안 꿈을 꾸지 못했는데, 뭔가 문제가 생긴 건가?」

「후싼 영감이 어지럽게 잡다한 생각을 하는 건 날이 더워서 그런 거야.」

어느 날 오후, 도시의 큰 종이 두 번 울리자 라오위는 깜짝 놀라 깊은 생각에서 깨어났다. 또다시 왕쓰마가 생각났다. 그는 여전히 그렇게 분개하며 그것을 〈왕쓰마 사건〉이라고 불렀다. 그는 모든 사람에게 아주 오래 설명했다. 그 과정에서 원숭이 한 마리를 언급했다. 그 원숭이는 사람처럼 국수를 만들 줄 알았다. 심지어 사람보다 더 맛있게 만들었다. 「이건 일종의 기적이 아닐까요? 여러분은 어떻게 생각하세요?」 그가 몹시 엄숙한 목소리와 얼굴빛으로 물었다.

왕쓰마가 그림자처럼 사라졌다. S 기계 공장 사람들 가운데 누구 하나 왕쓰마라는 사람이 있었다는 것을 분명히 기억하지 못했다. 이런 문제는 너무나 복잡했다. 분명히 하려면 정신을 너무 소진해야 했다. 게다가 생각해야 할 문제들이 너무 많았다. 예컨대 변소가 또 무너져 똥통 입구로 대변이 넘쳐흘렀다. 도처에 구더기가 생겨 아예 방지할 방법이 없었다. 어디든지 파리가 있는 곳을 쳐다보면 구더기가 있었다. 도둑놈 하나가 공장 안 구석구석을 돌아다니는 바람에 사람들은 몹시 놀라고 겁을 먹었다. 잠도 편히 잘 수 없었다. 설사가 끝나자마자 또 끝도 없이 피부에 물집이 생겼다……

황니가에 나타난 왕쯔광

1

햇빛이 하루가 다르게 독해지는 것 같았다. 햇빛은 매일 모든 사물을 말려 갈라지게 했다. 모든 물건이 말라서 지직 지직 소리를 냈다. 공중에서는 또 항상 윙윙윙, 윙윙윙 아주 단조롭고 지루한 소리가 났다. 이 소리는 하루 종일 울려 댔지만 아무도 무슨 소리인지 알지 못했고 손으로 차양을 만들어 자세히 관찰해 봤는데도 알아내지 못했다. 누군가는 모기 소리라고 했고 또 누군가는 지붕 위의 기와에서 나는 소리라고 했다. 자기 귓속에서 나는 소리라고 하는 사람도 있었다. 낮에는 끊임없이 담장 틈새를 통해 S 기계 공장 안으로 들어왔다가 또 담장 틈새로 끊임없이 빠져나갔다. 세월은 아무런 의미도 없이 흘러갔다. 또 항상 말할 수 없는 어떤 의미를 지니고 있는 것 같기도 했나. 복도 가장자리에도, 처마 밑에도, 어디든지 졸린 눈과 반쯤 열린 돼지 간 색깔의 커다란 입 천지였다. 초록 머리의 파리들이 그 사이를 기어다니고 모기들이 그 사이를 앵앵거리며 날아다녔다. 그 꿈은 사람들에게 종종 아주 좋은 꿈으로 느껴졌다. 라오위의 째진 목소리가 갑자기 우렁차게 울렸다. 「회의 시작합시다!」 그제야 사람들은 정신을 차리고 가볍게 몸을 두 번 흔들고는 회의장 안으로 들어갔다. 회의장 안으로 들어서서는 먼저 눈을 뜨고 빤히 바라보면서 듣고 있었다. 오래 듣다 보니 눈동자가 점점 혼탁해지고 몸의 뼈들이 녹작지근해지기 시작했다. 아예 중심이 다른 사람에게로 쏠려 몸을 기댄 사람도 있었고 그가 몸을 기댄 사람은 또 다른 사람에게 몸을 기댔다. 이리하여 대여섯 명이 한 무리, 일고여덟 명이 또 한 무리를 이루어 코 고는 소리가 울려 퍼지기 시작했다. 천둥소리 같았다. 그러다가 고위 간부가 이해관계가 가장 큰 일에 관해 얘기했다. 예컨대 이런 얘기였다. 〈여기 모인 사람 가운데 누군가 부엉이를 키우고 있습니다!〉〈박쥐 사건은 반드시 조사를 해봐야 합니다!〉〈담벼락에 이미 핏자국이 드러나고 있어요…….〉 그러자 사람들이 모두 깜짝 놀라 자기 몸에 기대고 있는 사람들을 힘껏 밀어냈다. 밀쳐진 사람들은 깜짝 놀라 벌떡 일어서서는 한참이나 눈을 비볐다. 그러고는 구시렁구시렁 불평을 늘어놓으며 작은 눈을 크게 뜨고 귀를 기울였다. 하지만 30초도 안 돼서 눈동자가 다시 혼탁해졌다. 무슨 방법이 없을까? 천둥신도 갑면충瞌睡蟲[7]은 잡지 못한다고 하지 않았던가!

꿈속에서 큰물이 흘러나왔다.

후싼 영감은 똥통 위에 앉아 비쩍 말라 가늘어진 다리를 뻗고 햇볕을 쪼였다. 누런 물이 호수에 떠 있는 오리 떼처럼 밀려왔다. 그는 여러 겹으로 접힌 노안을 가늘게 뜨고 잠시 바라보다가 탄성을 내질렀다. 「헛!」 그러고는 천천히 거대한 몸을 끌고서 집 안으로 들어가 문을 닫고 빗장을 걸었다. 천장 틈새에서 파리 한 마리가 침대 휘장 위로 떨어지면서 탁 하는 소리가 났다. 천장 틈새에는 항상 온갖 것이 살고 있었다. 파리도 살고 나방도 살았다. 심지어 아주 작고 가는 검정 버섯도 자랐다. 그의 딸은 매일 손에 분무기를 들고 쿵쿵쿵 요란하게 밀고 들어와 천장을 향해 DDT를 분사했다. 후싼 영감이 잠시 누워 있다가 막 꿈을 꾸려는 순간, 입으로 물이 흘러 들어왔다. 아주 비릿한 냄새를 담은 물이었다. 「헛!」 그는 또 가볍게 한마디 내뱉고는 힘껏 몸을 뒤집으며 생각에 잠겼다. 「풍뎅이 등에는 왜 빨간 반점이 생긴 것일까?」

해는 계란 노른자처럼 희미하고 누런 거품 속에 떠 있었다. 거리의 작은 집들은 물에 잠겼다. 검은 말똥구리 한 무리가 물에 떠 있는 것 같았다.

7 옛날 소설에 나오는, 사람을 졸게 하는 벌레.

여자 시신 한 구가 거리 한가운데 고인 물 위에 모로 누워 있었다. 스펀지처럼 온몸에 물을 가득 머금었다.

머리를 박박 깎은 알몸의 상반신은 물속에 서 있었다. 칼로 고양이의 목을 딴 것처럼 잔뜩 피에 젖었다.

「이 강물은 미끌미끌한 것이 목욕을 하고 난 오수 같군.」

「벽 여기저기에 혹이 생기더니 밤중에 깨어나 보니 벽이 부서지는 소리가 들리더라고.」

「수위가 올라가면 필연적으로 사람이 죽게 될 거야.」

「물에서 약간 똥 냄새가 나는 것 같아. 역병이 발생할 징조야. 물에서 똥 냄새가 나면 항상 역병이 돌았잖아.」

「뭔가 귓속에서 밤새 움직이는 것 같아서 아침에 작은 꼬챙이로 파봤더니 이가 한 마리 나왔어. 이 알도 한 무더기 나왔지.」

오전에 모든 사람이 뭔가를 찾으러 나왔다.

가슴 가득 희망을 품고 이리저리 기웃거리면서 손으로 물속을 더듬었다. 그러면서 계속 뭔가를 찾을 수 있을 것이라고 생각했다. 이 강물은 정말 뜨겁다는 생각이 들었다. 이리저리 헤집은 결과 죽은 돼지 한 마리와 죽은 닭 몇 마리를 찾아냈다. 하나같이 물에 팅팅 불어 있었다. 죽은 것은 원래 먹을 수 없었지만 억지로 먹는 사람도 있었다. 버리기에는 너무 아깝다는 것이었다. 그리하여 장메쯔가 앞장서서 먹기 시작했다. 게다가 그는 그런 가축들이 역병으로 죽은 것이 아니라 물에 빠져 죽은 것이라고 했다. 강물은 아주 깨끗한데 먹지 못할 이유가 뭐냐는 것이었다. 일단 먹기 시작하자 담이 커졌다. 이때부터 매일 나가서 먹을 것을 찾았고 집으로 가져와 음식을 만들어 먹었다.

거리 전체가 역병에 휩싸였다. 닭들은 전부 역병으로 죽었고 고양이들도 너덧 마리나 역병 때문에 미쳐 버렸다. 미친 고양이들은 낮이고 밤이고 하루 종일 초가집 지붕 위에서 괴상한 소리를 내며 울어 댔다. 사람들은 무서워서 감히 문밖에 나가지 못했다. 집 안에 거주하는 것도 쉽지 않았다. 온 천지에 넘쳐 나는 악취 때문에 담장에는 괄태충이 가득해 조금만 잘못해도 사람들 목덜미로 떨어졌다. 하루는 위안쓰의 아내가 찬장에서 독사의 알을 발견했다. 하마터면 계란인 줄 알고 지져 먹을 뻔했다. 독사 알이 발견된 날부터 모든 사람이 다락방으로 올라가 살기 시작했다. 똥이나 오줌이 마려워도 아래층으로 내려가지 못하고 바닥에 구멍을 뚫어 곧장 아래로 쌌다.

왕쯔광이 작은 배를 타고 나타났을 때, 황니가 사람들은 전부 자기 집 다락방에 모여 손차양을 하고서 그를 바라보고 있었다. 잠시 바라보다가 남몰래 슬그머니 웃는 사람도 있었다. 이리하여 모든 사람이 서로를 가볍게 밀쳐 대며 너무 즐거워 가슴을 치거나 발을 굴러 댔다. 바닥에 데굴데굴 구르면서 깔깔대고 웃는 사람도 있었다. 북을 치는 것 같았다.

꼭 말똥구리같이 생긴 그 작은 배는 아주 빠른 속도로 날듯이 다가왔다. 상앗대질을 하는 남자는 머리가 없었다. 허리를 구부리고 시종 엉덩이를 황니가로 향하고 있어 사람들의 눈에는 머리가 없는 것처럼 보였다.

「왕쯔광이 검은 가죽 가방을 가져왔어.」다락방에서 누군가 소리쳤다.

「왕쯔광이 검은 가죽 가방을 가져왔어.」모두들 귓속말로 전하면서 오리처럼 난간 밖으로 목을 길게 뺐다.

왕쯔광은 첫 번째 집 문 앞에 도착하여 발로 문을 차서 열고는 거칠게 소리를 질렀다. 「듣자 하니 귀신이 닭 털을 잘랐다면서요?」이렇게 말하고는 굽이 높은 장화를 신은 발로 철벅철벅 물을 밟으면서 안으로 들어갔다. 집 안은 아주 어두웠다. 땅굴 같았다. 아주 작은 물체들이 주위를 마구 기어다니면서 뭔가를 깨물어 찍찍 소리를 내는 것만 느낄 수 있었다. 한참이 지나서야 왕쯔광은 작은 광점을 발견했다. 천장에 뚫린 작은 구멍이었다. 그 광점을 올려다보니 희미하게 지붕의 기와가 보였다. 뭔가가 그 구멍에서 픽 하고 떨어져 내렸다. 한참이나 자세히 살펴보고 나서야 그는 간신히 그것이 인분일지도 모른다는 생각이 들었다.

「이 집에는 뭔가 있는 것 같아.」 그는 그렇게 말하면서 몸을 떨었다.

「이 집에는 아무도 살지 않는 게 분명해요.」 상앗대질을 하는 사람이 말했다. 그는 이미 귀신도 모르게 다락방으로 가는 계단에 올라와 있다가 두 다리 사이에 계단 손잡이를 끼고 미끄러져 내려오고 있었다. 미끄러져 내려온 그는 다시 올라갔다가 다시 미끄러져 내려왔다. 같은 동작을 끊임없이 반복했다. 입으로는 득의양양하게 휘파람을 불었다. 이렇게 소란을 떠는 사이에 계단 위의 먼지가 집 안 가득 날리는 바람에 숨도 제대로 쉬기 어려웠다.

「정지!」 왕쯔광이 말했다. 그는 목이 팽창되는 것을 느꼈다. 한기가 드는 것 같았다. 〈한기가 내 목을 점령했어.〉 그는 속으로 생각했다. 〈점령〉이라는 단어는 아주 의미 있는 것 같았다. 정식 공문 같았다. 그는 반드시 점령이라는 단어를 사용해야 했다.

「다락방마다 사람들 머리가 가득한데 어떻게 거주하는 사람이 없는 거지? 내가 정식으로 통지하건대, 이 거리에는 사람들이 셀 수 없이 많아! 정치 양상 문제에 관해서 여러분은 어떻게 이해하고 있나, 이 역병 걸린 닭 같으니라고!」

그도 자신이 왜 〈역병 걸린 닭〉이라고 욕을 했는지 알 수 없었다. 그냥 입에서 나오는 대로 내뱉은 말이었다. 욕을 하고 나서도 전혀 통쾌하지 않았다.

상앗대질을 하는 사람은 오로지 계단 손잡이에서 미끄럼을 타는 데에만 열중하고 있었다. 탈수록 더 익숙해졌다. 엉덩이 아래서 쉭쉭 소리가 났다. 아주 듣기 좋았다. 「누군가가 구멍으로 용변을 보았어요. 냄새가 정말 고약하네요.」 그가 미끄럼을 타면서 말했다.

〈알고 보니 이 친구는 농인이었어.〉 왕쯔광이 속으로 생각했다. 그는 철벅철벅 거리로 나서 두 번째 집 문을 발로 걷어차 열었다.

「수염 후胡!」 그는 마음대로 이름을 하나 생각해 내 불렀다. 경험이 있었기 때문에 이번에는 대답을 기다릴 것 없이 곧장 집 안으로 밀고 들어가 여기저기 훑어보았다. 아무도 없었다. 방금 밥을 먹다 만 식탁에는 몇 마리 살찐 쥐만 탐식에 전념하고 있었다. 그를 거들떠보지도 않았다.

「들리는 바에 따르면 귀신이 닭의 털을 잘랐다고 하던데, 사실인가요?」 그는 큰 소리로 외치는 동시에 산이 무너지고 땅이 갈라지는 것을 느꼈다. 사실 그는 빈 구멍에 한 발을 들여놓았을 뿐이었는데 다리 전체가 자연스럽게 빨려 들어갔다. 그가 두 손으로 바닥을 디뎌 간신히 발을 빼내고 보니 바지에 대변이 잔뜩 묻어 있었다. 보아하니 이 구멍이 바로 이 집 사람들이 용변을 보는 곳인 것 같았다. 왕쯔광은 첫 번째 집에도 이런 구멍이 있었던 것을 기억했다. 이 구멍은 유일하게 공기가 통하는 구멍이기도 했다. 다락방에서는 창문을 전혀 찾아볼 수 없었기 때문이다. 몇 줄기 희미한 빛이 가느다란 기와 틈새로 비쳐 들어올 뿐이었다. 그는 머리가 어지러운 상태로 아래층으로 뛰어 내려갔다. 발에 뭔가 부드러운 것이 밟혔다. 고개를 들자 어렴풋하게 크고 검은 그림자가 습격해 오는 것이 보였다.

「노선 문제는 중대하게 시비를 가려야 할 문제입니다.」 검은 그림자가 입을 열었다. 알고 보니 상앗대질을 하는 사람이었다. 그가 언제 들어왔는지는 알 수 없었다. 그는 계단 손잡이 위에서 미끄럼을 타면서 쉭쉭 소리를 내고 있었다. 방금 발에 밟힌 것은 계단을 붙잡고 있는 그의 손이었다. 「당신이 내 손을 밟아 아파 죽겠어요.」

「어서 나를 부축해서 밖으로 데려가 줘요.」 왕쯔광이 힘없이 말했다. 폐부에 목이버섯과 지금초地錦草가 잔뜩 자라 있는 것 같았다.

상앗대질을 하는 사람의 말라서 쪼글쪼글한 두 다리가 쾅 하고 계단 손잡이에서 떨어졌다. 그는 손을 뻗어 왕쯔광의 양쪽 겨드랑이에 끼웠다. 그 손은 두 개의 얼음 조각처럼 곧장 그의 심장까지 차갑게 식혔다.

후싼 영감의 똥통은 여전히 처마 밑의 누린 물 속에 놓여 있었다. 그는 다리를 다 드러낸 채 똥통 위에 앉아 정신을 집중하여 콧구멍을 움켜쥐고서 있는 힘을 다해 코를 풀었다. 두 손가락 사이에 끼워 둔 노란 허리띠가 흔들렸다.

「들리는 바에 따르면 귀신이 닭 털을 잘랐다던데 맞소? 헛!」 왕쯔광이 야릇한 표정으로 미소를 지으면서 후쌴 영감의 등을 툭툭 두드렸다. 후쌴 영감의 등에서 윙윙 소리가 났다. 안에서 수많은 벌이 마구 부딪치고 있는 것 같았다.

늙은 거북처럼 작고 가늘게 빛을 내는 영감의 눈동자가 굳어지더니 간절한 어투로 말했다. 「변소 지붕에 애기괭이밥이 정말 무성하게 자랐더군요. 옆집 쑹 씨네는 또 파리를 먹었어요. 가서 그녀를 조사해 봐요. 어서……. 누군가가 조반파의 세력이 도저히 막을 수 없을 정도라고 하더군요. 당신은 이에 대해 어떻게 생각하십니까?」

「귀신이 닭 털을 자른 것이 왕쓰마 사건과 무슨 관계가 있지?」 왕쯔광이 또 웃기 시작했다. 너무 웃다가 딸꾹질까지 했다.

「이 집은 냄새가 너무 심하군. 파리가 정말 많아.」

「허허.」

「천장 틈새에서 또 검정 버섯이 떨어지는군. 이게 벌써 세 번째인가?」

「허허.」

다음 날은 햇빛이 아주 좋았다.

장몌쯔가 아무 소리 없이 죽었다. 정말로 날을 잘 골라서 죽었다! 사람들이 고개를 들어 보니 그의 몸은 이미 석탄처럼 검은빛이었다. 등에는 커다란 낙타 혹이 하나 생겼다.

미친 고양이가 변소 지붕 위에 쪼그리고 앉아 괴상한 소리를 내면서 울고 있었다. 변소 지붕 위에는 애기괭이밥의 자줏빛 작은 꽃이 피어 있었다. 한 다발 한 다발 수정처럼 밝게 빛나고 있었다.

「천추에 더러운 이름을 남겼네. 천추에 더러운 이름을 남겼어.」 라오위가 파인애플 같은 작은 머리를 흔들면서 말했다.

「진즉에 내게 알렸어야지. 그랬으면 구해 줄 방법이 있었을지도 모르는데 말이야. 장몌쯔 이 사람은 죽어서도 체면을 챙기지 못하는군.」 쑹 아줌마가 말라서 딱딱해진 가슴을 두드리며 말했다.

「장몌쯔 이 사람은 사실 문제가 아주 많았어. 사물을 봐도 아무 생각이 없으면서 먹는 건 무척 밝혀서 매일 쉰밥을 먹어 댔지. 누군가가 말을 걸면 입에서 씹다 만 쉰밥이 뿜어져 나왔다니까. 정말 참기 힘들었어.」 치 아줌마가 노기등등한 어투로 말했다. 그녀는 말을 이어 가나가 삭대기 하나를 집어 들고는 시신의 등에 난 커다란 혹을 찔러 보았다. 몇 번 찌르자 혹에서 검은 물이 솟아 나왔다. 고약한 악취가 코를 찔렀다.

「물을 조심해. 독을 풀었다고. 우물물을 마시면 안 돼. 목욕도 해선 안 되지.」쑹 아줌마가 작은 목소리로 말했다. 말을 마친 그녀는 쥐처럼 사람들 사이를 빠져나갔다.

「7시 40분이야.」라오위가 새파래진 얼굴로 시계를 보았다.

사흘 연달아 라오위는 이 죽일 놈의 괄태충들과 대치하고 있었다. 괄태충들이 끊임없이 다락방 바닥으로 기어 올라오고 있었다. 게다가 항상 그 용변을 보는 구멍을 통해 올라왔다. 뾰족한 물건으로 찌르고 갈고리로 걸어 내고 소금물을 뿌리는 등 온갖 방법을 다 써보았지만 소용이 없었다. 뜻밖에도 손으로 잡아도 기어 올라왔다. 미끌미끌한 회백색 벌레가 지나간 자리에는 긴 띠가 생겨 음산한 빛을 뿌렸다. 〈구부러진 달이 밤하늘을 장식하고 나이 든 집주인은 취침 점호를 하네.〉라디오에서 이런 노래가 흘러나왔다. 아침 내내 이 노래가 흘러나왔다. 사람들의 마음을 불안하게 만드는 노래였다. 「우리 이 거리에는 항상 이상한 일들이 생기는 것 같아. 왕쯔광이 왕쓰마의 동생이라는 소문이 있어. 장몌쯔의 죽음이 뭘 말해 주는지 알아? 응?」라오위가 목을 길게 빼고 치얼거우에게 말했다.

82

「그 왕쯔광이라는 사람은 뜻밖에도 실제 인물이 아니라면서요?」주朱 간사가 참새처럼 길거리에 쪼그리고 앉아 다락방의 난간을 바라보며 다급한 상황에 더 지체하지 못하고 끼어들어 말했다. 「소문에 따르면 그가 왔었대요. 다시 오진 않을 거래요. 하지만 정말로 그를 본 사람이 하나도 없다니 어떻게 그런 사람이 왔었다는 걸 믿을 수 있겠어요? 어쩌면 왕쯔광이 왔었던 게 아니라 그냥 길을 지나가는 거였는지도 몰라요. 아니면 더 안 좋은, 원숭이 같은 것이 왔던 건지도 모르지요. 제 생각에는 모두들 왕쯔광이라는 사람이 정말로 실제 인물이고 어쩌면 상부에서 파견된 사람일지도 모른다고 생각하는 게 그저 다들 마음속에 두려움이 있어서인 것 같아요. 그래서 왕쯔광이라는 사람이 왔었다고 거짓 소문을 퍼뜨리면서 왕쯔광의 이름이 왕쯔광이고, 모든 사람이 그를 보았다고 믿는 척하는 것이지요. 하지만 사실 왕쯔광이라는 사람이 정말로 실존하는지, 여기 온 사람의 이름이 왕쯔광이 맞는지, 그가 정말로 오긴 했던 것인지에 대해 아무도 결론을 내리지 못하고 있어요. 저는 이 일을 하나의 사건으로 삼아서 위원회에 제시해 토론을 벌이려고 했어요. 제가 보기에는 여기에 보이지 않는 재난의 위험이 두 가지 감춰져 있는 것 같았거든요. 조금만 잘못해도 큰 재난으로 발전할 수 있는 문제지요. 여러분들은 그렇게 생각하지 않나요? 어제부터 날이 어두워지기 시작하면 도시의 큰 종이 쉬지 않고 울리고 있어요. 이것이 장메쯔의 죽음과 관련이 있지 않을까요? 어제 저랑 마누라는 밤새 옷장 안에서 잤어요. 아직도 다리가 퉁퉁 부어 있다니까요.」

「아침에 쥐 다섯 마리가 도로를 옆으로 건너갔어요.」 치얼거우가 난간에 엎드려 말했다. 그는 어쩔 수 없이 두어 마디 정도는 해야 하지만 말을 하자마자 큰 화가 닥칠 것 같다는 예감이 들었다. 한참을 생각에 잠겼던 그가 신문에서 본 한마디를 끄집어냈다. 「지금의 중심 임무는 작게 한 움큼을 쥐는 겁니다.」 그러고는 편안한 마음으로 바닥에 누런 가래를 한입 가득 뱉었다.

「내 눈앞으로 작은 핏덩이가 하나 굴러왔어요.」 라오위가 한 글자씩 또박또박 말했다. 「긴 못으로 개의 눈을 찔러 봤지요. 그래도 개는 죽지 않더군요. 이게 기적이 아닐까요?」

「어떤 조짐이 있었어요.」 치얼거우가 눈을 내리감았다. 몹시 겁을 먹은 듯한 모습이었다. 그러고는 허장성세하듯이 거칠게 가래를 뱉었다. 그러면서 끝도 없이 계속 기침을 해댔다. 가슴 안에 진한 가래가 가득 들어 있는 것 같았다.

「저는 왕쯔꽝 사건을 상세한 기록으로 남겼지요. 거미줄이든 말 발자국이든 조그만 단서라도 있으면 전부 수집

했어요.」 흥분한 주 간사의 얼굴이 빨개졌다. 「큰 문제가 될 수 있기 때문이에요. 예컨대 왕쓰마 사건은 이미 크게 잘못되고 있거든요. 당시 우리는 조금도 의심하지 않았는데 지금은 그가 실존 인물인지조차 확신하지 못하고 있어요. 이전에는 그가 황니가의 오랜 주민이라고 말했는데, 그건 사실인 것 같았어요. 하지만 착각이 일어나는 것도 충분히 가능하지요. 특히 수많은 사람의 착각은 더욱 무서워요. 제 생각에는 우선 이 점을 분명히 해두어야 할 것 같습니다. 왕쯔광이 무슨 옷을 입고 황니가에 왔었느냐 하는 겁니다. 왕쯔광이 입었던 옷을 분명히 알면 다른 문제들은 저절로 다 풀릴 거예요. 그런 사람이 온 적이 없다면 어떤 옷도 입었을 가능성이 없어지니까요. 이게 첫 번째 문제점입니다. 둘째는 왕쯔광이 황니가와 도대체 어떤 관계에 있느냐 하는 겁니다. 그가 도대체 상부에서 내려온 사람인가 아니면 그저 왕쓰마의 동생일 뿐인가. 제 생각에는 두 번째 문제가 가장 밝혀내기 어려울 것 같습니다. 이는 황니가 사람들 전체의 목숨과 관련된 문제거든요. 저는 상부에 사람을 파견해 조사를 진행해 달라고 신청할 생각입니다. 이런 문제는 우리 같은 아랫사람들의 힘만으로는 해결할 방법이 없으니까요.」 여기까지 말하고 나서 그는 참새처럼 난간에서 가볍게 뛰어내려 신바람이 난 듯이 손가락을 비비면서 말을 이었다. 「어젯밤에 제가 옷장 안에서 잠을 자려고 했을 때, 일련의 문제들이 저를 꼼짝 못 하게 휘감는 바람에 밤새 자지 못했어요. 이리저리 뒤척이면서 생각한 끝에 결국 이런 결론을 내리게 되었지요. 이 밖에도 문제가 또 있어요. 장몌쯔의 죽음이 미친 고양이 때문이 아닌가 하는 거예요.」그는 거리 한가운데를 향해 목을 길게 뺐다.

라오위와 치얼거우도 덩달아 목을 쭉 뺐다.

하지만 장몌쯔의 작은 집 지붕에는 미친 고양이가 없었다. 참새 한 마리조차 없었다. 애기괭이밥의 자줏빛 꽃만 만개하여 한 더미 한 더미 수정처럼 빛나고 있었다.

해는 돼지 허파처럼 붉었다. 하늘은 특별히 어두웠다. 먼지가 거위 털처럼 흩날려 함박눈처럼 내렸다. 들리는 소문에 따르면 혜성이 지구와 충돌하여 세계의 종말이 올 것이라고 했다. 집집마다 좋은 음식을 만들어 먹기 시작했다. 사는 날까지는 살아야 하니 공연히 음식을 참고 절약할 필요가 없다는 것이었다. 넉넉히 먹으면 배가 불렀다. 배가 부르면 거리에 나가 아무에게나 욕지거리를 했다. 큰길을 사이에 두고, 누런 물을 사이에 두고 용변을 보면서 걸음을 옮기며 욕지거리를 해댔다. 욕을 한 번 할 때마다 바지를 한 번씩 걷어 올렸다. 욕을 하다 신이 나면 똥통을 들어 건너편 다락방을 향해 맹렬하게 뿌렸다. 물론 건너편에서도 똑같이 똥통으로 응수했다. 똥이 사람

몸에 맞지는 않았다. 그냥 그렇게 위세를 떨 뿐이었다.

이렇게 요란하게 세월이 흘러갔다.

어느 날 사람들은 또 갑자기 탄식을 하기 시작했다.

「왕쯔광이 올 때 검은 가죽 가방을 가지고 왔대.」

「왕쯔광이 온 적이 있는데 또 오지는 않네.」

「황니가는 희망이 없어.」

왕쯔광은 도대체 왜 왔었고, 또 왜 다시는 안 오는 것인지, 모두들 아무리 생각해도 적당한 해답을 얻을 수 없었다. 그가 황니가의 저항력이 너무 크다는 걸 알아챈 것일까? 그가 후쌴 영감과 얘기를 나누지는 않았을까? 혹은 황니가의 앞길에 이미 낙심한 것일까? 그로 하여금 황니가에 비관적인 견해를 갖게 한 요인은 도대체 무엇일까?

그러던 어느 날, 치 아줌마가 신바람이 나서 사람들에게 말했다. 「왕쯔광이 무슨 상부에서 내려온 사람이야? 완전히 미쳤군! 왕쯔광은 폐품 회사의 수매원일 뿐이라고요. 이건 절대로 믿을 만한 소식이에요. 왕쯔광은 내 제부의 친척이거든요. 게다가 우리는 이름까지 잘못 알고 있어요. 왕쯔광의 이름은 허쯔광何子光이라고요.」 모두들 그제야 마음속 고민거리를 하나 내려놓았다. 동시에 몹시 실망하기도 했다. 왕쯔광이 알고 보니 폐품 수매원이었던 것이다.

그 시절 주 간사는 매일 책상에 엎드려 늦은 밤까지 일을 하고 있었다. 조사 기록을 문서로 작성하느라 바빴다. 그는 보고서 한 건을 기안해 놓고 다 합쳐서 쉰 가지가 넘는 제목을 생각해 냈다. 결국 그가 선택한 제목은 〈사람들을 깜짝 놀라게 한 장메쯔의 죽음과 왕쯔광의 관계〉였다.

해가 질 무렵, 주 간사는 작은 배를 타고 구區에 가서 보고서를 발송했다.

2

왕쯔광이 황니가에 대해 비관적인 견해를 품게 된 뒤로 모두들 풀이 죽고 기가 꺾여 좀처럼 문밖에 나가지도 않았고 아무 일도 하지 못했다. 이제는 얼굴을 봐도 서로 인사를 건네지도 않았다. 모든 사람이 그저 황니가는 희망이 없다는 한마디만 할 뿐이었다. 이 한마디를 던진 뒤에는 사는 것이 아무런 의미도 없는 듯한 표정을 지었다. 눈을 내리감고 하품을 하면서 좀처럼 말을 하려고 하지 않았다. 왕쯔광도 이미 실망하여 비관적 태도를 보이고 있지 않는가? 누군가가 왕쯔광이 일개 수매원에 불과하고 또한 치 아줌마의 친척이기도 하다고 말했지만 전부 멀찌감치 떨어져서 관망하는 사람들로서 황니가 사람들은 왕쯔광의 비관적 논점이 이만저만한 일이 아니라는 것을 간파하고 있었다.

그들은 이 중요한 사건에 대해 반드시 깊이 생각해 두

서를 파악해 내야 한다고 여겼다. 그리하여 하루 종일 어리둥절한 표정으로 비관적이고 염세적인 생각에 빠져 출근도 하지 않았다. 모두들 가슴을 어루만지며 이런 문제를 확실히 짚고 넘어가지 않으면 목숨도 보전하기 어려울 텐데 누가 감히 출근을 할 수 있겠냐고 말했다. 그날부터 S 기계 공장은 정식으로 가동 중단에 들어갔다.

모두들 집으로 돌아오자마자 손바닥을 뒤집어 문을 닫고 빗장을 걸었다. 어린아이가 밖에 나가겠다고 조르면 호되게 매질을 했다. 아이를 때린 뒤에는 얼른 다락방으로 기어 올라가 도둑처럼 두리번거리며 문틈으로 밖을 엿보았다. 그리고 뭔가를 하는 척 소리를 내면서 문밖의 반응을 살폈다. 「괴상한 일이 일어날 해야.」 노인들은 백발이 성성한 머리를 흔들며 탄식했다. 집 안은 보일러실이 있기라도 한 것처럼 더웠지만 문을 열어 환기를 하지는 않았다. 매일 한밤중에 집집마다 검은 옷을 입은 부인들이 담벼락에 바짝 붙어 집을 빠져나가 머리를 내밀고 주위를 두리번거리며 뭔가를 가지고 바스락바스락 소리를 냈다. 물에다 작은 돌멩이를 던지고 곧장 돌아오기도 했다. 그들이 밖으로 나가면 그 집의 전등이 허장성세하듯이 잠시 켜졌다가 금세 다시 꺼졌다.

후싼 영감은 여전히 낮과 밤을 구별하지 못하는지 처마 밑의 똥통 위에 앉아 눈을 감은 채 쉴 새 없이 중얼거렸다.

「조반은…… 좋은 거야! 나는 침대 위에서 버섯을 세고 있어. 그 검은 그림자는 항상 창문 앞에 서서 무언가 모해를 가하려는 듯한 모습을 보이고 있지……. 검은 그림자가 있어! 동지들, 이를 소홀히 해서는 안 돼요…….」

어느 날, 그의 딸이 대야에 든 똥과 오줌을 받쳐 들고 와서는 그의 목덜미에 쏟아부었다. 그러고 나서는 원한이 가득한 어투로 쳇 하고 혀를 찼다.

후싼 영감의 몸이 축축한 옷 속에서 미세한 떨림을 반복했다. 살이 떨어져 나가는 것 같았다. 배도 홀쭉하게 쪼그라들었다. 그가 멍한 표정으로 말했다. 「풍뎅이와 족제비, 왕쯔광 사건이 도대체 무슨 문제를 설명한다는 거지? 내가 매일 이 자리에 앉아서 눈을 크게 뜨고 지켜봤지만 왕쯔광인가 뭔가 하는 건 한 번도 보지 못했다고. 이 세상은 희망이 없어. 누군가가 항상 저기서 마구 소란을 피우고 있다고. 해가 이미 피를 흘리고 있는 게 아닐까? 내 눈에는 보여. 뭐든지 내 눈을 피해 가진 못하지. 천장 틈새에서는 검정 버섯이 자라고 있으니까 여러분이 그걸로 음식을 좀 만들어 줬으면 좋겠어.」 그는 등을 구부리고 고양이처럼 코를 골았다.

아스팔트 도로 위의 누런 물이 점점 끓인 물처럼 뜨거워지기 시작했다. 그 물에 사람들의 살이 델 것 같았다. 낮에는 도로 위에 서 있을 수도 없었다. 모든 사물이 유리

조각처럼 눈을 자극하는 흰 빛을 뿜어 댔다. 작은 해는 움직이지 못하는 것처럼 항상 희뿌연 하늘 한쪽 구석에 걸려 있었다. 때로는 한 조각 꿈 같은 구름이 멈춰서 해를 가려 주었다. 이리하여 사람들은 거친 숨을 내쉬며 말했다. 「좋았어.」그 구름은 아주 빨리 달아나 버리고 대지에는 다시 뜨겁게 맹렬한 불길이 점화되었다.

해 아래 황니가는 커다란 걸레 같았고 검은 구멍들이 가득했다. 그 구멍들로부터 기름 얼룩의 퀴퀴한 냄새가 뿜어져 나왔다. 수를 헤아릴 수 없는 초록 머리 파리들과 화려한 발에 독을 지닌 모기들도 증발되어 나왔다. 어두운 동굴 같은 작은 집들에서는 시민들이 께느른하게 눈을 반쯤 감은 채 다락방에 모로 누워 있었다. 그들은 간간이 파리채로 얼굴 위에 내려앉은 초록 머리 파리를 쫓아냈다. 때로는 파리채를 높이 들어 밥상 위의 쥐를 쫓아내면서 호통을 치기도 했다. 「나 아직 안 죽었어, 이놈들아!」 그럴 때면 또 고성능 스피커처럼 버럭 소리를 질러 공기를 진동시키고 시민들의 귀 고막을 울리기도 했다. 이리하여 사람들은 신발을 지르신고 커다란 부들부채로 빛을 가리면서 반쯤 넋이 나간 표정으로 밖으로 나와 귀를 기울여 봤지만 무슨 소리인지 뚜렷하게 듣지는 못했다. 어렴풋이, 모든 시민이 전부 병사가 되어야 한다는 문제에 관해 얘기하는 것처럼 들리기도 했고 발밑의 티눈 문제에

관해 얘기하는 것 같기도 했다. 영지버섯을 어떻게 복용
해야 장생불로할 수 있는지에 관해 얘기하는 것 같기도
하고 나침반의 발명자와 특허권에 관해 얘기하는 것 같기
도 했다. 사람들은 다 듣고 나서 자신과는 아무런 관계도
없다는 것을 확인하고는 여전히 그 부들부채를 들고 신발
을 지르신은 채 건물 안으로 돌아갔다.

「왕쯔광이 도시에 왔어요!」 쑹 아줌마가 손뼉을 치면서
소리쳤다.

「아니, 뭐라고요?!」 모든 사람이 우르르 집 밖으로 몰려
나왔다. 부채를 깜빡하고 그냥 나오는 바람에 머리가 그
대로 햇볕에 노출되었다.

「왕쯔광이 도시에 왔어요. 알고 보니 정말로 왕쯔광이
라는 사람이 있었어요. 폐품 회사 수매원이 아니래요. 들
리는 소문에 따르면 그 사람의 진짜 신원을 조사하고 있
대요.」 쑹 아줌마는 이렇게 말하면서 짭조름한 땀을 흘리
고 하얀 거품을 토했다.

「진짜 신원이라고요? 쳇!」 치 아줌마가 흙을 한 입 내뱉
고는 다가가 엉덩이뼈로 쑹 아줌마를 툭 쳤다. 쑹 아줌마
의 걸음이 흐트러졌다.

「도시에 왔었대요.」 쑹 아줌마가 뒤로 물러서면서 말을
이었다. 「그런데 지금은 이미 죽었어요. 잉어처럼 3층 창
문에서 도로로 뛰어내렸거든요. 지금은 도로 위에 누워

있어요. 얼굴에 멍한 표정을 짓고 있어요. 다리 두 짝이 다 없대요. 다리가 어디로 간 걸까요? 내가 한참을 찾아봤지만 끝내 찾을 수가 없었어요.」

「그럼 죽은 건가요? 다리를 아무리 해도 찾을 수 없다는 건가요? 도대체 어떻게 된 일인가요?」모두들 뭔가 기대하는 듯한 눈빛과 달갑지 않은 표정으로 쑹 아줌마를 뚫어지게 쳐다보았다.

「죽었어요. 사람들이 많아서 나도 분명하게 보지는 못했어요.」그녀는 빈손을 앞으로 내밀었다. 그게 할 말의 전부인 것 같았다.

그날 한밤중에 구청장이 황니가에 잠입했을 때, 주 간사의 집에만 전등이 켜져 거리를 향해 희미한 빛을 뿌리고 있었다. 거리 끝에서 반짝이는 주 간사 집의 전등은 한 마리 반딧불이 같았다.

구청장이 문을 힘껏 몇 번 두드렸지만 안에서는 아무런 반응도 없었다. 탕! 탕! 탕! 그가 사력을 다해 두드리기 시작했는데도 안에서는 여전히 아무런 반응도 없었다. 구청장은 문밖을 이리저리 돌아다니다가 냄새가 고약한 술지게미를 창문 유리에 붙이기 시작했다. 뭔가를 살펴보기 위해서였지만 헛수고에 불과했다. 창문 유리에 붙어 있는 먼지가 너무 두꺼워서 아무것도 보이지 않았던 것이다. 그러자 그는 임기응변을 발휘하여 작은 칼을 하나 꺼내 문틈을 찔러 공기가 통하게 했다. 문틈은 갈수록 넓어졌고 새어 나오는 불빛도 갈수록 밝아졌다. 안을 들여다보니 희미하게 안개 같은 수증기만 보일 뿐이었다. 틈새를 두 치 정도의 폭으로 벌린 그는 안을 향해 퉤 하고 침을 뱉었다. 그러자 즉시 우당탕 발걸음 소리가 들리더니 단번에 문틈이 크게 벌어졌다. 주 간사의 헝클어진 머리가 털이 닳아 빠진 빗자루처럼 문틈 밖으로 삐져나왔다. 「15 대 13. 희망이 커요, 안 커요?」 주 간사는 눈을 커다랗게 뜨고 여전히 문기둥을 부여잡은 채 구청장이 들어오는 것을 막았다.

「형세가 우리에게 유리하게 변하고 있어. 어서 문을 열어, 이 도둑놈아!」 구청장은 버럭 화를 내며 문을 열고 안으로 들어가려 했다. 하지만 주 간사가 목숨을 걸고 막아 시종 좁은 틈새만 유지되었다. 이때 문 틈새에 낀 그의 목이 아주 가늘어졌다. 납작한 말거머리 같았다.

「15 대 13이에요, 희망이 크지요?」

그는 여전히 눈을 커다랗게 뜨고서 아무런 표정도 없이 질문을 반복했다. 갑자기 그가 몸을 가볍게 비틀었다. 동시에 가는 빛 한 줄기가 그의 머리 위에서 캄캄한 어둠을 향해 발산되었다. 「어! 구청장님!」 그가 대경실색하며 곧장 문을 활짝 열었다.

구청장이 철벅철벅 물을 밟으며 집 안으로 들어갔을

때, 주 간사는 이미 껑충껑충 사다리에 절반쯤 올라가 있었다. 사다리는 집 한쪽 구석에 있는 커다란 옷장 위로 통했다. 옷장 위는 아주 넓었고 반딧불이 같은 작은 전등이 하나 놓여 있었다. 그리고 여러 다발의 문서와 종이가 쌓여 있었다. 넓은 옷장 위 전체에 이런 문서와 종이 다발이 잔뜩 쌓여 있는 것 같았다. 그 가운데 몇몇 서류 뭉치는 천장을 뚫을 정도였다. 「수위가 올라간 이후로 저는 이 옷장 위에 올라와 지내고 있어요. 절 따라 올라오세요. 각별히 조심하셔야 합니다.」 그는 구청장이 옷장 위로 올라올 수 있도록 손을 잡아 주었다. 「저는 왕쯔광 사건에 관한 서류를 준비하느라 밤새 바빴어요. 모레쯤 조사 팀을 그의 원적지로 보낼 작정입니다. 지시하실 일이라도 있으신가요?」 그는 있는 힘을 다해 서류 뭉치를 밀어 한쪽에 쌓았다. 그러느라 온몸에 땀이 줄줄 흘렀다. 그러고 나서야 두 사람이 끼어 앉을 수 있는 아주 작은 공간이 마련되었다.

「15 대 13이 비밀번호인가?」 구청장이 갑자기 물으면서 형형한 눈빛으로 그를 쳐다보았다.

「어젯밤 영화에 나온 배구 경기 스코어일 뿐입니다.」 주 간사가 난처한 모습으로 대답했다. 「이쪽으로 좀 가까이 와서 앉으시면 안 될까요? 지 틈새로 바퀴벌레가 자꾸 나와서요. 어제도 한 마리 눌러 죽였거든요.」 그는 구청장을 자기 쪽으로 끌어당겼다. 그러자 구청장이 그의 허벅지 위에 앉게 되었다. 그의 허벅지에서는 땀이 나고 있었다. 그 위에 앉은 구청장은 왠지 모르게 기분이 찝찝하고 편치 않았다.

「저는 밤새 왕쯔광 사건에 관한 문서 작성 작업을 하느라 바빴습니다. 이 일을 한 지 보름이 넘었어요. 자, 보세요.」그는 두꺼운 서류 뭉치를 가리키며 말했다. 서류 뭉치 위에는 검은 먼지가 잔뜩 앉아 있고 벌레 한 마리가 그 틈새에서 재빨리 기어 나왔다. 그가 좀 아쉽다는 듯이 손으로 이마를 두드리며 말했다. 「이미 120만 자나 썼습니다.」그러고는 서류 뭉치에서 서류를 몇 장 꺼내 구청장 앞에 내밀었다.

구청장은 코끝을 종이에 가까이 대고 냄새를 맡아 보더니 갑자기 놀란 어투로 말했다. 「어째서 이 옷장이 움직이는 건가? 옷장이 조금씩 흔들리는 것 같네.」

「맞다! 옷장 위에 매달려 있는 줄 보셨어요? 제가 옷장을 우리 마누라랑 아들이랑 같이 뒷방에서 여기까지 그 줄로 옮겨 놓은 거예요. 옷장이 움직이면서 작은 배처럼 마구 흔들렸지요. 밖에서 사람들이 각기 다른 방향으로 집 안을 엿보고 있다는 걸 알아야 하니 이리저리 방향을 바꿔야 했어요. 그래서 이런 방법을 생각해 냈지요. 사람들은 저를 잡으려 했지만 누구도 방법을 찾지 못했어요.」

주 간사가 신바람이 나서 말했다.

「누군가가 창살에 몰래 구멍을 뚫고 있어요. 소리가 갈수록 커지더니 나중에는 아예 공공연하고 대담하게 구멍을 뚫더라고요.」

구청장이 화가 나서 물었다.

「그게 누군가? 어떻게 그런 일이 발생하도록 내버려 둘 수가 있나?」

주 간사가 하품을 했다. 잠을 자고 싶은 것 같았다. 눈빛이 흐릿해졌다. 그는 마지못해 대답했다. 「치 아줌마예요. 그 아줌마는 왕쯔광 사건에 줄곧 반대 의견을 고수했거든요. 매일 밤 찾아와 저의 문서 작성 작업을 방해했어요. 아줌마의 방해 때문에 문서 작성 작업을 일찍 끝낼 수 없었지요. 제 생각에는 아줌마가 곧 목적을 달성할 수 있을 것 같아요. 그 여자는 고집이 너무 세서 우리가 어떻게 할 수가 없어요. 치 아줌마가 저랑 대치하려고 한다면 아예 이 사건을 포기하는 게 낫지 않을까 종종 생각하곤 했지요. 구청장님 생각은 어떠신가요?」

「심장에 병이 난 것 같네!」 구청장이 가슴을 움켜쥐고 화를 내면서 말했다.

창문 유리에 콧구멍 두 개가 나타났다. 그 여자는 신이 난 것 같기두 하고 위협히는 짓 같기도 한 표정으로 창살을 마구 두드렸다.

주 간사가 고개를 숙인 채 의기소침하여 말했다. 「치 아줌마가 이렇게 두드릴 때마다 저는 문서 작성을 할 마음이 없어져요. 문서 작성 작업이 무한히 미뤄지게 하는 것이 아줌마의 목적이지요. 저기요, 구청장님, 혹시 바퀴벌레로 술을 담가 보신 적이 있으신가요?」 순간 그의 눈빛이 열정적으로 변했다. 심지어 다리를 움직이기도 했다. 이런 움직임이 구청장의 앉은 자세를 더 편하게 해주었다. 그의 허벅지에서 미끄럼을 탈 수도 있을 것 같았다. 그는 손으로 주 간사의 등을 꼭 잡아 몸의 평형을 유지했다. 「몸에 부스럼이 날 때마다 그 술로 문질러 소독을 했어요. 한 병 남겼다가 옷장 맨 아래 칸에 두었지요. 쓰고 싶으시면 가져가셔도 돼요.」

주 간사는 말을 마치자마자 코를 골기 시작했다. 구청장의 어깨에 머리를 대고 잠이 든 것이다. 구청장은 몹시 피곤했다. 몇 개나 되는 산을 한 번에 오른 것 같았다. 그는 힘껏 주 간사의 다리에서 벗어나 서류 뭉치 쪽에 가서 누웠다. 주 간사는 이런 이동을 전혀 감지하지 못하고 꿈속에서 머리를 구청장의 가슴에 기댄 다음, 다리로 구청장의 허리를 감아 버렸다. 구청장은 숨도 제대로 쉬기 어려웠다. 구청장은 저항하려 했지만 그가 손으로 구청장의 몸을 꼭 잡고 있었다. 이렇게 한바탕 몸부림을 친 끝에 구청장은 마침내 기력이 고갈되고 말았다. 결국 두 사람은 이렇게 서로 뒤엉켜 자기 시작했다.

날이 채 밝기도 전에 구청장은 밖에서 들리는 괴상한 소란에 잠이 깨고 말았다. 누군가가 뭐라고 외치고 있었다. 또 어떤 사람들이 뭔가로 대문을 마구 두드렸다. 주 간사는 아직 돼지처럼 코를 골고 있었다. 그를 깨우고 싶었지만 불가능했다. 그는 애당초 잠을 자고 있는 것이 아니었지만 그렇다고 깨어 있는 것도 아니었기 때문이다. 그는 눈을 뜨고 그 자리에 누워 혼자 쉴 새 없이 웃어 댔다. 웃으면서 코를 골았다. 이런 모습에 구청장은 놀라고 두려워 벌벌 떨면서 사력을 다해 그의 다리를 걷어 낸 다음, 숨을 죽이고 옷장 위 다른 쪽으로 몸을 피했다. 구청장은 자신이 심각한 지경에 빠졌다는 것을 의식했다. 상심하여 한참을 그 자리에 앉아 있었다. 너무나 후회스러워 온몸에 힘이 빠졌다.

그러다가 갑자기 주 간사에게로 기어가 그의 귀에 대고 낮은 목소리로 말했다. 「15 대 13, 이겼네!」 이 한마디는 정말로 영험했다. 주 간사가 즉시 하품을 하면서 일어섰던 것이다.

주 간사는 정신을 집중하여 잠시 귀를 기울여 듣더니 사다리를 내려가 문가로 갔다. 그러고는 어제처럼 문을 꼭 잡은 채 조금만 열고 고개를 내밀었다. 잠시 문밖에서 와글와글 떠들어 대는 소리가 들리더니 또 주 간사가 너덧 번 하품을 하는 소리가 들려왔다. 그렇게 모든 것이 조용해졌다.

「그들은 시내로 왕쯔광을 만나러 갔어요. 군중의 정서를 파악하는 것도 일종의 예술 아닌가요?」주 간사는 문을 닫고 이상야릇한 모습을 보였다. 그러다가 또 멍한 표정을 지었다. 한참이 지나서야 우두커니 앉은 채 혼자 중얼거렸다. 「왕쯔광은 실존 인물일까? 어쩌면 이번에는 물이 마르면 돌이 드러나듯이 진상이 다 밝혀질지도 몰라.」

그들은 확실한 신념을 갖고 출발했다. 가는 길 내내 쉴 새 없이 떠들면서 소란을 피웠다. 휘파람을 불고 침을 뱉었다. 신바람이 나서 웃다가 물에 거꾸로 떨어져 한 무더기가 되었다.

시내에 도착했다. 쑹 아줌마가 말한 곳은 광룽光榮로였다. 「검정 대문이 하나 있고 처마 위에는 독거미 한 마리가 커다란 그물을 쳐놓았어요.」그녀는 입가의 침을 핥아 먹으면서 애써 기억을 더듬었다.

광룽로에 이르러 이리저리 찾아보더니 또 기억이 안 난다고, 아무래도 훙웨이紅衛로였던 것 같다고 말했다. 훙웨이로는 이미 지나온 터였다. 이리하여 사람들은 훙웨이로를 향해 4~5리 길을 되돌아갔다.

「검정 대문이 하나 있고 처마 위에는 독거미 한 마리가 커다란 그물을 쳐놓았어요.」쑹 아줌마가 말했다.

홍웨이로는 텅 비어 있었다. 큰 사건이 발생했던 흔적은 전혀 찾아볼 수 없었다. 온몸이 땀에 젖은 채 더 걸어가다가는 전부 더위를 먹을 것 같았다. 해는 이미 중천에 떠 있었고 그 물은 사람들이 발을 데어 물집이 생길 정도로 뜨거웠다. 물에는 커다란 검정 거품 덩어리가 떠 있었다. 모기떼가 거품을 따라 춤을 추었다. 수많은 사람이 개처럼 혀를 내밀고 숨을 헐떡거렸다. 그들은 눈을 크게 뜨고 쑹 아줌마를 뚫어져라 쳐다보았다. 한입에 삼켜 버리지 못하는 것이 한이었다.

「어떻게 된 일이지?」 쑹 아줌마는 이렇게 말하면서 애써 진정하는 척하며 주름이 자글자글한 이마를 두드렸다. 「어쩌면 왕쯔광이 정말로 실존하는 인물이 아닌지도 몰라요.」

「고약한 냄새나 풍기는 시체 같으니!」

「죽은 돼지 같은 아줌마!」

「역병 걸린 돼지 같은 아줌마!」

「먹기는 더럽게 많이 처먹고 사고만 치는군. 사람들을 속이려고 온갖 궁리를 다 했네!」

「사람들을 가지고 놀았어!」

얼굴의 땀을 닦으면서 사람들 한 무리가 전부 폭발해 버렸다. 모든 솜털이 폭발해 두피가 산지러웠다. 벗겨 버리지 못하는 게 한이었다. 이 아줌마가 뜻밖에도 이처럼 한가하게 사람들을 속였고, 자신들은 뜻밖에도 미련한 아줌마에게 속아 이렇게 먼 곳까지 헛걸음을 했다는 사실을 생각하니 화가 나서 미칠 것만 같았다.

류톄추이가 음모가 가득한 표정으로 사람들에게 알렸다. 「이 아줌마는 한밤중에 일어나 파리를 먹었어요. 이 아줌마는 파리를 잡아 가둔 사롱紗籠을 갖고 있지요. 저는 아줌마가 사롱에서 파리를 꺼내 먹는 것을 보았어요. 과쯔瓜子[8]처럼 입 안에 넣고 잇새에 파리를 놓고 씹은 다음 날개와 머리를 도로 뱉어 내더군요.」

「문 앞에 커다란 거미줄이 쳐져 있었어요. 길고양이 한 마리가 지나갔는데 저항력이 엄청나더라고요. 황니가는 희망이 없어요. 왕쯔광의 관점은 근거가 있는 거라고요.」 쑹 아줌마가 헛되이 변명을 늘어놓았다. 그렇게 혼자 중얼거리면서 연신 혀로 입가의 거품을 핥았다.

사람들이 황니가로 돌아왔을 때, 구청장과 주 간사는 장메쯔의 초가집 지붕 위에서 서로 뒤엉킨 채 잠을 자고 있었다. 햇볕이 두 사람의 엉덩이 위로 내리쬐어 아지랑이가 피어올랐다. 두 사람 모두 엉덩이에 쪼글쪼글한 헌 천을 덧대고 있었다.

「구청장님이 코를 골고 계시네.」 누군가가 재미있다는

8 수박씨나 해바라기씨, 호박씨 등에 소금이나 향료를 넣어 볶은 것으로 중국인들이 흔히 먹는 주전부리다.

듯이 귓속말을 했다.

「엉덩이 위에 덧댄 천을 조심해요. 동지들, 여기는 옛 혁명 근거지란 말이에요…….」

「쉿, 그렇게 큰 소리로 말하지 말아요! 제가 여러분께 건의하건대 모두들 담벼락 쪽에 서서 구청장님의 코 고는 소리를 들어 봅시다. 소리를 들을 수 있는지 보자고요.」

「정말 대단한 아이디어네요!」

모두들 미친 사람처럼 담벼락 쪽으로 다가가 나란히 붙어 선 다음, 요란한 소리를 내기 시작했다. 심지어 휘파람을 불거나 침을 뱉으면서 한바탕 소란을 피웠다. 그렇게 모두들 억지로 서서 최대한 처마 쪽으로 목을 길게 뺐다.

갑자기 코 고는 소리가 사라졌다. 주 간사가 하품을 한 번 하고는 큰 소리로 잠꼬대를 하기 시작했다. 「황니가의 문제를 어떻게 규정해야 할까요?」 이어서 구청장이 원숭이처럼 사다리를 타고 기어 내려왔다.

구청장은 목을 길게 빼고 얼굴을 쳐들고 있어 담벼락 쪽에 피해 있는 사람들을 전혀 보지 못하고 모퉁이를 돌아 집 뒤의 변소 쪽으로 걸어갔다.

「구청장님이 용변을 보러 가시는 건가?」 모두들 공경하는 태도로 말했다.

잠시 후 모두들 신신한 내변 냄새를 희미하게 맡을 수 있었다.

그들 모두 왕쯔광의 일을 잊고 오늘 처리해야 할 일만 기억했다. 다름 아니라 구청장에게서 〈뭔가 듣는 것〉이었다. 모두들 희미하게 마음 깊은 곳으로부터 열렬한 갈망이 솟아나면서 어렴풋이 자신들이 기다리던 것이 뜻밖에도 운명과 아주 밀접하게 연관된 일이라고 느끼고 있었다.

하지만 구청장은 뒷간으로 들어가서는 아무리 기다려도 나오지 않았다.

「구청장님이 용변을 보기 시작한 지 30분이 지났어요.」

「구청장님이 너무 열심히 일하시는 것 같네.」

「구청장님이 어떤 지시를 내리게 될까요?」

「주 간사는 아직 깨지 않았어. 한 달째 잠을 자지 못했거든. 내가 매일 한밤중에 그의 집에 작은 등이 켜져 있는 걸 봤어.」

「들리는 바에 따르면 주 간사가 문서 작성 작업을 더 진행할 수 없다고 하더군. 어떤 나쁜 사람이 계속 일을 방해하고 있대.」

「주 간사는 좋은 사람이야. 구청장님과 거의 같은 수준으로 훌륭하다고.」

라오위가 다시 한번 시계를 들여다보았을 때, 구청장은 이미 한 시간째 용변을 보고 있었다. 변소 안에서는 아무런 동정도 없었다. 검정 천으로 된 가리개만 바람에 마구 펄럭이면서 요란한 소리를 낼 뿐이었다.

모두들 당장 긴급회의를 열어 대표를 한 사람 뽑아 변소 안에 들어가 구청장을 만나 보게 하기로 했다. 대표가 조심스럽게 변소의 가리개를 들쳐 보니 안에는 아무도 없었다.

「구청장님은 이미 구로 돌아가셨어요.」주 간사가 초가집 지붕 위에서 허리를 쭉 펴면서 아무 일도 없었다는 듯이 태연하게 말했다.

사실 구청장은 구로 돌아간 것이 아니었다. 구청장은 용변을 보는 척하면서 실제로는 뒷문으로 빠져나와 주 간사의 작은 집으로 들어가서는 옷장 위로 올라가 쿨쿨 잠을 잤던 것이다. 주 간사는 구청장의 이런 태도를 익히 알고 있었다. 그래서 〈구청장님은 이미 구로 돌아가셨어요〉라고 말하면서 뭔가 이상한 표정을 지었던 것이다. 무척 만족하는 것 같기도 하고 몹시 곤혹스러운 것 같기도 했다. 나중에는 그도 용변을 보러 가는 척하고 뒷문으로 빠져나와 자신의 작은 집으로 돌아와서는 옷장 위로 기어올라가 구청장과 함께 쿨쿨 깊은 잠을 잤다.

뜻밖에도 다음 날 아침까지 푹 잘 수 있었다.

큰비

1

후싼 영감은 처마 밑에서 잠을 자고 있었다.

그날은 몹시 더웠다. 이른 아침에 후싼 영감은 꿈을 꾸고 있었다. 꿈속에서 빨간 거미를 한 마리 보았다. 배가 거대하고 다리에 가늘고 긴 털이 많이 나 있었다. 거미는 계속 그의 코끝으로 기어 올라왔다. 영감이 연달아 다섯 번이나 걷어 냈지만 거미는 여섯 번째로 그의 코 위에 기어 올라왔다. 또다시 걷어 내려 하는 순간 갑자기 퍽 하는 소리와 함께 잠에서 깨고 말았다. 눈을 떠보니 코끝에 커다란 물방울이 하나 맺혀 있었다.

후싼 영감은 빗소리를 들으면서 미동도 하지 않았다. 비는 콩을 볶는 것처럼 아스팔트 도로를 두들겼다. 처마 밑으로 검은 물이 무수한 갈래로 흘러내렸다. 빗물은 먼저 그의 옷을 적셨다. 이어서 영감이 계단 아래로 피해 몸을 눕히자 등이 물에 잠겼다.

영감은 속으로 생각했다. 〈올해 빗물은 약간 끈적끈적한 것 같아. 게다가 약간 짠맛이 나는군. 사람 몸에서 나는 땀 냄새랑 비슷한 냄새가 나.〉 그는 과거에 하늘에서 죽은 물고기가 떨어지던 때를 기억했다. 그때도 빗물이 이렇게 짰다. 그는 커다란 물고기 두 마리를 염장해 두기도 했었다. 물은 쉬지 않고 불어나 저녁 무렵이 되자 후싼 영감의 몸은 완전히 물에 잠겼다. 무수히 많은 작은 벌레가 영감의 머리칼 위에 집결하더니 얼굴을 향해 기어올랐다. 영감은 꿈을 꾸었다. 끊임없이 이어지는 꿈속에서 빨간 거미가 콧등에 기어오르는 것을 보았다. 거대하고 차가운 배가 그의 콧구멍을 찍어 누르는 바람에 숨을 거의 쉴 수 없었다. 영감은 손으로 거미를 떨어 버리려 했지만 뜻밖에도 싸하게 아픈 손의 통증을 참을 수가 없었다.

「밥 먹어요!」 딸이 매섭게 발을 밟아 영감을 잠에서 깨웠다. 딸은 쾅 하고 밥이 가득 담긴 커다란 그릇을 문지방 위에 내려놓았다. 밥알 사이에는 파리들이 섞여 있었다.

후싼 영감은 몸을 일으켜 밥그릇을 집어 들고는 빗속에서 먹기 시작했다. 먹으면서 딸꾹질을 했다. 그렇게 먹고 또 먹다 보니 이상한 냄새가 났다. 그는 먹는 걸 멈추고 그릇 속을 자세히 살펴보고는 가족들의 험악한 의도를 깨달았다. 알고 보니 그릇 맨 밑바닥에 잘 삶은 커다란 거미

한 마리가 들어 있었던 것이다. 영감의 목구멍에서 암탉 우는 소리가 나더니 목구멍이 몹시 가려워졌다. 만져 보니 아주 가늘고 질긴 털이 잔뜩 나 있었다.

「살아 있는 게 무슨 의미일까? 산다는 건 벌을 받는 거야.」 딸이 창문을 사이에 두고 영감을 뚫어져라 쳐다보았다.

「후싼 할아버지, 쳇!」 손자도 창문을 사이에 두고 빈정거렸다.

얼마 전 딸이 그에게 집 안에서 고약한 냄새가 난다고 말한 적이 있었다. 아주 이상한 냄새라고 했다. 「햇볕을 쪼인 모든 사물에서 구더기가 나오고 있어요. 자리에 앉자마자 지직 소리와 함께 구더기 두 마리가 깔려 죽었어요. 산에 있는 묘지에 열린 포도가 죽은 사람 눈알처럼 크더라고요. 하!」 딸은 이렇게 말하면서 화난 표정으로 눈썹을 세게 눌렀다.

나중에 영감은 처마 밑으로 사리를 옮겼다. 처마 밑은 습기가 너무 심해 한쪽 팔이 계속 아팠다. 그는 팔은 생각하지 않기로 하고 오로지 꿈만 꾸었다. 최근에는 꿈을 특별히 많이 꾸었다. 일생의 꿈을 전부 다 합쳐도 이렇게 많지는 않을 것 같았다. 그 꿈들에는 항상 거미와 풍뎅이, 쥐 같은 것들이 등장했다. 사람은 선혀 등장하지 않았다.

날이 어두워지면 보들보들하고 하얀 물체가 영감의 발

주변에 떠올랐다. 아주 오래 쳐다봤지만 뭔지 알 수 없었다. 그리하여 손을 뻗어 만져 보았다. 한참을 만지다 보니 갑자기 사람의 팔이 만져졌다. 꼭 누르니 그 살 속에서 물이 새어 나왔다. 「아……」 목소리가 톱을 켜는 것 같았다.

「사람이 어떻게 여든 넘어서까지 살 수 있지? 사람들이 이 일 자체를 납득하기가 어려울 거야.」 딸이 집 안에서 말했다.

영감은 서서히 말이 없어지더니 두려움에 질린 듯한 표정으로 몹시 흐려진 눈을 커다랗게 떴다. 처마에서 어떤 물체가 툭 하고 떨어졌다.

「조반파가 권력을 장악했나요?」 그는 투덜대면서 헐거워진 앞니를 문질렀다.

어둠 속에서 새빨개져 곧 폭발할 것 같은 눈알 두 개가 그를 응시하고 있었다. 머리 깎는 사람이 빗속에 서 있었다. 번개 속에서 칼날이 불꽃 같은 빛을 발했다.

후싼 영감은 진저리를 치고는 잠시 주저하다 물었다. 「누가 죽었다고?」

「그 팔요? 제가 어제 잘라 버렸어요.」

「왕쯔광인가 뭔가 하는 사람이 왔었지.」

「그 팔은 누구 것이었나요? 이거야말로 깜짝 놀랄 일 아닌가요?」

「이 빗물이 말이야, 무릎까지 올라왔어. 물속에 거머리가 있을까? 나는 죽도록 무서워서 이 물속에서 잤어. 항상 거머리가 내 머리칼 사이에 달라붙어 뇌수를 빨아 먹는 꿈을 꾸었지. 한번 말해 봐. 조반파의 희망이 큰지 안 큰지 말이야.」

「거머리가 그렇게나 무섭다면 제가 머리를 깎아 드릴게요.」

「작은 벌레들이 항상 머리에 들러붙어 있어 가려워 죽겠어. 벌레들은 머리칼을 띠 풀로 생각하는 것 같아. 사람이라고 생각했으면 달라붙지 않았겠지. 방금 독거미 한 마리가 들어올 뻔했어……. 아…… 아!」

머리 깎는 사람은 하품을 하더니 멜대를 메고 금세 비와 안개 속으로 사라졌다.

후싼 영감은 아직도 조반파에게 큰 희망이 있는지를 생각하고 있었다.

거리 건너편 장메쯔의 작은 집 담장에선 하얀 빛이 아른거렸고 검은 구멍 같은 창문들에서는 은밀한 밀어가 새어 나왔다. 그 소리가 끝도 없이 귓가에 울렸다. 그 소리들 사이에는 기묘하고 야릇한 미소가 섞여 있었다.

날이 밝아 올 무렵인데도 비는 멎지 않았다. 우산을 든 사람들이 거대한 무리를 이루어 후싼 영감을 에워쌌다. 영감은 온몸이 물에 젖어 있었다. 그리마 몇 마리가 머리칼 속에서 기어 나왔다. 무슨 머리 장식인 것 같았다. 손바닥과 발바닥은 물에 불어 하얗게 변했고 그 위에 검고 작은 구멍이 잔뜩 나 있었다.

「뭘 보는 거야? 나는 지금 버섯을 세고 있다고. 우리 집 천장 틈새에 아주 가늘고 매끌매끌한 검정 버섯이 자라고 있거든. 조금 전에도 하나가 떨어졌어. 이번 달에만 벌써 일곱 개째야. 어젯밤에는 줄곧 한 가지 문제를 생각했어. 밤새 생각했지.」 영감이 말했다.

「영감님을 위해 헛간을 하나 지어 드려야 할 것 같군요.」 라오위가 고개를 끄덕이며 말했다. 「이 문제는 처리할 수 있을 거예요. 빗물 속에는 무수한 세균이 있어서 몸이 오래 잠겨 있으면 반신불수가 될 수도 있어요. 이 문제를 위원회에 제기해야겠어요.」 말을 마친 라오위는 급한 일이라도 있는 것처럼 어디론가 가버렸다.

「위원회라고? 바보 같은 소리 하고 있네!」 쑹 아줌마가 작고 뾰족한 발을 후쌴 영감의 배 위로 뻗어 마구 휘저었다.

「예컨대 헛간을 지어 준다고 물이 들어오지 않는다는 보장이 있나요? 우선 그에게 헛간에 살아 보라고 하세요! 이봐요, 후쌴 동지, 이 문제의 전망에 대해 어떻게 생각하시나요? 간단하게 자신의 관점을 좀 말해 줄 수 있겠어요?」

「나는 버섯을 세고 있는데 툭 하고 일곱 번째 버섯이 떨어졌어. 아주 보기 좋았지. 당신들은 여기 둘러서서 무슨 소란을 피우고 있는 건가? 소리를 좀 듣고 싶어.」

「소리라고요?」쑹 아줌마의 작은 눈이 반짝거렸다.「무슨 소리요?」

「빗소리를 듣고 싶네.」후싼 영감이 고개를 숙였다.

모두들 후싼 영감의 입에서 뭔가 얘기를 들을 수 있기를 기대했는데 뜻밖에도 그는 졸기 시작했다. 그래서 모두들 영감을 몹시 원망했다. 모두들 적막에 빠졌다.

「이 비는 어떻게 된 건지 하루 밤낮을 쉬지 않고 내리네요. 방금 용변을 보러 갔더니 변소 똥통이 넘쳐 길까지 똥오줌이 흐르더라고요.」

「매미들이 쉬지 않고 울어 대는 바람에 짜증 나 죽을 지경이에요. 비가 이렇게 오래 내릴 줄 진즉에 알았다면 일찍 잠들어 한 달 동안 깨지 않는 편이 나았을 거예요.」

「모두들 어떤 여자가 죽었다고 해요. 팔 한 짝이 잘려 강가에 던져졌다고 하더라고요. 그런데 제가 아침 일찍 달려가 봤더니 아무것도 없었어요. 누군가가 헛소문을 퍼뜨린 게 분명해요.」

「놀라서 죽을 뻔했네. 이 비는 한번 내리기 시작하더니 그칠 줄 모르네요. 잠도 편히 못 자고 꿈에서 뭔가 소리가 나고 있어요. 해가 떠서 조용해졌으면 좋겠어요.」

「거리의 지반이 내려앉았어요. 땅이 꺼지는 건 아니겠

지요?」

「그들 말로는 지진 전에도 이렇게 비가 내린다고 하더라고요. 하늘이 왠지 좀 이상해요. 내리는 비가 너무 검잖아요. 죽은 물고기들이 쏟아지던 그해의 비보다 더 검어요.」

후싼 영감이 비틀비틀 몸을 일으켜 머리 위의 물방울을 떨어냈다. 그리마 몇 마리가 함께 떨어졌다. 그는 뭔가를 찾고 싶은지 곧장 빗속으로 걸어 들어갔다.

「후싼 동지, 믿음을 잃지 마세요! 너무 소극적이고 비관적인 생각일랑 하지 마시라고요!」 쑹 아줌마가 후싼 영감 뒤를 쫓아가면서 소리쳤다.「나는 동지와 함께 이 문제의 전망과 동지의 관점에 관해 토론을 벌이고 싶어요! 이봐요, 내 말 안 들려요?」

2

그날은 비가 많이 내렸다. 치 아줌마네 집 창고에서 쥐가 고양이를 한 마리 물어 죽였다.

콩을 볶는 듯한 빗소리에 아침 일찍 갑자기 잠에서 깬 치 아줌마는 슬리퍼를 한 짝 들고 머리가 마구 엉클어진 채 부엌으로 가서 바퀴벌레를 때려잡았다. 부엌에는 어디선가 물이 새어 들어와 있었다. 그녀는 철벅철벅 물을 밟으며 슬리퍼를 치켜들고 바퀴벌레를 잡느라 이리저리 뛰어다녔다. 슬리퍼에 맞은 바퀴벌레는 물 위로 떠올라 다리를 버둥거리며 몸을 뒤집으려 애썼다. 도마를 들추니 또 열몇 마리가 기어 나왔다. 아줌마는 재빨리 다가가 전부 때려잡았다. 바퀴벌레는 번식이 아주 빨랐다. 기름이나 쌀, 음식이 항상 바퀴벌레들의 먹이가 되었다. 바퀴벌레들은 또 엄청난 배설물을 남겼다. 어떤 녀석은 냄비 뚜껑 틈새에 숨어 있다가 음식을 할 때 냄비 안으로 떨어져 들어가기도 했다. 치 아줌마는 매일 아침 바퀴벌레를 때려잡았다. 바퀴벌레를 잡으면서 이를 앙다물고 욕을 해댔다. 손놀림이 아주 매섭고 정확했다. 때려잡은 다음에는 발에 힘을 주어 짓이겨 버렸다. 집 안에 바퀴벌레 냄새가 가득했다. 그녀는 죽은 바퀴벌레를 치우는 것이 싫어 항상 바닥에 그대로 내버려 두었다. 그렇게 바퀴벌레 사체는 두껍게 쌓여 갔고 부엌에 들어가면 서너 마리가 발바닥에 달라붙었다. 부엌에서 나와 발밑에서 죽은 바퀴벌레들을 발견한 치 아줌마는 몹시 놀라면서 곧장 신발을 벗어 힘껏 바닥에 내리쳤다. 하늘이 놀라고 땅이 흔들릴 정도로 세게 내리쳤다. 얼마 지나지 않아 신발 밑창이 떨어져 나갔다.

아줌마의 남편은 집 안에 못으로 쥐덫을 박아 놓았다. 쿵쿵 소리가 요란했다. 그는 매일 쥐덫을 박고 그 위에 쥐약 가루를 바른 고기 조각을 놓아 약으로 쥐를 없애려 했다. 창고 안에서 무리를 이뤄 돌아다니던 쥐들이 전부 놀라움을 금치 못했다. 쥐들은 아주 교활하여 절대로 쥐덫에 놓인 고기를 먹는 일이 없었다. 「조만간 이놈들이 우리를 물어 죽일 거야.」치 아줌마가 괴로운 표정을 지으며 말했다. 정말로 어느 날 커다란 쥐 한 마리가 침대 위로 기어 올라와 아줌마 남편의 귀를 물어 구멍을 냈다. 그때부터 남편이 쥐덫을 놓기 시작한 것이다. 매일 아침 창고에 쥐덫을 여러 개 설치했다. 다음 날 창고에 들어가 확인해 보았지만 덫에 걸린 쥐는 한 마리도 없었다. 그러면 쥐덫을 도로 가져갔다가 다시 설치하기를 반복했다. 한번은 밤중에 고양이의 비참한 비명이 들리기에 아침이 되자 덫에 걸린 쥐를 수거하러 가봤더니 쥐는 없고 쥐들에게 물려 죽은 고양이 한 마리만 널브러져 있었다. 여기저기 핏자국이 가득하고 목구멍이 끊어져 있었다. 내장도 파여 있었다. 치 아줌마의 남편은 쥐덫을 수거하다가 혼자 중얼거리면서 고기 조각을 던져 버렸다. 「비가 오는 날에는 쥐들이 특별히 흉악해지는 것 같아.」그는 깊은 생각에 잠겼다.

치 아줌마가 창고 문 앞에 나타났다. 「맙소사! 지금이 어떤 시절인데! 이 쥐들은 사람을 잡아먹는 것 같아. 이런 쥐를 어떻게 쥐라고 할 수 있겠어…….」그녀는 혼자 중얼거리다가 뭔가 중요한 문제가 생각났는지 쥐 문제는 잠시 생각하지 않기로 했다. 집을 나선 그녀는 곧바로 양싼의 집으로 향했다.

양싼의 집 안에 들어선 그녀는 등받이가 달린 대나무 의자에 쿵 소리가 나도록 주저앉아 큰 소리로 외쳤다. 「사론社論[9]을 학습한 적 있어? 아이고! 하늘이 너무 어두워 사람들이 놀라 죽을 것 같네!」

「무슨 사론요?」 목소리가 들려온 곳은 컴컴한 모기장 안이었다. 그는 아직 일어나지 않은 모양이었다.

「당내黨內에서 한자리를 차지해야지.」 그녀가 모기장 가까이 다가가 낮은 목소리로 말했다. 「우리 집 쥐들이 고양이를 한 마리 물어 죽였네. 아무리 생각해 봐도 어찌 된 일인지 알 수가 없어. 이보게, 자네는 이게 어떻게 된 일이라고 생각하나? 왕쯔광 사건에 관해 나랑 주 간사가 한 달 내내 변론을 벌였었네. 뜻밖에도 주 간사네 집 담장에 구멍이 하나 있다는 것을 발견했지. 처마 밑 창문과 가까운 위치였네.」

「구멍이라고요?」

「맞아, 명실상부한 구멍이지! 콩알 정도 크기의 구멍이었네. 주 간사네 집 담장에서 구멍을 발견한 뒤로 나는 매일 밤마다 그 집 주위를 순찰하면서 쉴 새 없이 창문을 두

9 일반적으로 신문에 실리는 〈사설〉과 같은 의미이나, 문화 대혁명 시기에는 중국 인민 전체가 『인민일보』의 사론 내용을 학습하고 숙지해야 했다.

드려 경고했지. 몸과 정신이 다 지칠 정도로 피곤하네. 내가 보기에 그 구멍은 이미 사람들에게 이용당하고 있는 것 같아. 이런 상황에서 문서 작성 작업의 보안성은 이미 존재하지 않는다고 할 수 있지. 따라서 나는 문서 작성 작업을 당장 그만둬야 한다고 생각하네! 잘 생각해 보면 이 이치를 분명히 알 수 있을 거야. 왜 쥐가 고양이를 물어 죽이는지 말이야.」

「정세에 새로운 희망이 있나요?」미치광이 양싼이 모기장 밖으로 눈곱이 잔뜩 낀 얼굴을 내밀었다. 「이 비가 말이에요, 먹을 풀어 놓은 것처럼 검네요.」

「이번 비는 죽은 물고기들이 쏟아지던 때랑 마찬가지로 너무 검은 것 같아. 구청장님이 왜 구로 돌아갔는지 알아? 이 일만 생각하면 나는 비관에 젖고 실망스러운 기분을 떨칠 수 없다니까. 마음이 무겁고 의기소침해져서 일도 하고 싶지 않아. 한번 돌이켜 생각해 보라고. 구청장님은 엉덩이를 탁탁 털고 가버렸어. 이는 구청장님이 황니가를 철저히 꿰뚫어 보고 있다는 것을 의미한다고! 요 며칠 나는 구청장님이 했던 옛 혁명 근거지의 전통에 관한 연설을 항상 생각하고 있어. 때로는 생각을 계속 이어 가다 보면 구청장의 목소리를 흉내 내 보고를 하게 되더군. 내가 보기에 황니가의 문제를 해결할 수 있는 핵심은 〈칼로 다진다鯊〉는 글자 하나에 있는 것 같아!」그녀는 이렇게 말하면서 기름때 가득한 탁자를 손바닥으로 세게 내리쳐 큰 소리를 냈다.

「뭘 다진다는 건가요?」미치광이 양싼은 모기장 안에서 냉전을 펼치고 있었다.

「다리를 잘라 버려. 이건 아주 분명한 거야. 벽에 난 그 구멍에 관해서는 걱정하지 않아도 돼. 내가 이미 흙으로 완전히 메워 버렸거든. 좌우간 문서 작성 작업은 더 이상 진행할 이유가 없는 것 같아.」

「저는 줄곧 이 문제를 이해할 수가 없었어요. 어째서 족제비일 수는 없는 건가요? 족제비인 것도 완전히 가능하단 말이에요! 이리저리 생각하다 보니 머리가 다 부을 정도예요. 최근 들어 저는 줄곧 아주 깊은 잠을 자요. 제 머리가 만터우 같아 보이지 않나요?」

「수많은 흔적이 이미 문제의 본질을 잘 설명해 주고 있어. 우리에게는 중용中庸의 도가 발붙일 땅이 없다고!」치 아줌마는 몹시 화가 난 표정으로 양싼의 집 문을 나섰다.

비가 음침하게 내렸다. 치 아줌마는 한참을 걷다가 다시 몸을 돌려 미치광이 양싼의 창문 밑으로 달려갔다. 그러고는 연필을 깎을 때 쓰는 작은 칼을 하나 꺼내 판자로 된 벽이 틈을 벌렸다. 한참 만에 간신히 가느다란 틈을 벌릴 수 있었다. 그녀는 몹시 불만족스러운 모습으로 숨을 참으며 틈새 안을 들여다보았다. 그렇게 잠시 들여다보더니 한숨을 쉬며 일어나 치얼거우의 집으로 향했다.

「사론을 학습했나?」 그녀가 큰 소리로 물었다. 입을 크게 벌리는 순간 자기 입 안에서 나오는 간밤의 구린내를 뚜렷하게 맡을 수 있었다.

치얼거우는 신발을 지르신은 채 집 안에 서 있다가 두 팔을 넓게 벌리고 크게 하품을 하면서 말했다. 「이게 도대체 무슨 날씨인가요. 계속 비가 내리네요…… 아주 일찍 일어나셨네요. 빗소리 때문에 정말 짜증 나 죽겠어요.」 그는 한 가지 일이 생각났다. 두 걸음 가까이 다가가 치 아줌마의 귀에 대고 낮은 목소리로 말했다. 「옆집 쑹 아줌마가 어젯밤 내내 소란을 피웠어요.」

「무슨 소란을 피웠다는 거야?」 치 아줌마가 펄쩍 뛰며 물었다.

「파리를 먹었어요. 먹다가 남편에게 잡혔어요. 남편은 아줌마를 문밖으로 쫓아낸다면서 때리기 시작했어요.」

「요 며칠 동안 미친개가 거리를 어슬렁거리고 있어. 밤에 창문을 잘 닫아야 해.」

「파리채를 남편이 도로에 던져 버렸어요. 어제 저는 빗속에 거머리가 있는 걸 발견했어요. 땅바닥이 온통 기어 다니는 거머리 천지였어요. 원래는 문을 닫으면 별일 없을 거라고 생각했는데 뜻밖에도 집 안까지 기어 들어오더라고요. 에구! 절대로 맨발로 돌아다니지 마세요.」

「나는 뜻밖의 발견을 했어. 주 간사의 집 벽에 구멍이 하나 나 있는 거야. 요컨대 문서 작성 작업의 보안성이 이미 전혀 존재하지 않는다는 거지. 아침 일찍 우리 집 창고에서 쥐가 고양이를 물어 죽였어. 우리 남편이 지금 한창 쥐덫을 설치하고 있는데, 이번이 이미 쉰네 번째 잡힌 쥐일 거야. 이번 비는 정말 지독하게 내리네. 이런 날씨는 정말 살인적이야. 물론, 벽에 난 그 구멍에 대해서는 걱정할 필요 없어. 내가 이미 점토로 완전히 막아 버렸거든.」

「구청장님은 어째서 손을 털고 구로 돌아간 건가요? 황니가에는 도대체 어떤 성격의 문제가 있는 건가요? 저는 항상 그때 우리의 행동이 좀 단호했더라면 구청장님을 막아서서 확실하게 물어볼 수 있었을 거라는 생각이 들어요. 지금도 마음속에 자신감이 있다면 이렇게 어지럽고 잡다한 생각을 할 필요가 없을 것 같아요. 지금은 모두들 살아 있는 것이 너무나 의미 없다고 말하거든요. 어떤 사람은 이리저리 생각을 해봤지만 도무지 이해할 수가 없어서 병이 나고 말았어요. 저를 예로 들어 볼게요. 그때 구청장님이 왔다 간 이후로 줄곧 누워서 지금까지 잠만 잤어요. 저는 지금 가장 재미없는 일이 이 세상에 살아 있는 것이라고 생각해요. 제기 이렇게 꼿꼿하게 버틸 수 있는지 정말 알 수가 없어요. 어제 라오위가 사람들을 바퀴벌레를 잡는 데 동원했지만 모두들 정신을 못 차리고 있어요. 지금까지도 아무도 행동에 나서지 않고 있다고요.」

「누군가가 사람들 마음을 미혹하려는 것 같아…… 나는 구청장님의 연설을 돌이켜 생각하다 보면 항상 내가 구청장인 것 같다는 착각을 하게 되더라고. 어젯밤에 침대 위 모기장 안에서 자면서 구청장님의 목소리를 흉내내봤어. 구청장님처럼 연설을 하다 보니 당내의 모든 문제를 거론하게 되더라고. 물론 왕쯔광에 대해서도 언급했지. 나는 수많은 사람들의 행적이 이미 문제의 실질적인 소재를 가리키고 있는 것을 보았어.」

「옆집 쑹 씨네는…… 이렇게 가시려고요?」

「밤에 창문 잘 닫아. 비가 오는 날에는 도처에서 지네가 나오거든.」

처마 밑에서 라오위가 비와 안개 속에서 비틀거리는 모습이 보였다. 툭툭툭……. 비가 기름종이로 만든 우산을 때리자 무겁고 요란한 소리가 났다. 하늘이 순식간에 다시 어두워졌다. 날이 밝지 않은 것 같았다.

「어때요?」 그림자가 가까이 다가오더니 낮은 목소리로 말했다.

「얼른 가세요. 오늘은 날이 정말 대단히 어두워요. 밤인 것 같아요. 제 눈꺼풀이 아침부터 지금까지 깜박이고 있다니까요! 어떻긴 뭐가 어때요. 황니가는 희망이 없어요.」

「어젯밤에 또 꿈에서 지네를 보았어요. 우리가 살고 있는 이곳이 땅굴이라 항상 끊임없이 지네나 괄태충 같은 것들이 나오는 거라는 생각이 들었어요. 이 벼락은 뭐든지 다 쪼개 죽일 것 같네요. 벼락을 맞았다 하면 무릎이 아주 흐물흐물해진다니까요.」

「저는 지금 구청장님의 의도를 생각해 낼 수 있을 것 같아요. 이렇게 사색과 사유를 계속해서 할 수 있게 된 거예요. 여기서 제 마음속의 비밀을 알려 드릴게요. 다른 사람들에게는 절대 발설하시면 안 돼요. 구청장님이 가버린 그날 저녁에 저는 구청장님이 주 간사의 집 옷장 위에서 자고 있는 것을 보았어요. 주 간사의 집 벽에 콩알만 한 구멍이 하나 나 있어요. 그 구멍은 저만 알고 있지요. 저는 그 구멍을 통해 안을 들여다보았어요. 물론 지금은 그 구멍을 제가 완전히 막아 버린 상태라 아무것도 볼 수 없지요. 구멍으로 구청장님이 자는 모습을 바라보았을 때, 정말 놀랍고 기뻤어요! 알고 보니 구청장님은 한 가지 전략을 취했더라고요. 이 일은 절대로 다른 사람들에게 얘기해선 안 돼요. 문서 작성 작업의 보안성 문제와도 관련이 있거든요…….」

「날이 아무것도 보이지 않을 정도로 어둡네요. 손전등이 있이야 힐 것 같아요. 뭔가가 줄곧 제 신발에 달라붙고 있어요. 제발 독사가 아니었으면 좋겠네요. 천둥의 신이

불로 글씨를 새긴다는 얘기 들어 보셨어요? 최근에는 소문이 하도 많아서 우리 마누라는 밤만 되면 무서워서 죽으려고 해요. 항상 침대 밑에 기어 들어가서 자요. 그러면서 누군가가 자신을 죽이려고 음모를 꾸미면 어떻게 하냐는 거예요. 도시에서는 미친개들이 사람을 많이 물어 죽였다고 하더군요. 쑹 아줌마 집에 있는 등을 유심히 보신 적이 있나요?」

「등이라고요?」

「어제 밤새 그 등이 켜져 있었어요. 제가 어제 그 집 문밖을 밤새 어슬렁거렸거든요. 그 집 뒤채 쪽으로 돌멩이를 몇 개 던져 넣기도 했어요. 물론 제 소행이리는 걸 아무도 알지 못하지요. 바람이 부는 거라고 생각했을 거예요.」

「들리는 바에 따르면 파리를 먹느라 그랬다고 하더군요.」

「그런 말을 누가 믿겠어요? 예전에 이곳에 살던 어떤 사람은 등에서 항상 돼지기름이 흘렀어요. 그래서 누군가 그 사람이 고기를 먹었기 때문이라고 말했지요. 하지만 누가 그런 말을 믿겠어요? 이 문제를 위원회에 상정해 봐야겠어요.」

「아침 일찍 우리 집 창고에서 쥐가 고양이를 물어 죽였어요.」

「그 일을 하나의 안건으로 만들어 위원회에 상정해야

겠어요.」

번갯불이 거칠고 매섭게 하늘과 땅을 뒤흔들었다. 두 사람의 얼굴이 그 빛 속에서 아주 험상궂은 모습으로 변했다. 어둠 속에서 머리 깎는 사람의 멜대가 딸랑딸랑 소리를 내면서 지나갔다. 황니가가 흙탕물처럼 녹아 버렸다. 거리 입구의 그 작은 등불이 바람에 떠다니는 혼불 같았다.

3

아침에 쥐들이 커다란 옷장을 갉아 먹어 버린 것을 발견한 뒤로 라오위는 줄곧 짜증이 났다. 막 자리에 앉아 식사를 하려던 차에 누군가가 보고를 했다. 후쌘 영감이 미쳐서 포루砲樓 지붕에 기어 올라가 쭈그리고 앉아 비를 맞고 있다는 것이었다. 대나무 장대로 때려도 내려오지 않고 이미 지붕 기와에 커다란 구멍을 몇 개 뚫어 놓았다고 했다.

밤만 되면 담장 밑에서 계속 삭삭 소리가 났다. 소리가 날 때마다 라오위의 꿈속에 지네가 나타났다. 비가 담장을 무너뜨리는 꿈도 꾸었다. 아내는 두려움을 견디지 못하고 침대 밑에 기어 들어가 잤다. 잠시 자다가는 다시 기어 올라와 침대 이래 거미가 있냐고 불평을 늘어놓았다. 거미는 항상 얼굴 위로 기어 올라와 손으로 내쳐도 떨어지지 않고, 손을 벽 쪽으로 뻗으면 또 거미의 다리가 만져진다고 했다. 아내는 쫑알쫑알 뭐라고 말을 하고 또 하다가 전등을 켜려고 했다. 전등을 켜야 마음이 편안해질 것 같다고 했다. 그래야 뭔가 얼굴 위로 기어 올라오면 눈으로 볼 수 있을 거라고 했다. 전등을 켜자 라오위는 더더욱 잠이 오지 않았다. 태양혈太陽穴이 쿵쿵 뛰었다. 마음껏 욕을 한바탕 하지 못하는 것이 한이었다. 이렇게 일장 소란을 떨고 나면 온몸이 흠뻑 젖었다. 침대 위에 비가 내린 것 같았다. 막 잠이 들었을 때 창호지에 또 남자의 머리 그림자가 나타났다. 남자는 손가락으로 창살을 두드려 톡톡 소리를 냈다. 라오위는 용기를 내 어둠을 더듬어 창문 앞으로 다가가서는 낮은 목소리로 물었다. 「누구요?」

「저예요.」 알고 보니 치얼거우였다. 「잠이 안 와 짜증나 죽겠어요. 이리저리 왔다 갔다 하다가 여기까지 온 거예요. 한 가지 일을 밝히고 싶어요. 저의 생사존망이 걸린 문제예요.」

「그래?」

「지난번 그 대화에 관해 뭔가 오해를 하신 건 아니지요? 저는 반드시 제 생각을 밝혀야겠어요.」

「대화라고?」

「네, 바로 그 대화 말이에요! 이 일이 마음을 짓누르고 있어요. 저는 항상 이런저런 생각을 하느라 잠을 잘 수가 없어요.」그의 목소리가 초조하고 다급하게 변했다. 창호지가 윙윙 울렸다. 「저는 지금 죽을힘을 다해 기억을 되돌리고 있어요. 지난번 대화에서 제가 무슨 틀린 말이나 의심스러운 말을 했나요? 문제는 저의 기억력이 완전히 무너지고 있다는 거예요. 도무지 기억나는 게 없어요. 저는 이 일로 줄곧 심한 고통을 받고 있어요. 신경 쇠약에 걸릴 것 같아요. 정말 괴로워 죽겠어요. 어떤 큰 재앙이 닥칠 듯한 느낌이 들어요. 그때의 대화가 저 자신을 철저히 파괴하고 있는 것 같아요.」

「잠깐,」라오위가 참지 못하고 말을 잘랐다. 그는 온몸이 땀투성이였다. 특히 그렇게 뜨거운 분위기가 견디기 어려웠다. 「어떤 대화를 거론하고 있는 것 같은데, 어째서 나는 전혀 생각이 안 나지?」

하지만 치얼거우는 너무나 흥분해 있어 라오위의 질문에 전혀 관심을 기울이지 않았다. 그가 말을 이었다. 「어젯밤에 잠자리에 들려고 양말을 벗는 순간 갑자기 머릿속에 아주 좋은 생각이 떠오르는 거예요. 분명하게 의사 표명을 해야겠다는 생각이었지요! 이런 생각은 제가 양말을 벗는 순간 제 머릿속으로 비집고 들어왔어요. 저는 아무리 해도 자신이 그렇게 똑똑한 생각을 해내리라고는 미처 예상하지 못했어요. 이리하여 지난번 대화에서 제가 어떤 말을 했든지 안 했든지 간에 의사 표명을 하면 마음이 편해질 것 같다는 생각이 들었지요. 이런 아이디어가 제 머릿속에 들어오는 순간 저는 구원을 받은 것 같아 너무 기뻐서 잠이 오지 않았어요. 나중에는 옷을 입고 거리에 나와 좀 걷기 시작했고 이렇게 주임님한테 오게 되었어요. 주임님은 이런 저를 어떻게 생각하시나요? 네?」치얼거우의 호리호리하고 가냘픈 몸이 창호지에 비쳤다. 귀신의 그림자 같았다.

「모순의 전환을 방지해야 해.」라오위가 창문을 사이에 두고 감정이 드러나지 않는 얼굴로 말했다.

「저는 이것이 유일한 기회라고 생각해요!」치얼거우는 학질에 걸린 것처럼 이가 부딪칠 정도로 떨면서 창문 밖으로 지나가려 했다. 발걸음이 상당히 가벼웠다. 아예 아무런 소리도 나지 않았다.

「〈사람〉은 누구나 오점이 있게 마련이야.」라오위가 그 가늘고 긴 그림자를 주시하면서 한 글자 한 글자 또박또박 말했다. 말을 마친 그는 흉악한 표정으로 이를 드러냈다.

「이제 내 마음을 완전히 이해했겠지? 그렇지? 좋아, 그래야 내 마음이 한결 가벼워질 수 있거든.」치얼거우는 계속 혼자 중얼거렸다. 「처음부터 제 생각을 알고 있었나요? 처음에 저는 이해라는 것이 아예 불가능할 줄 알았어요! 그래서 그때 의사 표명을 해야 한다는 생각을 못 했지요. 저는 이렇게 생각했어요. 제가 사람을 찾아 의사 표명을 한다 해도 아무런 반응을 얻지 못할 것이고, 모든 사람이 제가 뭐라고 말하는 것을 들었다는 사실을 인정하지 않을 텐데, 그렇게 되면 저는 평생 가슴 졸이며 사는 수밖에 없을 거라고 말이에요. 영원히 의사 표명을 할 기회가 없는 것이지요. 그럼 저의 처지는…….」

「물론 자네는 아무것도 말하지 않았어. 그런데 왜 자아 검토를 해야 한다는 거지?」 라오위가 차갑게 그의 말을 잘랐다. 그의 몸에서 땀이 비같이 흘렀다. 게다가 이처럼 뜨거운 감정은 더 이상 참을 수가 없었다.

「뭐라고요? 그렇게 생각하시나요? 그렇게 말씀하시는 걸 보니 정말 아무것도 듣지 못하신 것 같군요? 그렇다면 제게 희망이 없다는 건가요? 저는 끝났네요! 살려 주세요!」

그는 힘껏 창살을 두드렸다. 날이 밝을 때까지 계속 두드렸다. 그 소리에 라오위는 거의 미칠 지경이었다.

비가 오던 그날, 라오위는 줄곧 위원회에서 사람이 오기를 기다렸다.

미치광이 양싼이 라오위에게 물었다. 「위원회는 도대체 어떤 기구인가요?」

「위원회 말인가?」 라오위는 알 수 없는 표정을 드러내며 같은 말을 반복했다. 「위원회 말이지? 말해 주지 않을 수 없겠군. 자네가 제기한 이 문제는 아주 심오한 문제일세. 연루되는 영역이 불가사의할 정도로 넓어. 자네에게 한 가지 비유를 들어 줘야 할 것 같다는 생각이 드네. 자네가 이 일을 대략적으로라도 이해하도록 해야 할 것 같아. 원래 이 거리에는 장張씨 성을 가진 사람이 살았는데 한번은 거리에 미친개가 나타나 돼지 몇 마리와 닭 몇 마리를 물어 죽였네. 미친개가 거리 곳곳을 마구 헤집고 다닐 때, 그 장 씨가 갑자기 문을 열고 나가 도로에 뛰어들어 폭사하고 말았지. 그날 하늘은 아주 하얀빛이었고 까마귀들이 하늘과 땅을 뒤덮으며 날아왔어……. 실제로 황니가에는 해결되지 않은 채 남아 있는 일련의 사건이 있네. 자네는 자기 개조와 관련하여 어떤 경험이 있나? 응?」

그가 우산을 들고 문을 나설 때, 빗물이 이미 계단까지 불어나 있었다.

「후싼 영감은 어디 있나요?」 그가 재채기를 하면서 량샤오싼梁小三에게 물었다.

「어디 있냐고? 방금 갈고리를 가지고 뭔가를 걸러 갔어. 영감은 도망친 거야. 지붕 위의 기와들은 이미 무너져서 정말 말이 아니었어.」

「어디서 이런 고약한 냄새가 나는 건가요?」

「변소에 똥이 넘쳤어. 물속에도 도처에 똥이야. 똥독으로 인한 전염병이 번질 것 같아.」

그는 비를 맞으면서 거리 입구로 가서 천막 아래 섰다. 어둠 속에서 희미한 그림자 둘이 나타났다. 그가 큰 소리로 물었다. 「이봐요! 위원회에서 왔나요?」

그림자 하나가 길가로 숨었다. 모습이 보이지 않았다. 비가 투둑투둑 우산 위를 때렸다. 빗소리는 갈수록 요란해졌고 사람들은 갈수록 더 놀랐다.

거리가 소란스러워지기 시작했다. 량샤오싼이 닭 도둑이 왔었다고 보고했다. 혼자서 열 집 넘게 털었다고 했다. 그래서 지금 모두들 다락방으로 올라가 몸을 숨겼다고 했다. 닭 도둑이 망명자라는 소문이 있기 때문이란다.

「위원회에서는 아직 사람이 오지 않았단 말인가?」

「쉿!」 량샤오싼이 손가락을 입술 위로 가져다 대면서 말했다. 「그렇게 큰 소리로 말하지 마세요. 아직 얘기 못 들었어요? 도시에 그 위원회가 없어졌대요. 상부에서 전보가 내려왔는데, 그 위원회는 가짜라고 말했대요. 진짜 위원은 하나도 없고 가루 치약을 파는 노인밖에 없었대요. 이른바 위원회 회원들은 전부 그 노인이 돈을 편취하기 위해 만들어 낸 귀신들이었고요. 상부에서 노인을 잡으러 왔을 때 노인은 화장을 하고 얼굴에 가루 치약을 바르고서 수많은 사람 속에 섞여 들어가 유유히 도망쳤대요. 쯧쯧, 정말 대단한 사람이에요!」

「자네는 여기에 큰 의미와 계략이 담겨 있다고 생각하

지 않나? 아, 이런 죽일 놈의 비 같으니라고, 뭐든지 다 적셔 버리네! 과거에 장 아무개라는 사람이 있었어. 아주 기상천외한 사람이었지. 결국에는 스스로 쓰러져 귀신을 따라가고 말았지만 말이야. 황니가 사람들은 충분한 교훈을 얻어 사상적으로 뚜렷한 인식을 갖고 있지 않나? 흥!」

그는 이처럼 결단력 있고 단호하게 말했다. 동시에 등 뒤 어디에선가 나는 모호하고 의심스러우며 남몰래 웃는 것 같은 소리를 들었다. 그는 즉시 온몸이 불편해졌다. 몸에 땀띠가 잔뜩 난 것 같았다. 그는 몸을 돌려 소리가 나는 곳을 찾기 시작했다. 이리저리 한참을 찾다 보니 어느새 자신이 쑹 아줌마 집에 들어와 있는 것을 깨닫게 되었다.

그가 얼굴에 잔뜩 힘을 주고 음침한 표정으로 물었다.
「밤에 잘 주무셨나요?」

쑹 아줌마는 고개도 들지 않고 먹던 죽을 계속 먹으면서 대답했다. 「일단 잠이 들면 죽은 것이나 다름없지요. 지네가 또 주임님의 잠을 방해한 모양이군요. 주임님 집에는 지네가 왜 그렇게 많은 건가요? 날이 밝아 올 때쯤 저는 이 땅이 물을 마시는 소리를 들었어요. 꿀꺽꿀꺽, 사람이 차를 마시는 소리랑 똑같더군요. 날이 밝았을 때는 땅이 물을 충분히 마셨는지 도처에 물이 불어나 있더라고요.」

「밤에 무슨 소리를 듣거나 움직임을 보진 못하셨나요?」

그가 쑹 아줌마에게 가까이 다가가 얼굴에 대고 입 냄새를 분사했다.

「무슨 소리랑 움직임 말인가요? 잠들었다 하면 죽은 것이나 다름없는데……. 이번 비에도 죽은 물고기가 떨어질까요? 주임님은 그냥 이렇게 가실 건가요?」

「이 집에서는 아주 고약한 냄새가 나네요.」

「맞아요. 변소에 똥이 넘치는 바람에 모든 것에서 악취가 나고 있어요. 아침에 샹창香腸[10]을 볶다 보니 샹창 안에도 똥이 들어가 있더라고요. 들리는 소문에 따르면 도시에 위원회가 있다는데 왜 이처럼 말도 안 되는 일에 관심을 갖지 않는 건지 모르겠어요.」

「위원회의 일에 관해 어떻게 생각하세요?」

「무슨 위원회 말인가요? 나는 그런 위원회가 있다는 얘기를 방금 들었어요.」 쑹 아줌마는 아무렇지도 않은 듯이 코를 후비면서 말을 이었다. 「이런 일을 누가 분명하게 말할 수 있겠어요! 나는 그렇게 한가한 일에 전혀 관여하고 싶지 않아요! 신경 써봤자 머리만 아플 테니까요. 내 생각에는 무슨 위원회인가 뭔가는 애당초 존재하지도 않았을

---

10 돼지나 소의 창자에 고기와 양념을 다져 넣어 가공한 중국식 순대로 서양식 소시지에 비해 달착지근한 맛이 특징이다. 대개 직화로 구워 파나 마늘을 곁들여 먹는다.

것 같아요. 나쁜 놈들이 날조해 낸 허구에 불과하다고요. 내가 53년을 살았지만 무슨 위원회인가 뭔가 하는 걸 본 적이 없어요. 큰 물난리가 날 것 같지 않아요? 지난번 홍수 때는 위원회가 강물 속에서 열렸다고 하더군요. 내 생각에 이런 일은 헛소리로 치부해 버리는 게 좋을 것 같네요! 그냥 그렇게 가실 건가요?」

4

모두들 이번 비는 정말 괴상한 비라고 말했다. 진한 먹물이 쏟아지는 것 같았다. 악취도 심했다. 진흙탕 속에 더러운 물이 남아 있는 듯한 냄새였나. 과거에도 이처럼 이상한 비가 내린 적이 있었다. 예컨대 죽은 물고기가 쏟아진 적도 있었고 쥐들이 쏟아져 내린 적도 있었다. 하지만 이런 비는 처음이었다. 이렇게 검고 이렇게 냄새가 고약하고 이렇게 끝없이 내리는 비는 처음이었다. 언제 멈출지 모르는 비였다. 「우리는 거대한 진흙탕 속에서 살고 있는 것 같아.」 노인들은 하늘을 쳐다보면서 이런 비유를 생각해 냈다. 걱정이 몰려와 입을 열자 탄식이 저절로 나왔다. 이렇게 살 수는 없을 것 같았다.

그날 아침, 쑹 아줌마는 사롱 속에서 파리를 한 마리씩 꺼내 일일이 껍질을 벗겼다. 머리를 자르고 날개도 떼어냈다. 부엌에 가지고 가서 볶아 먹을 요량이었다. 부엌문을 여는 순간 먹물이 쏟아져 나왔다. 물 위에는 커다란 핏덩어리가 떠 있었다. 부엌 안은 이미 무릎 위까지 물이 들어차 있었다. 물속에는 시신이 한 구 누워 있었다. 바로 그녀의 아버지였다. 부엌 안은 머리가 어지러울 정도로 피비린내가 독했다. 귀뚜라미가 쉬지 않고 음산하게 울어 댔다. 시신은 이상하게도 입을 크게 벌려 누렇고 시커먼 앞니를 다 드러내고 있었다. 쑹 아줌마가 허리를 구부려 망자의 차가운 팔을 누르면서 목이 쉬도록 큰 소리로 외쳤다. 「저기요, 누구 없어요……?」 남편과 아들들이 느릿느릿 다가와서는 나무토막처럼 그 자리에 섰다. 모두들 죽도록 두려워하는 모습이었다. 누구도 감히 시신을 똑바로 쳐다보지 못했다.

「어젯밤에는 침대 휘장 위로 나방이 몇 마리 떨어졌을 뿐인데……」 남편이 시의적절치 못한 말을 했다. 말을 하고 나서는 갑자기 부끄러움을 느꼈는지 축축한 벽에 몸을 기댄 채 쭈그리고 앉아서 불안한 표정을 하고 발로 물을 찼다. 그사이 두 아들은 이미 쥐도 새도 모르게 문틈으로 빠져나가 버렸다.

쑹 아줌마가 눈을 똑바로 뜨고 시신을 쳐다보면서 말했다. 「쥐에게 물려 돌아가신 건지도 몰라. 치 아줌마 집에서도 쥐가 사람을 물어 상처를 입혔거든. 이런 일은 누구도 확실하게 단정하기 어려워. 아마 돌아가시기 전에도 성가신 걸 참지 못하셨을 거야.」

남편이 또 입을 열었다. 「이런 날씨에는 귓속에 부스럼이 날 것 같아.」 그러면서 걸음을 옮겼다. 열린 문틈으로 빠져나가려는 것 같았다.

「가지 말아요. 우리 상의 좀 합시다.」 쑹 아줌마는 남편을 쳐다보지 않고도 그가 빠져나가려 한다는 것을 이미 눈치채고 있었다. 쑹 아줌마가 한 걸음 다가가 등으로 남편을 막아섰다.

이어서 두 사람은 부뚜막 위에 쭈그리고 앉아 이러쿵저러쿵 반나절이나 상의한 끝에 갈고랑이를 하나 만들기로 결정했다. 갈고랑이가 완성되자 두 사람은 힘을 합쳐 시신의 목에 걸고는 있는 힘을 다해 길 위로 끌어냈다. 큰비가 시신의 머리에 엉킨 핏자국을 깨끗이 씻어 주었다.

이 70세 노인은 석 달 전에 갑자기 부엌으로 방을 옮기겠다고 말했었다. 그렇게 말하면서 자신의 해진 넝마를 둘둘 말아 들고는 말똥구리처럼 부엌으로 굴러 들어갔다. 부엌 한구석에는 마른풀이 한 무더기 쌓여 있었다. 그는 넝마 뭉치를 그 위에 잘 깔았다. 그날부터 노인은 문밖에 나가지 않았고 식사를 할 때도 나오지 않았다. 식구들이 식사를 마치고 나서 빈 그릇을 챙겨 들고 부엌으로 들어오면 노인은 즉시 다가가 시커먼 손가락으로 밥그릇에 남은 밥을 긁어 먹었다. 반찬도 필요 없었다. 설거지한 물을 한 사발 마시는 것으로 충분했다. 노인이 부엌으로 이사해 들어간 뒤로 부엌은 더없이 지저분해졌다. 지린내가 코를 찔렀다. 매일 밤 노인은 대변과 소변을 전부 개수대에서 해결했다. 그러면서 똥통 위에 앉으면 변이 안 나온다고 했다. 대변은 개수대에 하룻밤을 방치했다가 다음 날 쑹 아줌마가 밥을 하러 들어올 때가 되어서야 처리했다. 이런 세월이 오래 계속되면서 부엌에서 극도로 작은 검정 모기들이 자라기 시작하더니 무리를 지어 이리저리 날아다녔다. 쑹 아줌마는 부엌에 밥을 하러 갈 때마다 모기에게 물려 온몸에 흉터가 가득했다. 부엌에는 나무 타는 연기가 가득 차 있었고 그는 그 풀 더미 위에 앉아 힘껏 기침을 해댔다. 그럴 때마다 누런 가래가 튀어 나와 바닥에 떨어졌다. 노인의 귀는 극도로 예민해서 집에 누군가 있는 듯한 기척을 들으면 쉰 목소리로 구슬프게 외쳐댔다. 「저기요, 누구 없어요⋯⋯?」 이런 외침은 종종 닭 털이나 마늘 껍질처럼 가볍고 하찮은 것이었다. 「볏짚이 너무 질기고 바닥에 지네가 기어다녀. 목구멍은 짙은 가래에 막혀 있고 이가 하나 빠졌어.」 처음에는 이런 소리를 들으면 집 안에 있는 누군가가 가보았다. 하지만 몇 번 속은 뒤로는 더 이상 가보는 사람이 없었다. 노인은 삽을 한 자루 이불 속에 감추고 있었다. 밤에는 그 삽을 껴안고 잤다. 노인은 삽을 잘 감춰 두어야 항상 아무 일 없는 듯이 이불 위에 앉아 있을 수 있다고 생각했다. 사실 집 안에 있는 사람들 모두 삽이 있다는 걸 잘 알고 있었지만 귀찮아서 들춰내지 않고 있는 것뿐이었다.

오래지 않아 쑹 아줌마는 이 노인네의 괴상한 모습과 행적을 간파했다. 밤에 식구들이 전부 잠을 잘 때 노인은 그 삽으로 집 안 여기저기를 파헤치고 다녔다. 두 번인가 그가 늙은 개처럼 바닥에 엎드려 있는 것을 발견하기도 했다. 귀를 그녀의 방문 틈에 대고 정신을 집중하여 뭔가를 듣고 있었다.

「아버지, 뭘 듣고 계세요?」 쑹 아줌마가 문을 살짝 열어 보니 작은 얼굴에 보기 흉한 주름이 가득했다.

「귀뚜라미가 정말 고약하게 울어 대는구나. 항상 무언가가 내 머리 위를 미끄러지듯이 이리저리 돌아다니고 있어…….」 노인은 어눌하게 말하고는 말똥구리처럼 기어서 부엌으로 돌아갔다.

아버지의 이상한 모습과 행적을 발견한 날부터 솥에 남은 밥은 갈수록 적어졌다. 나중에 노인은 배고픔을 참지 못하고 뜻밖에도 대소변을 본 개수대에 남은 밥알을 건져 먹었다. 노인은 하루가 다르게 쇠약해지다가 마침내 풀더미 위에 몸을 웅크린 채 조금씩 마르고 야위어 갔다. 잘못 보면 넝마 한 뭉치가 그 자리에 놓여 있는 것 같았다. 쑹 아줌마의 성질은 하루가 다르게 거칠어져 갔다. 하루는 이야기를 하다가 부엌으로 뛰어 들어가 손에 잡히는 대로 막대기를 하나 들고는 그 넝마 뭉치 같은 물체를 향해 한참을 마구 찌르고 휘둘렀다. 그렇게 성질을 부린 뒤에는 솥에 더 이상 밥이 남지 않았다. 이상하게도 노인은 좀처럼 죽지 않았다. 모두들 죽었다고 생각해 가까이 가서 살펴보면 넝마 뭉치가 가볍게 움직이는 것을 확인할 수 있었다.

「집 안에 이런 역신疫神이 있으니 돈 벌 생각들일랑 하지 말라고!」 쑹 아줌마가 낭랑한 목소리로 말했다.

「이게 어떤 성격의 문제지? 응?」 옆에 있던 남편이 잠이 덜 깼는지 눈을 게슴츠레 뜨고 말했다. 「내가 보기에는 일반적인 시비의 문제는 아닌 것 같구려. 여기에는 뭔가 맞지 않는, 일반적인 시비의 범주에서 한참 벗어난 요소가 담겨 있는 것 같아. 왕쯔광 사건과 어떤 연관이 있는 것은 아닐까? 들리는 바로는 머리 깎는 사람이 또 우리 집 주위에서 맴돌고 있다더군. 어제 내가 변소에 앉아 있을 때 누군가가 위에서 돌을 두 개 던졌어. 나는 하루 종일 사태의 발전을 주시하고 있어. 심장병이 날 정도로 긴장하고 있다고……..」

그날 밤, 노인네가 갑자기 말처럼 소리를 지르기 시작했다. 쉴 새 없이 소리를 질러 대는 바람에 온 가족이 미칠 지경이었다. 가족들 모두 침대에서 일어났다. 문을 열고 왜 그러냐고 물었더니 한쪽 다리가 밀짚 더미 속으로 빠졌는데, 그 안에서 뱀 몇 마리가 다리를 꽉 문 채 휘감고 있다고 했다. 그러면서 빨리 다리를 좀 빼내 달라고 애원했다. 물론 아무도 도와주려 하지 않았다. 모두들 몸을 돌려 방으로 돌아가 자던 잠을 마저 잤다. 막 잠이 들었을 때 노인이 귤이 먹고 싶다고 칭얼댔다. 집에 귤을 한 상자 감춰 두었는데 자기가 숨어서 다 먹었다고 했다.

「저한테 전갈이 한 마리 있어요. 한번 맛보실래요?」 쑹 아줌마가 진심인 척 말하면서 빙긋이 웃었다.

「뭔가가 내 머리 위를 맴돌고 있어…….」 노인은 주저하면서 말하고는 몹시 두려운 표정으로 뒷걸음질을 쳤다.

「냄새나는 개가 한 마리 있어!」

「어떤 물체가 있는 것 같지만…… 어쩌면 아무것도 없는 것일 수도 있어요……. 물론 저도 분명하게 본 것은 하나도 없어요. 완전히 잘못 본 건지도 모르지요.」 쑹 아줌마는 삽을 쥔 아버지의 손이 떨리는 것을 분명히 보았다. 두 손이 닭발처럼 가늘었고 새파랗게 질려 있었다.

언제 일어났는지 모를 남편이 귓속에 부스럼이 생긴 데다 붓기 시작했다고 투덜거리더니 타닥타닥 신발을 끌고 다가와서는 뭔가 가르치려는 듯 손가락질을 하며 말했다. 「이 문제에 대해서는 내가 진즉에 말했었잖아? 이건 일반적인 시비의 문제가 아니라고. 어제 날아온 돌멩이 두 개와 관련해서 나는 방금 또 수많은 꿈을 꾸었어. 그러더니 지금은 심장이 아프기 시작했다고. 나는 돌멩이를 던진 일이 일종의 음모라고 생각해. 나는 이미 결심이 섰어. 이 일을 조사해서, 물이 마르면 바위가 드러나듯이 진상을 밝히고 말겠어. 우리는 누군가에 의해 계산되고 있는 것이 아닐까?」

쑹 아줌마가 펄쩍 뛰면서 삽을 빼앗아 쓰레기를 퍼내듯이 누렇고 시커먼 물체를 퍼 남편을 향해 던졌다. 쇠 삽이 달걀 껍데기에 부딪치는 듯한 느낌이 들면서 삭삭 소리가 났다.

이때 남편은 소리 없이 침실로 기어 들어와 이불을 머리까지 뒤집어쓰고 이내 꿈을 꾸기 시작했다.

〈풀 더미 속에 정말 뱀이 있었을까? 영감이 거짓말을 하고 있는 걸 거야.〉 쑹 아줌마는 이렇게 생각하면서 다가가 쇠 삽으로 볏짚 더미를 들추고 자세히 살펴보았다. 무수한 모기떼가 볏짚 더미 속에서 날아올라 희미하고 누런 불빛 속에서 춤을 추었다. 그때 벽에 걸린 괘종시계가 두 번 울렸고 쑹 아줌마는 이를 확실하게 기억해 두었다. 밖에는 무섭게 비가 내리고 있었고 집 안은 더할 수 없이 더웠다. 지붕 위의 오래된 구멍에서는 똑똑 빗물이 떨어지고 있었디. 그녀는 밖으로 나가 방문을 꼭 닫고 빗장을 걸었다. 그런 다음 조심스럽게 방 안에 들어와 누웠다. 날이 밝을 때까지 잤지만 꿈은 하나도 꾸지 않았다.

아침에 쑹 아줌마가 큰 소리로 남편을 나무랐다. 나중에 두 사람은 함께 대로 위의 시신을 커다란 종이 상자에 담아 잘 묶은 다음, 강가로 지고 가 풍덩 하는 소리와 함께 강물 속에 던져 버렸다. 그때까지도 비는 계속 내리고 있었다. 두 사람은 집으로 돌아가는 길에 우연히 왕王 공장장과 마주쳤다. 창문을 통해 위안쓰 아내의 집에서 나온 왕 공장장은 거의 알몸 상태였다. 몸에 걸친 것이라고는 작고 가느다란 삼각팬티가 전부였다. 그는 그런 모습으로 입김을 호호 불며 처마 밑에 서 있었다.

「두 분께서 의견서를 한 장 써주세요.」공장장이 커다란 배를 내밀며 위엄 있는 목소리로 말했다. 「이 거리의 쓰레기 문제에 관해 합리적인 건의를 해주실 수 있겠습니까? 네? 저는 지금 하부의 의견을 모으고 있는 중이거든요. 이를 구의 정책에 반영할 생각입니다…… 이보세요, 가지 마세요! 잠깐만 멈춰 주세요!」

놀란 두 사람은 머리를 감싸 쥐고 도망쳤다. 어찌 된 영문인지 모르게 두 사람은 방공호 안으로 피신할 수 있었다.

두 사람은 방공호 안에 한밤중까지 피해 있다가 몰래 자신들의 작은 집으로 돌아왔다.

쑹 아줌마가 황니가 사람들에게 말했다. 「아버지는 못

을 먹고 돌아가셨어요. 사람이 늙으면 생각하지도 못할 이상한 괴벽이 생기나 봐요. 처음에는 아무것도 모르고 똥을 누거나 오줌을 눌 때 몹시 아프다는 얘기만 들었어요. 똥통 위에 앉을 수도 없다고 했어요. 그러던 어느 날, 아버지가 못을 하나 집어 입에 넣는 것을 보고는 얼른 빼앗아 던져 버렸지요. 아버지의 대변을 확인해 보니 뾰족한 것들이 전부 못이더라고요. 정말 토할 뻔했어요.」 그녀는 기침을 하기 시작하더니 허리를 구부리면서 〈가슴이 몹시 아프다〉라고 말했다.

치얼거우가 말했다. 「사람이 사는 게 성가시다 보면 수많은 일이 일어나기 마련이에요. 저의 친척 한 분도 아주 힘들게 살더니 매일 초가집 지붕에 올라가 앉아 지나가는 사람들을 향해 침을 뱉더라고요. 그러더니 나중에는 갑자기 고명한 법사가 되었어요!」

하지만 사람들은 아직 만족하지 못하고 쑹 아줌마의 남편에게 물었다. 남편은 커다란 옷장 안에 몸을 웅크리고 앉아 못 쓰는 천으로 머리를 가리고 떨고 있었다. (노인이 죽고 난 뒤로 그는 갑자기 공포증에 시달렸다. 증세가 나타났다 하면 큰 소리로 외치고 고함을 질러 대면서 옷장 안에 숨어 나오려고 하지 않았다.) 사람들이 들어오는 소리를 들은 그는 옷장 안에서 화를 내며 말했다. 「동지 여러분, 여러분은 이런 박해에 대해 어떻게 생각하시나요?

145

이거야말로 사람을 죽음에 이르게 하려는 함정 아닌가요? 그 돌멩이 두 개에 대해 상부에 보고하겠어요!」 그는 위협적으로 옷장 문을 쾅쾅 두드렸다.

나중에 황니가 사람들은 쏭 영감의 죽음에 대해 결론을 도출하고는 이구동성으로 말했다. 「그는 신선이 되고 싶었던 거예요. 지붕에 올라가 승천하려 했지만 미끄러져 떨어지는 바람에 그만 죽고 말았던 거예요.」

빗물에 잠겨 익사했다고 주장하는 사람도 있었다.

5

그날 정오, 비가 잠시 멈췄지만 하늘은 여전히 낮고 어두웠다. 하늘이 지붕 위로 떨어져 내릴 것만 같았다. 치 아줌마가 침대에 누워 말했다. 「비가 멎었는데 오히려 잠이 더 안 오네. 벼락이 칠까?」

정말로 밖에 벼락이 쳤고 천장 틈새에 있던 바퀴벌레들이 진동을 이기지 못하고 침대 휘장 위로 떨어져 내렸다. 그녀는 밤에 꾸었던 꿈이 하나 생각났다. 〈칭수이탕〉에 벼락이 한 차례 떨어지더니 곧장 죽은 고양이 수백 마리가 물 위로 떠오르고 하늘에는 붉은빛이 번쩍거리는 꿈이었다. 연못가의 마른 나무 몇 그루는 짙은 쪽빛이었다. 연기가 나는 것 같기도 했다……. 몸을 뒤집자 쥐들이 벽 한쪽 구석에서 뭔가를 깨무는 소리가 났다. 어제 남편은 하루 종일 혼자 중얼거리면서 이번 비가 곧 그치지 않고 12월까지 계속 내릴 거라고 말했다. 그렇게 중얼거리면서 차가운 웃음을 지었다. 치 아줌마는 그가 이 비가 계속 내리기를 바란다는 것을 알아챘다. 목적은 뒤채의 울타리 벽이 물에 잠겨 무너지게 하려는 것이었다. 매번 비가 오기만 하면 그는 커다란 구둣발로 뒤채 방 안에서 벽을 마구 걷어차 무너뜨리려 했다. 그러면서 큰 소리로 외쳤다. 「어째서 이렇게 안 무너지는 거야!」 누군가가 이견을 제시하면 그는 굳게 맹세하면서 그 벽을 그날 밤 안으로 무너뜨려 사람 하나를 압사시키고 말겠다고 했다. 또한 자신이 벽을 깎아 이미 느슨하게 만들어 놓았기 때문에 벼락만 치면 자신의 대업이 이루어질 것이라고 말했다. 지금 그녀의 남편은 칼을 갈고 있었다. 아주 오래 갈았다. 그녀는 커다란 옷장의 거울을 통해 그가 칼을 높이 들어 사람들을 찔러 죽이는 다양한 자세를 연습하는 모습을 볼 수 있었다.

「여보!」 그녀가 벌떡 일어나 물었다.

「누가 귀먹은 줄 알아!」 그는 귀신 같은 얼굴을 하고서 손에 쥐고 있던 시퍼런 칼을 높이 들어 올렸다.

「소문은 믿을 게 못 돼요.」 그녀가 주저하면서 말했다.

「밤에 닭 한 마리를 침대 밑에 넣어 두기만 하면 돼. 나는 등을 켜지 않고도 단칼에 닭의 목을 벨 수 있을 테니까.」그가 칼을 그녀의 눈앞에 가까이 들이대며 말했다.

「소문은……」그녀가 다시 입을 열었다. 그러면서 남편의 허리춤에 있는 칼을 힐끗 쳐다보았다. 머리칼이 즉시 바늘처럼 곤두섰다. 「사람 살려! 이자가 사람을 죽이려 해요!」그녀는 밖으로 뛰어나가 달리면서 외쳤다. 「동지 여러분, 소문에 따른 악독한 중상을 막아야 해요!」

황니가 사람들이 쥐처럼 어두운 굴 같은 작은 집에서 하나둘 기어 나왔다.

얼굴을 보자마자 의미심장한 미소를 지으며 머리를 갸우뚱하고 혀를 내밀고는 작은 목소리로 말했다. 「이봐요, 보여요? 귀가 잘렸어요!」

「아주 잘 잘랐네요! 멋있어요!」

「라오위가 이 일을 위원회에 보고할 거라고 하더군요.」

「위원회가 어디 있다고 그래요? 가루 치약을 파는 영감도 맞아 죽어 강가에 버려졌어요. 정말로 깨끗하게 잘렸나요?」

「더 말할 필요가 있겠어요. 아주 깔끔하게 치워 버리지요.」

「피! 뭐가 깨끗하다는 거예요? 아직 반쪽이 남아 있잖아요. 다음에 와서 잘라 주기를 기다려야 한다더군요.」

「우리 집 벽 구석에 검정 버섯이 난 것도 이번에 비가 너무 많이 오는 바람에 물에 불어서 그런 거예요.」

「잘린 귀가 다시 날까요? 과거에 차오쯔진曹子金이 채소를 썰다가 자기 엄지를 잘랐는데 다음 날 다시 났대요.」

어떤 사람이 미치광이 양싼의 집에 가보자고 제의하자 모두들 신바람이 나서 몰려갔다.

그의 집 문에는 커다란 자물쇠가 걸려 있었다. 여든 먹은 노인이 몸을 좌우로 흔들면서 다가와 새빨개진 눈을 비비더니 손을 휘저으며 말했다. 「그에게 어떻게 아직 세상에 살아 있을 낯짝이 있겠소? 일찌감치 없어졌지. 아침에 돌아와서는 누군가가 만나러 올 거라고 하면서 차라리 자기가 깔끔하게 사라지는 게 낫다고 말하더군. 내가 이불을 들추고 살펴보았더니 사람은 없어지고 핏물만 남아 있더라고. 이불에도 피 묻은 손가락 자국이 남아 있었고, 아마도 죽으려니 무척 고통스러웠을 거야.」그녀는 손을 바르게 폈다. 그러고는 짐짓 진심에서 우러나온 듯이 눈가를 훔치는 시늉을 했다. 눈가를 꼭 짜니 눈에서 누런 눈곱이 가득 삐져나왔다. 치약을 짜는 것 같았다.

「이렇게 없어졌다고요? 아무것도 남기지 않았나요? 정말 안타깝네요.」사람들이 정말로 안타까운 표정을 지으며 말했다. 그러면서 모두들 자리를 뜨지 않았다. 결국 어떻게 됐는지 직접 보고 싶었던 것이다.

어느 날 갑자기, 류미쯔劉眯子가 아주 더운 날인데도 솜 모자와 귀마개로 철저히 무장을 하고 나타났다.

황니가 전체를 통틀어 모든 남자가 솜 모자를 썼다.

황니가에 소문이 넘쳐났다.

거리에 눈먼 노인이 하나 나타나 이쪽에서 왔다 갔다 하다가 또 저쪽으로 가서 왔다 갔다 하면서 뭔가를 찾고 있었다. 누군가가 노인이 깨진 항아리를 하나 숨기는 것을 보았다. 항아리 안에는 귀가 가득 들어 있었다. 항아리 가장자리에서 피가 흘러내리고 있었다.

「왕쯔광 사건이 인심을 뒤숭숭하게 하고 있습니다!」라오위가 솜 모자를 쓰고 가두에서 연설을 하면서 말했다. 「저는 문제의 핵심이 위원회에 대한 태도에 있다고 생각합니다. 최근에 위원회가 허구의 기구라는 소문이 떠돌고 있습니다. 저는 수많은 사실을 인용하여 이런 비겁한 중상모략을 반박했습니다. 제가 명령을 받들어 여러분께 알립니다. 도시의 위원들이 지금 한창 작업을 진행하고 있습니다. 어떤 사람이든지 위원회의 역할을 의심하거나 위원회에 대한 믿음을 잃어 자포자기로 흐르는 일이 있어선 안 됩니다…….」연설을 하는 동안 그의 등줄기에 땀이 흥건하게 흘러내렸다. 귀는 솜 모자 속에서 퉁퉁 부어오르고 있었다.

어느 날, 사람들이 구청장이 소문 문제를 해결하러 황니가에 왔다고 말했다. 이리하여 모두들 주 간사의 집 앞에 모여 쾅쾅 소리가 나도록 문을 세게 두드렸다.

「다들 지금 뭐 하시는 겁니까?」주 간사가 머리를 내밀고 물었다.

「구청장님이 집 안에 있지 않나요?」

「우리는 구청장님을 만나고 싶어요. 정말로 만나지 않고는 견딜 수 없을 것 같다고요.」

「쉿!」주 간사가 손가락을 세워 입술에 가져다 대면서 말했다. 「구청장님은 감기에 걸려 지금 옷장 안에 들어가 계세요. 만나 보는 것은 괜찮지만 아주 조용히 한 명씩 들어와야 합니다.」말을 마친 간사는 한 사람만 데리고 들어가 문을 닫고 빗장을 걸었다. 밖에 있는 사람들은 참지 못하고 힘껏 문을 잡아당기고 두드렸다. 하마터면 문을 부술 뻔했다.

「이 틈새로 보세요!」주 간사가 데리고 간 사람에게 옷장 위의 작은 틈을 가리키며 말했다.

「어쩌면 금세 잠드실지도 몰라요. 저는 구청장님이 정말로 주무시고 있는 건지 구분하지 못할 때가 많거든요. 구청장님은 평소에 이렇게 힘들게 일을 하시니까요. 자, 됐어요. 그만 보세요. 만족할 줄 알아야지요. 그만 나가셔서 다른 분한테 들어오라고 하세요.」

「구청장님이 오신 지 이미 일주일이 됐어요.」주 간사가 두 번째 사람에게 말했다. 「어떻게 된 일인지 잘 몰라요. 계속 감기를 앓고 계시거든요. 일주일이나 됐어요. 저는 그저 두꺼운 이불로 그분의 몸을 잘 감싸서 옷장 안에 가둬 두는 수밖에 없어요. 들리는 바에 따르면 밖에는 미친 듯이 소문이 돌고 있다고 하더군요. 이봐요, 그렇게 가까이 붙지 마세요. 구청장님이 깨신단 말이에요. 됐어요. 만족할 줄 알아야지요……」

그날 구청장은 옷장 안에서 모든 사람을 접견했다.

그 뒤로 치 아줌마의 남편은 더 이상 쥐덫을 만들지 않았다. 매일 아침 일찍 쪼그리고 앉아 칼을 갈기 시작했다.

「누군가가 와서 당신 귀를 잘라 갈 거예요. 소문 못 들었어요?」 치 아줌마가 남의 재앙을 보고 기뻐하는 표정으로 말하면서 땅바닥 표층에 있는 진흙을 손바닥으로 주물러 둥그런 공처럼 만들더니 입에 넣고 찌걱찌걱 소리를 내면서 씹기 시작했다. 「어제 어떤 사람이 봤는데 미치광이 양싼의 몸에 작은 귀가 두 개 또 났대요. 지금은 모든 사람이 이 문제에 관해 얘기하고 있어요. 귀가 잘리는 건 걱정할 필요가 없다고 말이에요. 빗물에 한번 잠기기만 하면 다시 난다는 거예요.」

남편은 고개를 숙인 채 힘주어 칼을 갈면서 수시로 손을 대 칼날을 점검해 보았다.

「당신은 항상 가래를 벽 아래에 뱉네. 이 집의 모기는 전부 가래에서 생겨난 거라고요.」 그녀는 입 안에 있던 진흙을 남편의 넓은 등에다 뱉었다.

남편이 몸을 움직이자 치 아줌마가 깜짝 놀라 문 옆으로 도망쳤다.

「당신 최근에 항상 땀을 흘려 냄새가 너무 지독해요.」 그녀가 야무지게 침을 한입 뱉으면서 말을 이었다. 「어느 날엔가 방비를 하지 않으면 단번에 폭사하고 말 거예요. 장몌쯔도 단번에 폭사하지 않았나요? 쑹 영감도 폭사했지요. 게다가 땀을 많이 흘리고 비에 흠뻑 젖었잖아요……..」

「내 창자 근처에 초록색 덩어리 같은 게 자라났어.」 남편이 배꼽 옆의 뱃가죽을 보여 주며 말했다. 「보라고, 이거 말이야. 창자에 이미 작은 구멍이 난 것 같아. 이쪽에 초록색 반점도 있잖아. 류바오劉保 법사가 지난달에 나는 죽지 못할 거라고 말했으니 늙어서도 살아 있겠지. 이런 생각을 할 때마다 너무 기뻐서 몸이 떨릴 정도라니까. 어젯밤에 그 닭이 뚫고 들어왔을 때, 내게 어떤 예감이 있었어. 나는 정말로 보지도 않고 단칼에 닭 모가지를 벨 수 있었지. 당시에 닭이 몇 번 푸드덕거리기는 했지만 말이야.」

남편은 칼을 뒤쪽으로 내던졌다.

채소 이파리가 썩는 악취가 풍겨 왔다.

황니가의 남자들은 여전히 솜 모자를 쓰고 있었다. 귀를 모으는 그 영감이 항상 거리를 배회하면서 사람들을 안심할 수 없게 했기 때문이었다. 모두들 이런 세월을 어떻게 견뎌야 하냐고 물었다. 매일 솜 모자를 쓰고 있다 보니 머리가 어지럽고 귀가 통통 부어오를 지경이었다.

라오위는 도시에서 조사 팀이 올 거라고 말했다. 남자들은 그제야 남몰래 마음을 놓으면서 거짓 소문을 퍼뜨리는 나쁜 놈을 잡아 내 사태의 진상이 드러나게 되기를 기대했다. 세월은 이런 기다림 속에서 또 조용히 흘러갔다.

얼마 후 사람들이 입을 열기 시작했다.

「조사 팀이 곧 올 거야.」

「황니가의 문제에 대해서는 다 생각해 둔 바가 있어.」

「조금만 있으면 사람들의 속이 시원해질 거야.」

하지만 조사 팀은 뭔가 장애에 부딪쳤는지 아무리 기다려도 오지 않았다.

아주 오랜 시간이 지나서야 사람들은 변소 옆에서 치씨네 치얼거우가 말하는 것을 들을 수 있었다. 거짓 소문은 전부 자기 혼자 지어내 퍼뜨렸다는 얘기였다. 하지만 그는 상부에서 내려온 일종의 특수 의견에 따라 일을 벌인 것이었다. 소문에서 언급한 양 아무개는 미치광이 양싼이 아니라 여러 해 전에 중풍으로 세상을 떠난 넝마주이 양 영감이었다. 귀에 관한 문제에서 치 아줌마의 남편이 자른 것은 사람들의 귀가 아니라 개의 귀 두 개에 지나지 않았다. 게다가 상부에서 그에게 자르라고 지시한 것이었고 그 대가로 20위안의 상금을 받기도 했다.

귀를 자르는 일은 아예 존재하지 않았던 셈이다. 그렇다면 치얼거우 이 친구는 왜 진즉에 얘기하지 않았던 것일까?

철거 이주

1

바람이 아주 심한 계절이었다.

바람이 한번 불었다 하면 사람들 눈이 흐릿해졌다. 모든 사물이 희미하게 보였다.

사람들이 바람에 쓸리는 모습이 마치 찢어진 천 조각이 춤을 추는 것 같아 보였다.

황니가 사람들은 처마 밑에 앉아 손으로 먼지를 가리면서 가늘게 뜬 눈으로 하늘을 살폈다. 바람은 이곳저곳 마구 할퀴고 사람들의 마음도 엉망진창으로 찢어 놓았다.

쑹 아줌마는 여전히 담벼락에 찰싹 달라붙어 큰 소리로 말했다. 「바람이 이렇게 매섭게 부는 걸 보니 곧 무슨 일이 일어날 것 같네!」

과연 어느 날 길을 가던 사람 하나가 먼지 때문에 앞이 잘 보이지 않아 도랑에 빠지고 말았다. 바람에 밀려 빠진

것이었다. 그 사람은 아침부터 저녁까지 쉬지 않고 소리
쳤다. 그 바람에 황니가 사람들 모두가 극도의 두려움에
휩싸였다. 아무도 그 곁을 지나가지 못했다. 며칠이 지나
소리가 잦아들었다. 왜 소리를 지르지 않는 건지 모두들
이상하게 생각했다.

「누군가가 사람이 떨어지는 것을 봤대요.」

「그게 사람이었다는 걸 누가 단언할 수 있어요? 고양이
나 다른 무엇일 수도 있잖아요.」

「또 누군가는 바닥에서 소리치는 걸 들었대요. 하지만
이것도 단정해서 말하기 어렵겠지요. 환각이었으면 어떻
게 해요? 환각은 언제든지 일어날 수 있는 거잖아요.」

얼마 후 사람들은 이심전심으로만 알 수 있는 언어로
애매하게 무언가를 의논하기 시작했다. 이 일은 큰 화가
닥칠 것 같은 예감과 관련이 있었다. 게다가 보이지 않는
곳에서 일어날 일이었다. 이 일은 겉으로는 전혀 보이지
않는 것 같았다. 그러다 갑자기 후싼 영감이 큰 소리로 잠
꼬대를 쏟아 냈다. 최근에 일어났던 일의 진상을 말하는
것 같기도 하고 아주 먼 곳에서 들리는 소리 같기도 했다.
당시 후싼 영감은 똥통을 움직이면서 간신히 한마디 했
다. 「철거 이주라고?」 모두들 마음이 흔들리더니 깊은 생
각에 잠겼다.

한순간에 모든 사람들의 마음이 황당함과 두려움에 빠

졌다.

그날 밤에도 밤새 바람이 불었다. 지붕 밑 대들보에서 요란한 소리가 나는 바람에 치 아줌마는 악몽을 꾸었다. 그녀의 꿈에는 항상 얼굴 없는 사람이 나타나 몸을 구부려 자신의 내장을 꺼내서는 하나하나 밖으로 잡아당겼다. 온통 핏빛이었다. 그녀는 잠을 제대로 잘 수 없어 아예 일어나 버렸다. 그러고는 문을 열고 밖에 나가 쪼그리고 앉았다.

집 뒤에서 검은 그림자 하나가 번쩍하고 튀어나왔다.

「아주머니, 한밤중에 사람을 기다리시나요? 늘 기다려도 오지 않았지요? 허허!」 알고 보니 치얼거우였다. 치 아줌마는 문득 그의 넓적한 입에서 모기떼가 몰려나오는 것을 발견했다. 그는 그 자리에 쪼그리고 앉아 미간을 찌푸리며 잠시 분노한 바람의 거친 소리에 귀를 기울이면서 목소리를 낮춰 말했다. 「이 바람은 아주 멀리까지 불어요. 저는 침대 밑에서 화분에 담긴 선인장을 키우고 있어요. 얼마 전에 꽃을 피웠지요. 그런데 어젯밤에 아무리 해도 잠이 오지 않아 전등을 켜고 선인장을 살펴보았어요. 그랬더니 에구, 꽃이 벌써 까맣게 변했더라고요. 그때 마침 도시에서 큰 종이 세 번 울렸어요. 의심이 좀 들어서 여기저기 둘러보면서 부엌으로 들어갔더니 바닥에 고양이가 죽어 있더라고요! 에이, 있잖아요, 담장에 붙어서 걸어다니지 마세요. 땅 밑에서 무슨 소리가 나는 걸 들었거든요.」

치 아줌마는 어둠 속에서 담장 밑으로 손을 뻗어 흙을 한 줌 집더니 입에 넣고 씹기 시작했다. 그러고는 또 담배에 불을 붙여 반짝거리는 빛을 빨아들이더니 깊은 생각에 잠겨 말했다. 「이 바람 때문에 마음이 불안해. 항상 바위 위에 살고 있는 것 같은 느낌이 든다니까. 최근에는 꿈에 항상 연못에 떠다니는 죽은 고양이가 나타나. 나무에서는 연기가 피어오르고. 불에 탄 모양이야……. 모두들 시에서 사람이 왔다고 하던데 뭐 하러 온 거지? 그들이 어딘가에 신발을 한 짝 파묻는 걸 본 사람도 있다고 하더라고. 확실하게 본 건 아닌 것 같아. 파묻은 것이 뜻밖의 비밀문서인지도 모르지.」

치 아줌마는 계속 얘기를 이어 갔다. 「흥, 내가 밤에 왜 나왔는지 모르지? 누군가가 황니가에 함정이 있는 걸 직접 보았대. 아주 크다고 하더라고. 때가 되면 거리 전체가 함정 속으로 빨려 들어갈 거라고 하던데 도대체 어디에 파놓은 걸까? 내가 이리저리 찾아봤지만 아무리 해도 못 찾겠더라고. 여기에는 틀림없이 어떤 음모가 숨어 있을 거야. 혹시 밤에 무슨 소리 못 들었어?」

「최근에 나는 항상 그 죽은 고양이에 얽매여 있어. 장수 이잉江水英의 엄지발가락에 닭 발톱이 났대. 그거 못 봤어?」

「그 함정 안에 유해가 한 구 있어. 다른 사람들한테는 말하지 마.」

「물론이지요. 닭발에도 발톱이 있나요? 정말 더럽네요. 보러 가지 않을래요?」

「그리고 어린애 눈도 두 개 있대. 다른 사람들에게는 얘기하지 마.」

「그 여자가 아주 득의양양한 표정으로 그 닭발을 사람들에게 보여 주더군. 희귀한 보물을 보여 주기라도 하는 것처럼 말이야. 얼마 전에 편지를 전하는 사람이 나를 찾아와 가서 보라고 하더라고. 쳇! 내 눈을 오염시키진 말아야지. 정말 안됐어. 아직 보지 않은 게 정말 다행이야. 정말 구역질 난다니까.」

「최근에 무슨 얘길 듣지 못했나요? 제 말뜻은 깊이 잠들어 있을 때(예컨대 아침에 잠에서 깨기 직전에) 어떤 일들이 생각나지 않았냐는 거예요. 예컨대 저는 오늘 아침에 빨간 고양이를 한 마리 보았는데, 괴상하다는 생각 안 들어요? 당시 저는 피하고 싶었지만 그 짐승이 어디로 갔는지 재빨리 사라지더라고요. 정말 그런 얘기 못 들었어요? 네?」

「무슨 얘기 말이야?」

「언론에 관한 얘기 말이에요.」

「장수이잉은 정말로 매춘부였어. 나한테 실제 증거가

아주 많이 있다고.」

「언론에서는 〈철거 이주〉라는 단어가 언급되고 있는
것 같더군요. 물론 무슨 단어인지 정확히 듣지는 못했지
만 말이에요.」

「응? 철거 이주라고! 피를 빨려고 하는군! 도둑놈들! 아
이고!」 치 아줌마는 그 자리에서 펄쩍펄쩍 뛰면서 두려움
도 잊고 바람을 맞으며 큰 소리로 외쳤다. 「동지 여러분,
우리는 지금 남모르는 음모의 대상이 되고 있어요!」

바람은 밤새 불었다. 아침이 되어도 그치지 않았다.

사람들은 온몸에 악몽을 가득 지닌 상태로 침대에서 일
어나 신발을 지르신고 눈이 퉁퉁 부은 채 처마 밑으로
갔다.

도처에서 횡횡 요란한 소리가 났다. 바람이 어느 집 지
붕 위를 덮고 있던 삼나무 껍질을 휘감아 날려 버렸다. 바
람은 거리의 낡은 돗자리도 날려 버렸다. 거리에 가득했
던 쓰레기도 이리저리 날렸다. 바람은 창호지를 뚫어 버
린 다음, 그 뚫린 종이 파편을 하늘 위로 높이 날려 보냈
다. 바람은 정말 이상했다. 황니가 사람들 모두 이 바람이
죽도록 두려웠다.

처마 밑에 있는 사람들은 두세 명씩 붙어 귓속말을 주
고받고 있었다.

「꿈속에서 연못 가득 죽은 고양이들이 떠 있는 걸 봤어

요. 나뭇가지 끝에……」

「어젯밤에 내 침대 밑에 엄청난 독버섯 군락이 생겼어요. 내가 같이 캐자고 했더니 마누라가 싫다고 하더라고요. 놀라서 얼굴이 새파랗게 질린 채로요. 날이 곧 밝아올 무렵에는 지붕에서 요란한 소리가 나더니 돌이 떨어졌어요. 마누라 말로는 유성우가 떨어진 거라고 하더라고요.」

「동지 여러분, 팔이 하나 있는 장군 하나가 혁명 위원회 건물에 들어왔어요. 걸음걸이가 꼭 유령 같았어요. 어제 정오에 제가 도시의 종이 한 번 잘못 울렸다는 사실을 알아냈어요. 동시에 하늘에는 까마귀가 날고 있었지요. 이 모든 상황이 무얼 의미할까요?」

「벼락 하나가 장메쯔의 작은 집 지붕 위로 떨어지면서 붉은 빛이 번쩍거렸어요……」

낮에 후쏸 영감은 처음부터 끝까지 쉬지 않고 자기 집 앞의 우물가에 서서 녹이 슬어 구멍이 몇 개 뚫린 양철통으로 물을 길어 올렸다. 양철통을 우물 입구로 끌어 올리면 양철통 속의 물이 전부 새어 나가 조금도 남지 않았다. 그래서 또 양철통을 우물 속으로 내려 물을 길어 올렸다. 이렇게 잠시도 멈추지 않고 물을 긷다가 우물에 대고 코를 풀었다.

치얼거우가 메뚜기처럼 폴짝 뛰면서 말했다. 「동지 여

러분, 이제 진상이 다 밝혀졌습니다.」

그가 저녁에 후싼 영감 집에 들어가 말했다. 「영감님께 항상 희생을 부탁하게 되네요.」

「새로운 정보는 어떤 건가?」 후싼 영감이 똥통 위에 서서 벽 한쪽 구석의 거미줄을 바라보며 손으로 눈앞의 허공을 거칠게 움켜쥐었다. 작은 벌레를 잡기라도 하듯이 정신을 집중하여 응시했다.

「형세가 사람들의 마음을 크게 즐겁게 해주나? 조반파의 희망이 큰가?」

「항상 전체적인 형세를 살피세요. 함정에 관한 일 말이에요.」 치얼거우의 한쪽 귀가 윙윙 울렸다. 그는 한쪽 발로 집 안에서 한참을 폴짝폴짝 뛰다가 또 말했다. 「물론, 저는 함정에 관한 일을 말하려는 게 아니에요. 제가 말하는 것은 영감님이 아침에 막 일어나려 하는 순간, 그 어렴풋함 속에서 어떤 징조를 느끼지 않으셨나 하는 겁니다. 혹은 깜짝 놀라면서 마음속으로 어떤 문제를 깨닫지 않으셨나 하는 거예요. 좀 더 분명하게 얘기하자면 예컨대 해골이 영감님 방에서 굴러 나오던 순간에 어떤 생각을 하셨나 하는 겁니다. 물론 저는 해골이 영감님 방에서 굴러 나왔다는 것을 말하는 게 아니에요. 제 말은 영감님께서 어떤 사태의 심각성 같은 것을 발견하지 못하셨나 하는 거예요.」

「이 벼락 맞을 돼지 새끼 같으니라고!」 딸이 집 안에서 뛰쳐나왔다. 길게 땋은 머리는 흐트러져 있고 두 눈은 검은 구멍 같아 보였다. 「가서 자신을 희생하란 말이야, 이 돼지 새끼야!」

「내가 왜 희생해야 하는 거지?」 후싼 영감이 눈을 껌뻑거렸다. 뭔가를 알아들은 것 같았다. 「나는 아주 건강해. 아직은 절대로 죽을 리 없다고. 앞으로 일을 좀 더 하고 싶어. 어제는 거미를 한 마리 잡아 한입에 삼켜 버렸지. 보라고, 내 배 속에 들어 있는 게 전부 거머리야. 어서 가 봐. 집 안에서 악취가 난단 말이야. 일주일이나 똥통을 비우지 않았거든.」

「거리에 아주 오래 차가 다니지 않았어요. 우리가 사는 이곳은 너무나 험악해요.」 치얼거우가 또 말했다. 그러고는 탁자 옆으로 가서 서랍을 열어 못을 하나 찾아내서는 어금니를 드러내며 힘껏 귀를 주물러 댔다.

후싼 영감이 바지를 추켜올리며 말했다. 「빛나는 공 하나가 계속 창살에 멈춰 있어. 그것 때문에 더워서 미칠 지경이야. 태양혈이 벌떡벌떡 뛰고 있다고. 우리는 여기서 아주 잘 살고 있어. 천장 틈새에 버섯이 자라고 있고 파리가 비처럼 침대 휘장 위로 떨어지고 있지.」 침대에 올라간 영감은 민지가 산득 앉은 휘장을 사람들 앞에 펼쳐 놓고 그 안에 들어가 키득키득 웃었다.

「이 일은 상부에 보고해야 해.」 창밖에서 쑹 아줌마의 목소리가 들렸다. 알고 보니 그녀는 줄곧 그 뒤에 숨어 엿듣고 있었다.

사람들이 들어갔을 때, 왕 공장장은 도마뱀을 잡고 있었다. 밤중에 그는 여러 번 자리에서 일어나 문을 열고 손전등으로 마당에 있는 죽은 개를 비춰 보았다. 그는 혹시 그 개가 자는 척하는 것은 아닌지 의심하다가 결국 옷을 걸치고 허리를 구부린 채 가까이 다가가 쇠꼬챙이로 힘껏 찔러 보았다. 쇠꼬챙이가 배를 뚫고 들어갔는데도 개는 움직이지 않았다. 이번에는 쇠꼬챙이로 힘껏 밀어 개를 하수구 속으로 빠뜨렸다. 힘이 들었는지 머리 가득 땀이 났다. 고개를 들어 보니 시뻘건 유성우가 어느 집 지붕 위로 쏟아지고 있었다. 〈황니가의 문제는 정말 수수께끼야.〉 그는 이런 생각을 하면서 문을 닫고 잠자리에 들었다. 귀에 가득 개 짖는 소리가 들렸다. 개는 밤새 요란하게 짖어 댔다. 그는 침대 위에서 자신도 모르게 밤새 몸을 거칠게 움직였다. 아침에 눈을 떠보니 천장에 도마뱀 한 마리가 붙어 움직이지 않고 있었다. 그는 단번에 뛰어올라 대나무 막대기로 도마뱀을 찔렀다.

「왕 공장장님!」 누군가가 다급한 어투로 그를 불렀다.

「뭐야? 젠장, 도망갔잖아! 이번 바람은 정말 대단해! 감히 밖에 나갈 수도 없다고. 뭔가가 머리 위에서 떨어질까

봐 걱정이야. 우리 마누라도 내게 밖에 나갈 때는 꼭 밀짚
모자를 쓰라고 하니까 말이야. 어젯밤에는 그 머리 깎는
영감이 눈이 휘둥그레져서 찾아왔었는데 못 봤나? 나는
가루 치약을 파는 노인이 그 영감으로 변장한 게 아닌가
의심했었지.」

「혹시 무슨 얘기 듣지 못하셨나요? 제 말은 어떤 흔적
이나 현상을 발견하지 못하셨냐는 겁니다. 예컨대 아침에
막 잠에서 깬 순간…….」치얼거우가 몹시 주저하는 듯한
어투로 말했다.

「맞다! 이 일들에 대해서는 내게 다 생각이 있어. 과거
에는 이 집에 도마뱀 같은 것이 나온 적이 한 번도 없었거
든. 나는 진즉부터 이 도마뱀 때문에 골치가 아파 죽겠어.
항상 이상하다는 생각이 들지. 도마뱀이 어디로 기어 들
어온 걸까?」

「철거 이주라고! 쳇!」치 아줌마는 정말로 참을 수가 없
어서 마구 욕을 해댔다.

모두들 한동안 요란하게 소란을 떨고 있는 차에 치얼거
우가 우물쭈물 앞으로 나서더니 부끄러운 듯 고개를 숙이
고 얼굴이 빨개진 채 말했다. 「이 일을 항상 어떻게 이해
하고 계신가요? 제 말은 이 단어의 뜻을 어떻게 이해하시
느냐는 겁니다. 원진히 처음 듣는 단어가 아닌가요? 상부
에서는 왜 그렇게 하려는 걸까요? 혹시 잘못하고 있는 것

은 아닐까요? 아줌마는 당연히 제가 어떤 단어를 말하는 건지 아시겠지요? 아줌마는 마음속으로 이미 깊은 사유와 고려를 거치셨을 테니까요.」

「단어라고?」

「맞아요. 치 동지가 말한 그 단어요. 제 생각에는 그 단어를 반복하는 일은 너무 어려운 것 같아요. 입을 열었다 하면 얼굴 근육이 뒤틀리는 것 같거든요. 이 단어의 위력은 정말 무궁무진해요. 비유하자면……」그는 잠시 생각해 보고는 약간 과장을 하기로 마음먹었다. 「그 단어는 우리에게 전기가 오르는 듯한 느낌을 주지요.」

「확실히 그래.」 모두들 실증이라도 하듯이 말했다.

왕 공장장이 미간을 찌푸리고 있다가 갑자기 입을 열었다. 기분이 좀 좋아진 것 같았다.

「맞아! 근본적인 원인은 말이에요, 동지 여러분, 한 가지 일이 생각났습니다.」 그가 갑자기 기억해 낸 사실은 자신이 잠방이 하나밖에 입고 있지 않다는 것이었다. 이리하여 그는 옷장 문을 활짝 열고 안을 뒤지기 시작했다. 오래된 덧옷을 하나 찾아내 어깨에 걸친 그는 집 안을 이리저리 왔다 갔다 하면서 말했다. 「근본적인 원인은 황니가의 쓰레기 문제를 의사일정에 올려야 한다는 겁니다. 최근에 밤낮으로 표를 하나 만들고 있어요. 쓰레기 문제로 피해를 당해 사망한 사람들을 일일이 기재하는 표지요.

대략 열 명 가까이 되더군요. 정말 놀라운 사실이 아닐 수 없어요. 저는 이미 상부에 변소 하나를 없애고 이를 쓰레기 처리장으로 만들자고 제안한 바 있지요. 최근 며칠 동안 저는 줄곧 쓰레기 문제를 해결하기 위해 주 간사와 문서 작성 작업을 하고 있습니다. 그 과정에서 누군가가 이 일을 죽도록 두려워한다는 것을 발견했지요. 심지어 파괴적 수단도 불사하며 문서 작성 작업의 진행을 저지하려 하고 있어요. 예컨대 도마뱀 사건도 수많은 문제와 연결되어 있지요. 저는 모든 문제의 진상을 다 밝힐 작정입니다.」

「변소를 없애는 건 말이 안 돼요! 대변은 어떻게 한단 말입니까! 지금도 변소가 부족해서 용변을 볼 때마다 항상 초조하게 줄을 서서 기다려야 한단 말입니다. 변소를 없애 버리면 길바닥에 볼일을 보는 사람들이 생겨날 거예요.」

「그래요? 아주 건설적인 의견이군요. 아주 가치 있는 의견이에요. 그 점을 잘 고려하도록 하겠습니다.」 그는 뒷짐을 지고 고개를 숙인 채 한참을 천천히 거닐다가 마침내 멈춰 서서 눈을 까뒤집고는 살이 토실토실한 주먹을 높이 치켜들어 허공을 향해 누군가를 때리는 시늉을 하면서 말했다. 「황니가의 갖가지 문제를 반드시 해결하고야 말겠습니다!」

「맞아요, 그래야지요!」치얼거우가 흥분하여 깡충깡충 뛰면서 손뼉을 쳤다. 「모두들 얼굴 펴고 활개 칠 때가 왔 네요. 저는 마침 얼굴 펴고 활개 치는 것이 어떻게 된 일 인지 생각하고 있었거든요. 동지 여러분, 여러분은 왕 공 장장님의 연설에 담긴 정신을 어떻게 이해하시나요?」

모두들 멍한 표정을 지었다. 뭔가를 생각하고 있는 것 처럼 한참이나 멍하니 천장만 바라보고 있었다. 갑자기 쑹 아줌마가 앞으로 나서더니 박수를 치면서 말했다.

「사람들의 마음을 정말 편안하게 해주네요.」사람들은 손뼉을 너무 쳐서 손바닥이 빨개진 채로 신바람이 나서 서로를 밀치고 난리였다. 어떤 사람은 너무 기뻐서 미칠 것 같다고 말하면서 그 자리에서 물구나무를 섰다. 또 어 떤 사람은 머리로 벽을 들이받아 쿵쿵 소리를 냈다. 이렇 게 다들 한바탕 난장판을 벌였다.

「도마뱀이다!」왕 공장장이 괴상한 목소리로 소리를 지 르면서 온몸을 부들부들 떨더니 쇠꼬챙이를 들어 벽을 찔 렀다. 돌가루만 잔뜩 떨어졌다. 「개가 짖는 소리였나?」그 가 헐떡거리며 물었다. 금세 얼굴색이 변했다.

「바람이었어요.」이렇게 말하는 치얼거우는 공장장이 왜 그렇게 두려워하는지 궁금했다.

바람이 불어 마당에 있는 모든 물건이 넘어지고 부서지 면서 날카로운 소리를 냈다. 왕 공장장이 말했다. 「아! 죽일 놈의 바람 같으니라고. 어제 오후에 집에서 도마뱀을 잡고 있는데 마당에 미친개 한 마리가 들어왔어요. 털이 하나도 남지 않고 다 빠져 있군요. 들어오자마자 하수구에 눌러앉았더니 좀처럼 가려고 하질 않는 거예요. 제가 걷어차고 때리고 칼로 찔러도 꼼짝하지 않더라고요. 아예 무슨 결심이라도 선 것 같았어요. 정말 이상한 일이었지요! 나중에 우리 마누라가 커다란 대야에 물을 담아 뿌렸지요. 그래도 움직이지 않더니 그 자리에서 죽고 말았어요. 저는 줄곧 이 일을 생각하고 있었어요. 밥도 제대로 먹을 수 없었지요. 목구멍에 생선 가시가 걸린 것처럼 음식을 삼킬 수가 없었어요. 이게 대체 무슨 의미일까요? 누군가가 완강하게 저항하려는 것일까요? 여러분, 모두들 이 문제에 대해 어떻게 생각하시나요? 구에서는 회의가 열릴 예정이에요. 다섯 달 동안 회의를 열어 구 전체의 녹화 문제를 토론할 예정이라고 하더라고요. 그런 다음 석 달 동안 다시 회의를 열어 황니가의 쓰레기 문제를 토론할 거래요. 시간이 없어서 조금 다급하긴 하지만 구의 결심은 아주 대단한 것 같습니다. 저는 반드시 여러분의 의견을 가지고 가야 할 것 같아요.」

마당에서 또 큰 소리가 들렸다. 이번에 난 소리는 조금 전의 소리에 비해 훨씬 디 닐카롭게 귀를 자극했다. 커다란 유리 항아리를 깨뜨린 것 같았다. 왕 공장장의 혀가 단번에 굳어 버렸다. 얼굴이 자줏빛으로 변하면서 옷장에서 커다란 타월을 한 장 꺼내더니 황급히 몸을 촘촘히 감쌌다. 눈동자가 굳어지면서 이마에 땀이 흘렀다.

「요사스러운 귀신이 나타난 건가요?」그의 아내가 과장하여 물었다. 목소리 속에 남의 재난을 보고 즐거워하는 기색이 담겨 있었다. 「이 집에서는 10년 전에 걸핏하면 귀신이 나타나 소동을 벌였거든요.」

「무슨 의심스러운 흔적이나 현상이라도 발견했나?」왕공장장이 혼자 중얼거렸다. 입 안에서 혀가 두 배로 커진 것 같은 느낌이 들었다.

「누군가가 끝까지 저항하려고 해요.」치 아줌마가 사람들이 하는 말을 기록하기 시작했다.

그가 혼잣말로 중얼거리던 것을 멈췄다. 「좋아요! 제가 적의 파괴를 엄정하게 막겠습니다. 어제 저희 집 마당에 있던 그 역병 걸린 개가 바로 신호탄이었어요. 이 일을 엄밀히 조사해서 반드시 진상을 밝히도록 하겠습니다. 좋아요!」그는 갑자기 타월을 던져 버리고 손에 잡히는 대로 쇠꼬챙이를 집어 들고는 마구 휘두르기 시작했다. 쇠꼬챙이에 찔린 도마뱀이 땅바닥에서 발버둥을 치면서 흐느적거렸다.

「알고 보니 구청장님이었네.」치얼거우가 마당에서 몸을 돌리며 편안하게 안도의 한숨을 내쉬었다. 「구청장님이 방금 눈물을 흘렸어요. 그 개는 구청장님과 5년이나 함께 살았거든요. 구청장님이 코를 풀고 담장을 돌아 가버리는 걸 제가 봤어요.」

「그랬군!」 모두들 고개를 숙인 채 무뚝뚝한 표정을 지었다. 마음속으로는 몰래 도망칠 방법들을 생각하고 있었다.

「잘못될 가능성은 없나요?」 류톄추이는 이렇게 묻자마자 치 아줌마의 눈빛을 보고는 깜짝 놀라고 말았다.

사람들이 나간 뒤에 왕 공장장은 누워서 『금고기안今古奇案』이라는 책을 읽기 시작했다. 잠시 읽다가 일어나 앉아 안쪽 방에 대고 큰 소리로 물었다. 「그 죽은 개는 치웠나?」

「아니요. 아직 마당에 누워 있어요.」

「왜 치우지 않는 거야? 이게 무슨 의미지? 응? 아예 모살이로군! 세상이 어떻게 된 건지 도처에 음모가 도사리고 있네……. 더러운 돼지 새끼들 같으니! 내가 너희들을 전부 매달아 죽이고 말겠어!」 그는 갑자기 청천벽력 같은 큰 소리로 화를 냈다. 화를 낸 다음에는 매우 초탈한 모습을 보였다. 창문에 얼굴이 하나 나타났다. 라오위였다. 그는 아주 조심스럽게 웃으면서 얼굴 가득 주름을 드러내고 있었다.

「밤새 물구나무서기 연습을 하느라 구멍이 나도록 벽

을 찼지. 별로 늘진 않았지만 자네에게 한번 보여 줄 수는 있네.」

「지금 당장 해보세요. 이번 바람이 제 머릿속까지 불어 엉망진창이 되었어요. 바람이 세계의 종말까지 불어 댈까요?」

「들리는 바에 따르면 또 추적 조사를 진행한다는데 그게 사실인가?」

「물론이지요. 개들을 일일이 다 조사해야 해요. 안 그러면 미친개가 있는지 어떻게 알겠어요? 염병할, 벌써 악취가 풍기네요. 거기 누구 없어요!」

여자 하나가 느릿느릿 걸어 나왔다.

2

후싼 영감과 왕주王九 아줌마가 처마 밑에 앉아 토란을 깎고 있었다. 한참을 깎다 보니 낮잠을 자고 싶어졌다. 눈이 감기면서 머리가 벽 쪽으로 기울더니 쿵 하는 소리가 났다.

「올해 토란은 그다지 좋아 보이지 않는군.」

「좋을 게 뭐가 있겠어요. 여전히 그 모양이지요. 모두들 올해는 홍수가 나서 공기 중에 독한 냄새가 떠돌아다니고 있다고 하는군요. 오늘 아침에 일어나 머리를 빗으면서 보니까 하룻밤 사이에 머리에 곰팡이가 슬었더라고요!」

「거미를 한 마리 쪄서 토란 속에 넣으면 좋겠네.」후쌴 영감이 말했다. 「집 안에 있는 똥통이 가득 찼는데 비워 버리지 않으면 또 어떡하지!」

「사람들 말로는 며칠만 기다리면 철거 이주를 하게 된 다더군요. 저는 내일 아침에 침대 위에서 죽을 작정이에 요. 한번 시도해 봐야겠어요. 어렵지 않을 거예요.」

「오늘 아침에는 벼락이 떨어지더니 지금은 또 날이 아주 활짝 개었네. 날이 개면 나는 도무지 눈을 뜰 수가 없어.」

어느 날 구청장이 사복을 입고 황니가에 대한 민정 시찰을 진행했다. 구청장의 민정 시찰은 갑자기 결정된 일이었다.

왕주 아줌마가 침대 위에서 죽었다. 모두들 손수건으로 코를 막고 왕주 아줌마를 보러 갔다.

구청장은 S 기계 공장 사무실에 가서 〈사망 원인 등록 표〉를 조사했다.

장메쯔, 26세 남, 사망 원인: 음식 과다 섭취(역병에 걸린 닭이 병에 이르게 했음).

쑹진차이宋進財, 70세 남, 사망 원인: 과대망상증(빗물에 의해 사망함).

위쯔롄于子連, 18세 여, 사망 원인: 자살(유리를 삼켜 죽음에 이름).

....

명단은 다 합쳐서 50여 명쯤 됐다. 전부 최근 몇 년 사이에 사망한 사람이었다.

구청장은 코끝을 종이에 가까이 가져다 댔다. 행간에서 어떤 문제를 찾아내고 싶었던 것이다. 잠시 종이를 살펴보던 그의 눈이 커지기 시작했다.

집 안은 무척 더웠고 수많은 매미가 창문에 부딪쳐 땅바닥으로 떨어졌다. 구청장이 입에 가득 고여 있던 가래를 땅 위에 내뱉자 곧장 잿빛 안개가 피어올랐다. 「박해 사건은 없었나?」 그는 근심 가득한 표정으로 생각에 잠기더니 창가로 다가가 먼지를 뒤집어쓴 창문을 열었다. 아래층에서 어떤 여자가 쓰레기 더미를 뒤져 가며 뭔가를 찾고 있는 모습이 보였다. 엉덩이가 날개처럼 높이 들려 있고 입으로는 뭔가를 씹고 있었다. 무척이나 낯이 익은 여자였다. 그는 잠시 곰곰이 기억을 더듬은 끝에 그녀의 성이 〈치〉라는 것을 생각해 냈다. 방금 길거리에서 만난 여자였다. 여자는 24년 전에 그의 동창이었다. 학생이었을 때는 종이를 뭉쳐 인형을 만드는 것을 무척 좋아했다. 그녀의 책상 서랍에는 항상 폐지가 가득 들어 있었다. 그녀는 언제부터 황니가에 뿌리를 내린 것일까? 그는 아무런 흥미도 없는 듯한 무미건조한 표정으로 사무실 안을 몇 바퀴 빙빙 돌다가 변소에 가서 대변을 보았다. 변소 안은 악취가 너무 지독했고 사람이 들어가자마자 날아오른 모기들이 맹렬하게 달려들었다. 그는 손으로 벽을 짚고 조심스럽게 똥을 누기 시작했다. 「이런 곳에서 눈이 빨개지지 않을 수 있을까?」 구청장이 혼자 중얼거렸다. 오른쪽 눈꺼풀에 가벼운 통증이 느껴졌다. 그는 아침부터 줄곧 많은 것을 걱정하느라 눈이 빨개져 있었다. 그는 손가방을 뒤져 서너 가지 안약을 꺼내 눈에 넣은 다음, 눈을 감고 한참을 문질렀다. 그래도 마음이 놓이지 않았다. 구청장이 눈을 감았을 때, 밖에서 이상한 새의 울음소리가 들렸다. 걸음을 옮겨 창문을 열어 보았지만 쓰레기 더미를 뒤지는 여자밖에 보이지 않았다.

「이봐요……!」 구청장이 목청을 크게 열어 여자를 불렀다.

여자는 엉덩이를 그에게로 향한 채 거들떠보지도 않았다.

이곳으로 올 때, 마누라가 그에게 대고 침을 뱉으면서 말했다. 「그런 곳에도 가야 해요? 그 거리에는 한 해에 역병이 세 번이나 발생한단 말이에요. 집집마다 죽은 사람의 고기를 몰래 먹고 있대요! 작년에 우리 친척 하나가 거기 가서 며칠 묵은 적이 있는데 돌아와 보니 역병에 걸려

179

있더라고요. 배가 썩어 문드러진 거예요. 들리는 소문에
따르면 귀신의 집이 있대요. 그 집 안에 왕쓰마라는 실존
하지 않는 사람이 살고 있다고 하더라고요…….」

거리에 나서자 수많은 죽은 물고기 눈깔을 마주칠 수
있었다. 코를 고는 수많은 입도 마주칠 수 있었다. 「박해
사건이 있었나?」 그가 미간을 찌푸리며 장몌쯔의 집 지붕
위에 있는 농창 같은 선인장 화분을 응시했다. 누군가 좀
도둑 하나를 잡아 매달아 놓았다. 구청장은 재빨리 사람
들 틈에 섞여 구경을 하러 갔다. 비쩍 마르고 몹시 허약해
보이는 뻐드렁이 하나가 도둑을 매단 줄을 나무 가장귀에
걸어 조심스럽게 밑으로 당기기 시작했다. 어린 좀도둑의
몸이 서서히 위로 올라갔다. 1분 정도 그렇게 매달리자 좀
도둑은 신음을 토하기 시작했다.

「잘했어!」 황니가 사람들이 그를 칭찬하자 작은 눈에서
희열의 빛이 뿜어져 나왔다.

2분쯤 더 매달아 놓자 좀도둑은 더욱 요란하게 소리를
질러 대면서 얼굴이 창백해진 채 뚝뚝 땀방울을 흘렸다.
땅 위의 먼지에 작은 구멍들이 생겼다.

「잘했어!」 황니가 사람들이 박수를 쳤다. 어떤 사람들
은 회중시계를 꺼내 시간을 확인하기도 했다.

30분쯤 지나자 좀도둑은 혼절하고 말았다. 뻐드렁이가
줄을 나무에 맨 다음, 풀로 묶어 놓았다. 그러고는 당의 躺

椅[11]를 하나 나무 밑에 내다 놓고 누워서 커다란 부들부채를 부치기 시작했다. 「75근짜리 양표 粮票[12]와 현금 6위안 5자오[13]를 훔쳤어요.」 그는 허공에 매달려 흔들리는 좀도둑을 가리키며 사람들에게 좀도둑이 훔친 물품 내역을 알려 주었다.

햇볕은 무척이나 매서웠다. 모두가 땀을 흘리면서도 흩어져 돌아가지 않았다. 좀도둑이 결국 어떻게 되는지 보려는 것이었다.

「황니가에 박해 사건이 있었나요?」 구청장이 한 노인에게 다가가 귓속말로 물었다.

「뭐라고요?」 노인은 낯빛이 변하면서 뒤로 두 걸음 물러서더니 그를 자세히 뜯어보고 나서 말했다. 「황니가에 죽은 물고기가 쏟아져 내린 적이 두 차례 있어요. 1년 사계절 내내 먼지가 쏟아지기도 했지요.」

「45분입니다.」 누군가가 회중시계를 가리키며 말했다.

모두들 코를 길게 빼고 좀도둑의 몸에서 나는 땀 냄새를 맡으면서 인내심 있게 기다렸다.

악대가 관 옆에서 음악을 연주했다.

11 누워서 잘 수 있는 긴 의자로 청나라 때부터 사용하기 시작한 것으로 알려져 있다.

12 생산력이 낮았던 사회주의 계획 경제 시대에 통용되었던 식량 배급표로 전국에 통용되는 것과 각 성省 및 직할시에만 통용되는 것으로 구분되어 있었다.

13 10자오가 1위안이다.

공기 중에는 시신 썩는 냄새가 진동했다.

사람들은 몰래 귓속말을 속삭였다.

「밤에 왕주 아줌마의 돼지 세 마리가 한꺼번에 도망쳤어. 교외로 달아났지.」

「S 기계 공장의 쓰레기 더미에서 금을 캐냈대?」

「어제 머리 없는 남자 하나가 황니가에 나타났어. 들리는 바에 따르면 도시에서 목이 잘렸다고 하더군. 어제 한밤중에 머리 깎는 영감이 거리를 지나갔어. 손에 사람 머리를 들고 있더라고. 전부 철사로 한데 꿰어 있었어.」

「왕주 아줌마는 정말로 죽은 거야 아니면 죽은 척을 하고 있는 거야?」

구청장은 후싼 영감이 초가집 지붕 위에서 졸고 있는 것을 보았다. 등을 구부린 채 손바닥에 얼굴을 묻고 있었다. 참새 한 마리가 그의 발 옆에 서 있었다.

「이봐요 영감님, 그만 내려오세요!」

「아, 구청장님이시군요! 구청장님은 사복 차림으로 민정 시찰을 하시는 중이라면서요?」

후싼 영감이 거미처럼 사다리를 타고 내려왔다.

「왕쓰마는 실존 인물인가요?」 구청장이 갑자기 물었다.

「왕쓰마요?」 후싼 영감은 놀라움을 금치 못했다. 「왕쓰마는 실존 인물이 아닌가요?」 그는 기계적으로 같은 말을 반복했다. 아래턱이 떨렸다. 이어서 뭔가 생각났는지 집에 들어가 긴 의자를 하나 들고나와 구청장에게 나란히 함께 앉자고 권했다. 그러고는 입을 귀에 가져다 대고 아주 상냥하게 말했다. 「쉿! 그렇게 큰 소리로 얘기하지 마세요. 제 심장이 정말 심하게 뛰고 있단 말이에요. 제가 설명해 드릴게요.」 그의 누런 눈빛이 흐릿해졌다. 기억이 너무나 멀리 날아가 버린 것 같았다. 「과거에 우리 집 천장 틈새에 검정 버섯이 자랐어요. 게다가 파리가 침대 휘장 위로 비처럼 쏟아져 내렸지요. 밤중에는 시신을 쫓아다니는 귀신이 지나갔어요. 타박타박, 저는 항상 날이 밝을 때까지 그 발걸음 수를 세곤 했지요! 거리 입구에 노란 등롱이 하나 걸려 있었어요. 저는 커다란 달이라고 생각했지요. 변소는 제법 깨끗했어요. 집집마다 지붕에 애기 괭이밥이 자라고 있더군요……. 지금 누군가가 저를 방공호 안에 가두려고 해요! 철거 이주는 진척이 없나요? 요 며칠 동안 저는 줄곧 지붕 위에 숨어서 황니가의 동정을 관찰하고 있었어요.」

「왕쓰마는 실존 인물이 아니군요…….」

「쉿! 그렇게 큰 소리로 말하면 안 돼요. 며칠 사이에 큰 일이 터질 거예요. 자, 보세요. 해가 갈수록 더 희미해지고 있잖아요? 어젯밤에 미친개 한 마리가 어느 집 마당에서 밤새 시끄럽게 소란을 피우더라고요. 그 머리 깎는 늙은 이가 또 왔었지요. 제가 지붕 위에서 분명히 봤어요.」

「아줌마는 죽은 지 아주 오래되었나요?」

「사람들 말로는 오늘 아침에 죽었다고 하던데 그걸 누가 알겠어요? 시신이 부패한 냄새가 나는 것 같네요. 방금 그 냄새를 맡았어요.」

「저도 맡았어요. 어떤 박해의 요소가 있었던 건 아닐까요?」

「이건 바람의 냄새예요. 바람만 불면 황니가에는 도처에서 시신 썩는 냄새가 나지요. 며칠 전에 죽은 그 개의 냄새인지도 몰라요. 그 개가 왕 공장장네 집 마당에서 죽은 지 일주일이 지났거든요. 그 집 식구들은 누구도 감히 그 개를 처리하지 못했어요. 너무 무섭다면서 말이에요.」

구청장은 치 아줌마가 빠른 걸음으로 총총히 지나가는 것을 보았다. 입 안에 뭔가를 넣고 씹고 있었다. 두 볼이 불룩 튀어나와 있었다.

「저 여자는 순조롭게 잘 지내고 있나요?」 구청장이 물었다.

「우리 집 마당에 하수구가 하나 있는데, 모기가 미친 듯이 번식하고 있어요. 방금 뭘 물으셨지요? 그 여자가 어떻게 순조롭게 지내고 있냐고요? 그럴 리가 있겠어요? 그런 척하는 거겠지요! 그 여자 귀에 악성 종양이 생겼어요. 매일 약물을 뿌리고 있지요. 마음속 고통이 이만저만이 아니에요. 지금은 누구나 다 알고 있지요. 그 여자는 안 그런 척하느라 입으로 뭔가를 계속 씹고 있는 거예요. 그 여자가 뭔가를 씹으면 내 볼이 참을 수 없이 아파지면서 심하게 붓더라고요.」

「도로 한가운데에 뭘 파고 있는 건가요?」

「유자나무를 심으려고 하는 거예요. 전에도 한번 판 적이 있거든요. 그때는 귤나무를 심었었지요. 나중에는 귤나무를 뽑아내고 목부용木芙蓉을 심었는데 지금은 또 목부용을 뽑고 유자를 심네요. 어제 목부용을 뽑을 때, 여자 손이 하나 따라 나왔어요. 모두들 머리 깎는 늙은이가 잘라서 묻어 놓은 거라고 하더군요. 시 위원회에서 녹화 관련 문건을 하달한 뒤로 누군가가 나무를 부엌에 심을 수 있는지 시험해 보려고 했어요. 지금 구멍을 파고 있지요.」

좁은 도로는 이미 엉망진창으로 파헤쳐져 행인들의 통행이 불가능했다. 구청장은 밀짚모자로 먼지를 막으면서 가는 길 내내 눈을 비벼 댔다. 길가 작은 집들에 바싹 달라붙어 더듬더듬 앞으로 나아갔다. 그는 눈에 쌀알만 한 뭔가가 자라고 있는 듯한 느낌이 들었다. 너무 아파서 눈을 뜰 수가 없었다. 확 고개를 들어 보니 검은 제장祭幛[14]이 눈에 들어왔다. 너무 길어서 땅바닥에 질질 끌리고 있었다. 그는 제장에 쓰인 문구를 알아보고 싶었지만 모든 글자에 동그란 테두리가 쳐져 있어 그러지 못했다.

14 장례 때 상가에 보내는 명주에 시구를 쓴 만장.

악대가 관 옆에서 미친 듯이 음악을 연주하고 있었다.

「박해 사건이 있었나요?」구청장은 애써 조금 전의 생각을 계속 이어 가고 싶었다. 눈알이 칼에 베인 것처럼 아팠다. 창춘長春 약방에 들어가 안약을 한 병 산 그는 왼쪽 눈에 연달아 열 방울을 떨어뜨렸다. 왼쪽 눈은 완전히 뜰 수 없게 되었다. 손수건으로 가리는 수밖에 없었다.

「왕쓰마라는 사람이⋯⋯ 정말로 실존하는 인물인가?」구청장이 치얼거우에게 물었다.

치얼거우는 얼굴이 빨개진 채 손으로 허공을 이리저리 그으면서 말했다. 「과거에 우리 마을에 머리 깎는 사람이 하나 있었는데 항아리 가득 귀를 잘라 모은 다음 저쪽 포루에 보관하고 있었어요. 황니가에는 괴상한 비가 내렸지요. 한번은 하늘에서 죽은 물고기들이 쏟아지더니 한번은 검은 비가 내렸어요. 먹물처럼 검은 비였지요. 저기요, 구청장님이 보시기에 황니가는 멍청이들이 4분의 1을 차지하고 있는 것 같지 않나요? 저쪽 후싼 영감네 집 천장에는 검정 버섯이 자라고 있어요. 무서운 독버섯이지요. 영감이 그 버섯으로 개 두 마리를 죽이는 걸 제가 직접 보았어요. 고기에 섞어 먹이더라고요. 정말 짐승만도 못한 늙은이예요.」

구청장의 왼쪽 눈이 호두만 하게 부어올랐다. 코끝에는 배어 나온 기름이 한 방울 맺혀 있었다.

「왕쓰마가 실제 인물이 아니라는 것을 증명할 수 있겠나?」

「물론이지요. 황니가처럼 복잡한 동네는 어디에도 없어요. 이곳은 정말 괴상한 동네입니다. 예컨대 아직도 바퀴벌레를 먹으면서 생활하는 곳이 있다는 얘기 들어 보셨나요? 설마 이처럼 부패한 생활이 허용될 수 있다고 생각하세요?」

「바퀴벌레를 먹는 사람이 누군가? 등록을 해두어야겠네.」

「이리 오세요. 제가 보여 드릴게요. 후싼 영감네 부엌에는 지하 통로가 있어요. 밤이 되면 그 통로로 해골이 나와 밖으로 사라지지요.」

「그게 어떻게 가능한가? 어디를 파내든지 소리가 나지 않겠나?」

「라오친老秦의 집이에요. 말은 부엌에 유자나무를 심으려 한다지만 그건 자신을 합리화하기 위해 말도 안 되는 주장으로 둘러대는 거라고요. 아니, 그런데 눈은 왜 그러세요? 급성 결막염이군요? 비가 올 때 처마에서 떨어지는 물로 씻으면 나을 거예요. 절대로 안약은 넣지 마세요! 제 친척 하나도 급성 결막염에 걸렸는데 안약을 썼다가 실명하고 말았어요. 안약은 사람을 해치는 약이에요!」이렇게 말하면서 그는 구청장의 눈을 벌려 보려 했다. 구청장은 재빨리 펄쩍 뛰어 뒤로 물러섰다.

「움직이지 마! 이건 전염병이란 말이야.」

박쥐 한 마리가 집 처마에서 떨어져 이마에 부딪치자 구청장의 치아가 서로 부딪쳐 득득 소리를 냈다.

「아파 죽겠네! 여긴 정말 귀신의 땅인 것 같아!」

「절대로 안약을 넣지 마세요. 오늘 밤에 비가 올 거예요. 제가 처마에서 떨어지는 물을 받아다 발라 드릴게요.」

악대는 관 옆에서 계속 음악을 연주했다.

폭죽 소리가 울리면서 출상이 시작되었다.

왕 공장장이 배를 내밀고 다가왔다. 구청장이 경멸하는 듯한 눈빛으로 그를 힐끗 쳐다보았다. 구청장은 몸이 비쩍 마른 편이었다.

「오늘 저녁에는 어떤 영화를 상영할 건가?」

구청장이 물었다.

「〈반짝이는 붉은 별〉입니다.」

「아주 좋은 영화야. 모두들 관람할 수 있도록 독려하게.」 구청장이 잠시 깊은 생각에 잠겼다가 말했다.

「저는 여섯 번이나 봤는데도 지겹지 않더군요. 한 번 더 볼 생각이에요. 영화에서 배우가 대단한 장기 자랑을 하는 걸 보니 뭔가를 직접 체험하는 기분이 들더라고요.」

「황니가의 문화생활을 풍부하고 다채롭게 만들어야 하네.」

「물론이지요. 저희는 이미 벽보를 내다 붙였어요. 한 가지 잊은 것이 있네요. 저를 좀 따라오세요. 위쪽을 주의 깊게 보세요. 지금 잘 안 보이시나요? 맞아요. 이미 사람들이 점토로 막아 놓았네요. 하지만 원래는 확실히 구멍이 있었어요! 무슨 소문 못 들으셨나요? 사정이 정말 난처하게 됐어요! 주 간사가 왕쯔광 사건의 문서 작성 작업을 줄곧 이 집 안에서 진행하고 있었거든요. 이는 곧 지난 석 달 동안 누군가가 줄곧 이 구멍으로 안을 엿보면서 모든 상황을 장악하고 있었다는 것을 의미하지요. 이제는 반드시 그 문서의 폐기를 선언하고 모든 작업을 처음부터 다시 시작해야 합니다.」

「단서가 있나?」 구청장이 시름 가득한 표정으로 말했다.

「무슨 말씀을 하시는 겁니까? 절대로 불가능하지요! 그 일은 아주 주도면밀하게 계획된 거예요. 쥐도 새도 모르는 일이지요. 아예 조사를 착수할 수가 없어요. 제 생각에는 모든 사람이 의심의 대상인 것 같습니다. 이 거리에서는 모든 일이 전부 두서가 없어요. 저는 항상 제가 막다른 골목에 들어서는 것 같은 느낌이 들어요. 이제 저는 모든 일에는 멈출 때가 있다는 한 가지 교훈을 얻었어요. 그러다 보면 문제가 잠을 자는 중에 꿈속에서 뜻하지 않게 해결되곤 하지요.」

「그 경험이 내게도 큰 교훈을 주는군.」

「최근에 저는 병에 걸렸는데 어떤 병인지 단정할 수가 없어요. 겉으로 잘 드러나지 않는 대단한 병인 것 같아요. 그런 예감이 들어요. 최근에 제가 말처럼 많이 먹는다는 것을 눈치채지 못하셨나요? 요새 저는 잠도 못 자요. 항상 한밤중에 일어나 뭘 먹어야 하거든요. 아니, 눈이 어떻게 되신 거예요? 이런 눈병에 걸리면 합리적인 생각을 하지 말아야 해요! 리다李大 할머니를 한번 찾아가 보세요. 이런 눈병에는 그 할머니만이 확실한 방법을 찾을 수 있을 거예요.」

구청장은 눈을 가린 채 S 기계 공장 사무실로 돌아갔다. 오후 내내 잠을 잤지만 이제 정말 더 참을 수 없을 정도로 아팠다. 차가운 수건으로 찜질을 해봐도 소용이 없었다. 눈알을 굴리면 밖으로 튀어나올 것만 같았다. 그는 실내에서 폴짝폴짝 뛰면서 아주 오래 몸부림을 치다가 결국 복도로 나가 옆집 문을 두드렸다.

「구청장님이시군요.」

주 간사가 머리가 엉클어진 채 밖으로 나왔다.

「나 대신 리다 할머니 좀 불러 주게.」

주 간사가 의미심장한 표정으로 말했다.

「눈병을 치료하시려고요? 그 할머니는 무당이에요. 미신을 전문으로 하는 사람이라고요. 때로는 사람들 눈을 멀게 하기도 한단 말이에요. 왜 자신의 건강을 그런 사람에게 맡기려 하시는 거예요? 구청장님의 병은 그다지 심각하지 않아요. 가을까지 버티기만 하면 나을 겁니다. 과거에 저도 여러 번 그런 병에 걸린 적이 있었거든요. 매번 가을이 되니까 깨끗이 낫더라고요.」

「눈알이 금방이라도 튀어나와 땅바닥으로 떨어질 것 같네.」 구청장이 핏빛으로 물든 눈알을 가리키며 말했다.

「걱정하실 것 없어요. 자신감을 가지세요. 가을까지 버티기만 하면 된다니까요…… 제게 조카가 하나 있는데 허벅지에 종기가 났어요…….」 그는 얘기를 계속하고 싶어 했다.

구청장은 한숨을 내쉬며 다시 집 안으로 들어가 누웠다. 얼핏 잠이 들었다가 꿈을 꾸었다. 꿈속에서 눈알이 빠져나왔다.

3

왕 공장장은 집 앞에 앉아 건너편 초가집 지붕 위의 참새들을 바라보고 있었다. 다 합쳐서 세 마리였다. 참새들은 가는 다리로 마른풀 사이를 이리저리 돌아다니고 있었다. 〈한 마리만 더 날아오면 지붕 위에 버섯이 나겠군.〉 그는 속으로 생각했다. 마당 안에 있던 개는 어제 이미 사람을 시켜 치워 버린 터였다. 당시에 그는 방 안에서 창문을 꼭 닫고 있었다. 하지만 개의 몸에 있던 벼룩은 그대로 남아 그가 어디에 서 있든 그의 몸 위로 뛰어올라 마구 물어 댔다. 온몸이 부스럼투성이인데도 미친 듯이 물어 댔다. 개의 몸에서 나던 냄새도 그대로 남았다. 석회 가루를 뿌리고 향수를 뿌려도 없어지지 않았다. 그 냄새는 상당한 침투력을 가진 것 같았다. 아주 완강한 냄새였다. 어제 한밤중에 구청장이 문을 두드리며 그를 부르더니 태도를 분명히 할 것을 요구하면서 왕쓰마 사건이 박해 사건이 아니었냐고 물었다. 그는 이런저런 얘기를 많이 나눴던 걸로 기억하지만 결국에는 대충 얼버무리는 수밖에 없었다. 왜 얼버무려야 했는지는 결국 그 자신도 알지 못했다. 아마도 대답을 할 수 없었기 때문일 것이다. 「왕쓰마는 실존하는 인물이었나?」 구청장이 느닷없이 차가운 어투로 물었다. 그는 등골이 오싹해지면서 놀라움을 금치 못했다. 대답을 하지 못한 그는 그저 애매하게 몇 가지 일을 얘기하고 넘어갈 뿐이었다. 예컨대 왕쯔광과 황니가의 비밀스러운 관계와 꿈속에서의 징후, 비밀 함정의 출구 같은 것들이었다. 마지막으로 그는 한 가지 문제를 제기했다. 「사상계의 혼란을 미리 방지해야 합니다.」 구청장은 몹시 불만이었다. 양말을 벗고 짜증을 내면서 발을 긁었다. 나중에는 돌절구와 사발을 가져다가 정성껏 가루약을 만들었다. 눈에 바르기 위한 것이라고 했다. 그는 도대체 왜 구청장의 질문에 대답하지 못하는 것인지 지금도 해답을 찾을 수 없었다. 당시에 그는 구청장이 과거의 경험에 따라 자신에게 물어본 것이 아니라고, 구청장이 질문을 던진 것은 단지 눈이 아팠기 때문이라고 생각했다. 어쩌면 구청장이 그를 시험하고 있는 것인지도 모를 일이었다. 그는 구청장을 몇 번 매섭게 노려보았다. 구청장도 그를 쳐다보고 있었다. 얼굴에 웃음기가 전혀 보이지 않았다. 이리하여 그는 또 한 차례 단정을 내렸다. 구청장이 자신에게 물은 것이 아니라는 결론이었다. 문득 예전에 한 간부가 황니가에서 어떤 사람의 사망 원인을 조사하려 했던 것이 기억났다. 간부가 이리저리 조사를 해봤지만 끝내 아무것도 찾아내지 못했다. 결국은 치아 뿌리만 퉁퉁 부어 입을 크게 벌릴 수 없게 되었다. 다음 날 간부는 자리를 말아 어디론가 도망쳐 버렸다. 그들은 새벽 2시까지 얘기를 나누었다. 이런저런 얘기를 주고받으면서 빈번하게 그 야릇한 왕쓰마 문제를 거론했다. 집으로 돌아와서도 그는 침대 위에서 한참을 몸부림친 뒤에야 잠이 들었다. 그때까지도 머릿속이 여전히 흐리멍덩했다.

「이봐, 얼마나 생각해 봤나?」 구청장이 왔다. 몸이 비쩍 말라 홀쭉한 것이 위풍이라고는 조금도 찾아볼 수 없었다. 입고 있는 옷이 몸에 걸쳐 놓은 마대 같았다.

「눈이 왜 그래요? 좀 보여 주세요. 아이고, 온통 고름투성이네요. 완전히 문드러졌어요. 이런 눈병에 걸리면 정말 방법이 없다니까요.」

「내 생각에는 군중의 정서에 저촉되는 부분이 있는 것 같네.」

「어느 여자의 발에 닭 발톱이 났다는 얘기 들어 보셨나요? 이틀 동안 가는 비가 내려서 이불까지 전부 눅눅해졌어요. 우리 마누라는 불을 피워 말려야 한다고 툴툴대더군요. 안 그러면 이불 속에서 뭔가가 자랄 것 같다는 거예요.」

큰비가 내렸다.

거리에서 식칼을 든 남자 하나가 봉두난발을 한 여자를 뒤에서 쫓아가고 있었다. 여자는 온몸이 진흙투성이였다. 여자는 앞을 향해 달려가면서 연신 소리를 질러 댔다. 주위에 사람이 아주 많았다. 하나같이 기름종이 우산을 든 채 목을 길게 빼고 서로 밀쳐 대면서 구경에 여념이 없었다.

「왜 저러는 거지?」구청장이 물었다.

「아마 파리를 먹는 문제로 저러는 걸 거예요.」왕 공장장이 정색을 하면서 대답했다.「남편이 파리를 먹지 말라고 했는데 여자가 밤에 몰래 먹은 모양이에요. 이런 소란이 벌써 한두 번이 아니랍니다. 정말 이상한 여자예요!」

구청장은 말을 하면서 마음속 고민을 떠올렸다.「이런 법이 어디 있어. 어떻게 이럴 수 있는 거지? 이 사람들은 왜 문화 학습반을 운영하지 않는 건가?」

「들리는 소문에 따르면 조만간 철거 이주가 있을 거래요. 저 여자는 갈수록 더 많이 먹는다더군요.」왕 공장장이 거리를 바라보며 또 말했다. 「때로는 낮에도 먹으면서 굳이 먹지 않고 참을 이유가 없다고 말한대요. 먹지 않고 참는 것은 헛고생이라나요. 그러면서 새 주거지로 이사하면 먹지 않겠다고 한대요. 자신이 먹는 것은 둘째 치고 외간 남자를 집으로 불러들여 함께 먹기도 한대요. 그래서 소란이 벌어진 거라더군요. 그 여자 남편이 칼로 외간 남자의 발을 찍었대요. 그 남자는 방공호에 들어가 이미 열흘 넘게 숨어 있다고 하더군요.」

구청장에게는 여전히 고민거리가 있었다. 「그런 법이 어디 있나? 어째서 문화 학습반을 운영하지 않는 거지? 한 가지 일이 더 있네. 벽에 난 그 구멍은 어떻게 조사했나? 단서를 찾아냈나? 나는 갈수록 눈을 제대로 뜰 수가 없네. 개구리처럼 계속 눈꺼풀이 움직인다니까. 이제는 혹시 암이 아닐까 하는 의심이 들기도 한단 말일세.」

「물론이지요. 이 눈병은 나아지지 않을 거예요. 저한테 조카가 하나 있는데요……」

「어째서 박해 사건이 없는 거지?」구청장은 또 혼자 중얼거리기 시작했다. 그의 헐렁헐렁한 옷 속에서 진한 액취가 풍겼다. 시큼한 땀 냄새와 귀신들만 알 수 있는 이상한 냄새가 섞여 있었다. 「얼마 전에 우리 구에서 조사를 통해 대형 박해 사건을 색출해 냈네…… . 오래된 혁명 근거지의 전통이 아직 필요할까? 명심하게. 내게 주어진 시간은 열흘밖에 남아 있지 않네. 나는 우선 왕쓰마 사건부터 조사에 착수한 다음에 왕쯔광의 실제 신원을 분명히 밝힐 작정이네. 주 간사가 제시한 바를 확실하게 실행할 수 있는 유일한 방법이야. 그는 왕쯔광 복장의 특징을 강조하고 있거든. 물론, 행동의 저항력도 상상하기 힘들 정도로 클 걸세. 왕쓰마가 실제 인물인지조차 최종 결론이 나지 않았지. 그 안에 담긴 문제들은 확실히 조사할 생각을 하지 말아야 하네. 연루되는 범위가 불가사의할 정도로 넓어지니까 말이야. 황니가 사람들 전부가 왕쓰마인 것 같다니까. 실사구시 정신에 입각해서 옛 혁명 근거지의 전통을…… 미안하네. 이 눈은 병원에 가서 진료를 받지 않을 수 없을 것 같네. 계속 암이 아닌가 하는 의심이 들거든. 난 앞으로 2~3일 동안 오지 않을 걸세.」 그가 눈을 가렸다. 눈에서 쉬지 않고 진물이 흘러내렸다.

파리를 먹은 일은 이미 잠잠해졌다. 거리는 텅 비어 있었다. 왕 공장장은 혼탁한 눈동자로 장메쯔의 집 지붕에 있는 농창 같은 선인장 화분을 뚫어져라 바라보았다.

「박해 사건이 있었나요? 왕쓰마는 실존 인물인가요?」 왕 공장장은 혼자 떠드는 것처럼 큰 소리로 외쳤다. 목소리가 바싹 마른 데다 너무나 공허했다. 자신도 놀랄 정도였다. 알고 보니 구청장이 어떤 훈련을 하고 있는 것 같았다. 이것이 혹시 위험한 암시는 아닐까? 그가 암에 대해 얘기한 것이 일종의 암시가 아닐까? 애당초 암이 없는데도 겉으로 과장하여 떠벌리는 것인지도 몰랐다. 잠시 앉아 있던 그는 거품을 토했다. 침이 아주 시큼했다. 설태는 또 아주 두껍고 무거웠다.

「열흘밖에 안 남았어요.」 어디서 왔는지 주 간사가 까마귀처럼 날아와서는 그의 옆에 가볍게 다가와 섰다. 「박해 사건에 관해 마음속으로 짚이는 것이라도 있나요? 저는 이번에는 전혀 감이 잡히지 않네요. 마음속에 뭔가 착오를 범할 것 같은 징조가 느껴져요. 저는 지금 한창 어떤 단서가 될 만한 재료들을 찾고 있어요. 구청장님의 의도는 추측이 불가능해요. 일거일동이 신비하고 예측 불가라니까요…….」

왕 공장장이 푸웃 하고 웃음을 터뜨리더니 마지막 한 마디를 내뱉었다.

「군중대회를 소집해 모든 사람에게 한마디씩 하게 해야 하지 않을까요?」 주 간사는 비천한 모습으로 봉두난발이 된 머리를 숙이고 커다란 두 손도 내렸다.

왕 공장장이 놀리듯이 그를 쳐다보면서 말했다. 「당장 범죄자들을 잡고 싶어요? 그렇다면 그런 방법이 좋을 거예요! 사람들의 생각과 상상이 미치지 못하는 방법이지요. 쳇! 이 벼룩들은 배가 고파 미칠 지경인가 보네요!」

「제가 보기에 최근에 부는 바람은 뭔가 좀 다른 것 같아요. 거의 멈추지 않을 것 같은 모양새예요.」주 간사가 감정을 드러내지 않고 말했다. 「하루 종일 휘리릭 소리가 났어요. 저는 항상 꿈속에서 제가 가파른 절벽 위에 서 있는 모습을 보곤 했지요. 어제는 이상한 새 한 마리가 우리 집 부엌 안으로 떨어지더니 밤새 울더라고요. 그 때문에 우리 마누라가 눈을 붙이지 못했어요. 그 새는 지금도 울어대고 있어요. 저희는 오늘 침실에서 밥을 했어요. 아래에서 누군가가 보고를 올렸는데, 일부 사람들이 쓰레기장에 쓰레기를 버리지 않고 거리에다 마구 버린다고 하더군요. 나중에 쓰레기를 버린 사람 한두 명을 잡았는데 오히려 그 사람들은 쓰레기장에 쓰레기가 가득 차 있어서 그랬다고 항변을 했다는 거예요. 겉만 쓰레기장이지 실제로는 기능을 못 한다고요. 요 며칠 동안 저는 마음속이 몹시 혼란스러웠어요. 아시다시피 비밀 작업과 관련해 골치 아픈 일을 당했거든요. 누군가가 저를 죽도록 지켜보고 있는 거예요. 저는 며칠 밤을 고심했지요. 몇 번이고 단서가 잡힐 것 같았지만 매번 아주 사소한 일 때문에 생각이 끊어지고 말았어요. 예컨대 쥐가 소동을 벌이거나 차가운 바람이 불어오곤 했지요. 결국 이제는 어떤 희망도 품지 않고 있어요. 의기소침한 정서가 저를 완전히 뒤덮고 있거든요.」

「평상복 차림으로 몰래 민정 시찰을 한다는 얘기 들어
봤어요? 제가 보기에는 여기에 수상쩍은 부분이 약간 있
는 것 같아요. 생각해 보세요. 뜬금없이 평상복 차림의 민
정 시찰이라니요?」

「저는 지금 어떤 일에 대해서도 극도로 실망하여 맥이
빠진 상태예요. 퇴폐의 정서가 저를 완전히 뒤덮고 있어
요.」 주 간사가 잔뜩 몸을 움츠리고 담장 아래 쭈그려 앉
았다.

「그건 아마도 구청장님의 괴상한 기질 탓일 거예요. 아
니면 음험한 소인배가 구청장님에게 그런 아이디어를 제
공했겠지요. 제 생각에는 곧 사태의 두서가 밝혀질 것 같
아요. 최근에 제 몸 안에 한 가지 변화가 일어나고 있어요.
아주 끔찍한 병증 같아요. 의학 서적을 뒤져 조사해 봤더
니 중병 하나랑 아주 비슷해요. 저는 밤마다 꿈에서 죽음
을 만나요. 리다 할머니를 찾아가 점을 한번 쳐봤더니 그
할머니는 전혀 상반된 얘기를 하더라고요. 하지만 아마도
그 할머니가 거짓말을 하는 걸 거예요. 그런 여자들의 말
은 믿을 수가 없지요. 왕주 아줌마가 죽은 뒤로 저는 더
이상 죽은 사람에게 가까이 가지 못하겠더라고요. 죽은
사람 곁을 지나치기만 해도 몸에 발진이 생기거든요. 쓰
레기를 마구 버린 사람이 누굴까요?」

「누가 알겠어요? 전부 아랫사람들이 잡은 거예요. 그들 스스로도 어리둥절해하더군요. 두 사람인 것 같더라고요. 물어보니까 또 그런 일이 없었다고 하고요. 혹시 고양이 두 마리를 잡은 걸 얘기하는 게 아닐까요?」

「파괴 분자들을 전부 잡아 가둬야 해요!」

구청장은 사흘 동안 눈을 진찰하러 갔다.

왕 공장장은 사람들을 잡아들이기 시작했다.

사흘째 되던 날 소문이 돌기 시작했다.

수많은 사람이 익명의 편지를 받았다. 편지 봉투는 일률적으로 누런 소포 용지로 만들어져 있었다. 편지에는 황니가에 이미 열 사람의 발에 닭 발톱이 돋아났다고 쓰여 있었다. 이 사람들 모두가 잘 위장하여 사이즈 큰 가죽 구두를 신고 있기 때문에 밖에서는 전혀 흔적을 찾을 길이 없다고 했다.

어느 날 법사 하나가 찾아왔다. 법사는 우체국 돌계단 위에 엉덩이를 깔고 앉으면서 물건이 가득 든 길고 가느다란 자루를 내려놓고는 천으로 된 신발을 벗어 큰 소리를 내며 두들겼다. 그러면서 지나가는 사람들을 향해 중얼거렸다. 「이 거리는 더럽게 심심하군!」 그러고는 문지방에 몸을 기대고 있는 전보원에게 물었다. 「이봐요, 여기 하얀 쥐가 있소?」 전보원은 즉시 얼굴색이 변하면서 한참을 우물쭈물하다가 말했다. 「선생님은, 아마도 의사 선생

님이시겠지요? 과거에 역병이 발생했을 때 의사 선생님
이 한 분 오셨었지요. 사람들이 정말 많이 죽었어요. 모기
처럼 가볍게 툭 치기만 해도 쓰러져 버렸으니까요…….」

법사는 저녁 무렵까지 술집에 앉아 있다가 떠났다. 술
을 너무 많이 마셔서 걸음이 심하게 흔들렸다. 그의 자루
는 술집 탁자 아래에 떨어져 있었다. 점원이 자루를 열어
보니 강모래가 가득 들어 있었다. 들어 옮길 수 없을 정도
로 무거웠다.

갑자기 머리 깎는 영감이 나타났다. 그는 눈을 휘둥그
레 뜨고 거리를 이리저리 배회하고 있었다. 깊은 밤에 머
리 깎는 칼로 집집마다 돌아다니며 창살을 두드려 톡톡
소리를 냈다. 사람들은 놀라서 쓰러질 지경이었다. 날이
밝자 사람들이 침대에서 일어나 가장 먼저 한 일은 대문
빗장과 창문 빗장이 튼튼한지 확인하는 것이었다.

「황니가에서는 대규모 전복 활동의 음모가 무르익고
있어요.」왕 공장장이 발했다.

범죄 혐의자는 다 합쳐서 스물한 명으로 전부 S 기계
공장 사무동의 회의실에 구금되어 있었다. 밖으로 도망칠
것을 염려하여 문에 자물쇠를 걸어 두었다. 이리하여 모
든 사람이 대소변을 방 한쪽 귀퉁이에 보았다. 용변을 보
면서 큰 소리로 욕을 해댔다. 「염병할, 똥 눌 권리마저 빼
앗겨 버렸네.」혐의자 한 명이 주머니에서 박쥐 두 마리를

꺼냈다. 그는 박쥐를 땅바닥에 내려놓았다. 모두들 바닥을 기고 있는 박쥐들은 에워싸고 날카로운 소리를 지르면서 침을 뱉었다.

「거기, 뭐가 그렇게 시끄러워?」 구청장이 빨갛게 부은 눈을 깜빡이며 미간을 찌푸렸다.

「저들이 나오려고 해서 제가 자물쇠를 걸어 두었습니다.」 왕 공장장이 극도로 공손한 태도로 말했다.

「가서 자물쇠를 풀게!」

「풀면 안 됩니다. 저들이 살인을 저지를 수도 있어요. 여기 증거가 있습니다.」 왕 공장장은 한참을 뒤적거리다가 꼬깃꼬깃 구겨진 편지 너덧 장을 꺼냈다. 편지에는 시꺼먼 손가락 자국이 가득했다. 「익명의 편지입니다. 대규모 전복 활동의 음모가 무르익고 있어요. 저희 집 마당에 있는 미친개가 하나의 신호탄이었습니다. 어제 똥을 치우다가 또 변소에서 총을 한 자루를 찾아냈어요. 그들은 소란을 피웠지요. 우리 병은 더 심해졌어요. 저는 지금 계속 고기가 먹고 싶어져요. 어제 오후에는 마당의 홰나무 아래서 잠을 자다가 꿈속에서 제가 늑대로 변한 모습을 보았어요. 죽어라고 회색 토끼를 쫓아가고 있더라고요. 이거야말로 황당한 일 아니겠어요? 법사 하나가 왔는데, 하얀 쥐에 관해 묻더군요. 그가 가고 나자 전보원이 경련을 일으켰어요. 아날긴 주사를 두 대 맞았지만 지금도 우체국 건물 안에서 경련 때문에 끙끙거리고 있지요. 요 며칠은 날씨가 정말 이상해요. 문을 나설 때 꼭 밀짚모자를 챙겨야 한다고요.」

「한 명을 이리 데리고 오게. 내가 심문을 할 테니까.」

「그건 아주 위험한 일입니다. 조심하셔야 해요.」 그는 엉덩이를 뻣뻣이 세우고 그쪽으로 가서 문을 열었다. 구청장은 그가 한쪽 신발을 지르신고 있어 발로 바닥을 디딜 때마다 큰 소리가 나는 것을 알아챘다.

왕 공장장이 머리칼 없는 여자를 하나 데리고 왔다. 손에는 수갑을 차고 있었다. 왕 공장장은 여자가 극악무도한 범죄자라고 말했다. 여자의 두피는 분홍색이었고 부스럼 자국이 가득했다. 눈썹도 없었다. 여자는 끌려오자마자 큰 소리로 〈청천青天[15] 대인!〉 하고 외치면서 큰 동작으로 개두磕頭[16]를 했다. 개두를 한 다음에는 큰 소리로 억울하다고 외쳤다. 외친 다음에는 또 벌떡 일어서서 〈간첩!〉, 〈살인범!〉이라고 외치면서 마구 침을 튀겼다. 침방울이 하얀 벌레 같았다.

「거리에 나가 조사를 좀 해보세요.」 여자는 갑자기 입

15 송나라 때의 판관 포청천包青天을 지칭한다. 그는 중국 역사에서 가장 청렴했던 청백리이자 탁월한 재판관으로 알려져 있다. 모든 청백리를 청천이라 칭하기도 하는데 여기서도 청렴한 판관을 의미한다.

16 스승을 모시거나 의형제를 맺을 때, 혹은 지위가 아주 높은 관원을 만났을 때 예를 표하기 위해 머리를 땅바닥에 세 번 찧으면서 올리는 인사.

을 다물더니 구청장에게 가까이 다가가 은밀한 어투로 말했다. 「우리 옆집 사람이 매일 한밤중에 일어나 무선 라디오를 듣고 있어요. 그 사람 이불 속에 울퉁불퉁한 물건이 들어 있는데, 아무래도 전보 발신기인 것 같아요. 지금 그 사람은 누구든지 자기 집 가까이 다가가기만 하면 벽돌을 집어 던지고 있어요. 제 남편도 그 사람이 던진 벽돌에 맞아 머리가 깨져 피가 났다니까요……. 그 집에 들어갈 때 그 사람을 놀라게 하지 않으려면 뒤쪽 담장을 넘어 부엌으로 들어가면 돼요. 절대 소리를 내면 안 돼요. 잘못될 리는 없어요. 제가 이미 여러 달 동안 관찰했거든요. 지금 황니가에는 집집마다 말뚝버섯이 자라고 있어요. 아주 음산하지요. 침대 밑의 풀 더미 속에도 가득 자라나 있어요……. 고양이 한 마리가 미친 지 사흘이나 됐어요. 옆집 마당에 어지럽게 쌓여 있는 풀 더미 속에 숨어 있지요. 주무실 때 조심하셔야 해요. 전등을 끄지 마시고 창문을 열지도 마세요. 집 안에서 대충 내다보시면 돼요.」

「이 지저분한 매춘부를 풀어 주도록 하게.」 구청장이 짜증 섞인 목소리로 말하면서 손을 내저었다.

「저 여자는 거짓말을 하고 있어요. 저들 모두 완전한 음모와 계략을 갖고 있다고요. 절대 속아 넘어가시면 안 돼요!」 왕 공장장이 말했다.

「꺼져!」

「꺼지라고!」 왕 공장장도 그 여자의 뒷모습에 대고 큰 소리로 고함을 치고는 쾅 하고 문을 닫았다. 아주 먼 거리를 사이에 두고 그들은 구청장의 옷에서 나는 아주 고약한 악취를 감지했다. 그는 구청장이 왜 옷을 갈아입지 않고 항상 이 옷만 입는 것인지 시종 이해가 되지 않았다.

「구청장님이 늙었다는 걸 의미하는 건 아닐까요?」 왕 공장장이 조심스럽게 미소를 지으며 말했다. 「구청장님이 그날 하신 말씀 말인데요……. 나중에 제가 아주 오랫동안 자세히 분석해 봤어요! 아주 심오한 이치가 담겨 있더군요. 저녁 내내 연구한 끝에 구청장님이 늘 하시는 연설을 한 단어로 축약해 냈어요. 먹는다! 이거 맞지요? 이번에는 저의 이해력이 상당히 향상된 느낌이에요. 구청장님이 떠난 뒤로 저는 매일 문건을 학습했거든요. 덕분에 사상이 크게 진보할 수 있었지요. 물론 착오도 존재할 거예요. 예컨대 결국 고양이인가 사람인가 하는 문제지요…… 네?」

「저 자물쇠를 좀 풀어 줘! 이 멧돼지 같은 놈아! 살만 뒤룩뒤룩 쪄가지고!」 구청장이 주먹으로 탁자를 내려치면서 아주 매서운 어투로 말했다. 「뇌내출혈이 일어난 것 같아! 눈이 아파 죽겠다고! 알아? 아침 일찍 고양이가 내 앞으로 지나갔단 말이야…… 이 돼지 같은 놈아!」

왕 공장장은 우물쭈물하면서 가서 자물쇠를 풀었다. 범

인들이 미친개 떼처럼 쏟아져 나왔다. 그는 마음속으로 구청장 이 교활한 놈이 미친 척하고 있는 게 아닐까 하는 의심이 들었다!

4

왕 공장장은 아침에 양치질을 하면서 얼굴 가득 치약 거품을 묻혔다. 고개를 돌려 수건으로 닦아 내고 싶었지만 갑자기 목이 움직이지 않았다. 그는 쾅쾅 소리를 내며 집 안에 있는 서랍을 전부 열어 마구 헤집었다. 안개 같은 회색 먼지가 하늘로 뿜어 올랐다. 마침내 겉 포장이 더러워진 만화유萬花油[17]를 한 병 찾아냈다. 그는 단번에 절반을 따라 바른 다음 목을 살며시 움직여 보았다. 아무 소용이 없었다. 조금도 움직이지 않았다. 눈물이 나도록 아프기만 했다.

「모든 게 이 죽일 놈의 바람 때문이야!」 그가 아내의 뒷머리를 향해 내갈기듯 말했다. 「밤새 바람이 내 목을 자르는 꿈을 꾸었어. 머리가 땅바닥에 떨어지자 어깨가 반질반질해지더군. 일기 예보에서는 이 바람이 10월까지 계속된다는 거야. 이게 어떻게 된 이치지?」

---

17 어혈을 풀어 주고 혈액 순환을 활발하게 해주어 부종이나 화상 등의 피부 손상에 효과가 있는 한방약으로 중국인들 사이에서 보편적으로 사용되고 있다.

「모두들 이 바람이 세계의 종말까지 계속 불게 될 거라고 말하고 있어요.」아내가 미동도 하지 않으면서 말을 받았다. 한편으로는 과쯔를 깨물어 먹으면서 한편으로는 마음속으로 뜻밖에도 발 가까이 있는 꼬리털 빠진 수탉을 잡으려 하고 있었다.

「암일 리는 없을까?」그는 배 속 가득한 의문을 주체할 수 없었다. 말을 하면 더 심하게 아팠다. 그리하여 손으로 목을 눌러 보았다. 목 피부가 자줏빛으로 변했다. 「최근에 내게 줄곧 발병의 징조가 나타나고 있어. 어디를 가든지 항상 검은 수탉 한 마리가 눈에 들어오고 귓가에는 얼굴을 북쪽으로 돌리라고 지시하는 소리가 들려. 어제는 변소에 들어가 앉아 있는데 또 그 소리가 들리는 거야. 누군가가 나를 가지고 장난을 치는 것인지도 모른다는 생각이 들더군. 그래서 얼른 얼굴을 남쪽으로 돌렸더니 몸이 아프기 시작하더라고. 처음에는 감기려니 생각했는데 이런 꼴이 되리라고 누가 생각이나 했겠어?」

「미치광이 양싼의 엄마가 설암을 앓다가 죽었어요. 말로 다 할 수 없이 고약한 냄새가 났었지요.」왕 공장장의 아내가 갑자기 손을 뻗어 수탉을 잡더니 힘껏 휘둘렀다. 아주 높이 휘두르자 수탉은 꼬꼬댁 소리를 질러 대면서 옷장 지붕 위의 어두운 그림자 속으로 들어가 몸을 숨겼다. 그녀가 문밖을 한 번 내다보고 나서 말했다. 「이 망할 놈의 쓰레기 처리장을 건립한 뒤로 괴상한 질병이 더 많아졌어요. 연초에 혀에 암이 발생했다는 얘기 못 들었어요? 어제 오후에는 또 쓰레기 처리장에서 영아의 시신을 한 구 파냈대요. 지금은 뭐든지 쓰레기장으로 보내잖아요. 차에 쓰레기가 가득 실려 가는데도 관여하는 사람이 없어서 거리 가득 쓰레기를 버리지요. 지난주부터 누군가 장메쯔의 작은 집 문을 열고 안에 들어가 소변을 보기 시작했어요. 그러면서 거리에서 소변을 보는 것보다 오줌이 분출되는 힘이 더 세진다고 말하더군요.」

「모든 게 다 그 죽은 개 때문이야.」 왕 공장장은 이렇게 한마디 던지고는 침대에 가서 누웠다가 갑자기 펄쩍 뛰었다. 천장 한가운데에 도마뱀 두 마리가 기어가고 있었던 것이다!

「흡혈귀가 틀림없어.」 그가 쉰 목소리로 말하면서 작대기를 들어 천장을 힘껏 찔렀다. 찌르고 또 찔렀다. 석회 가루가 우수수 떨어지는 가운데 머리 위에 크고 작은 벌집이 무수히 나타났다.

「황니가에 말뚝버섯이 미친 듯이 자라고 있어요.」 그의 아내가 이렇게 말하고는 뒤도 돌아보지 않고 거리로 나섰다. 아주 멀리 갔는데도 그녀의 양철 신발 바닥이 거리 위를 두드리는 소리가 요란하게 들렸다.

「구청장, 이 교활한 놈…….」 그는 막 무슨 생각을 시작하려다 말고 하품을 하기 시작했다. 이게 무슨 이치일까? 생각을 시작하자마자 졸음이 몰려왔다. 머릿속이 몽롱했다. 그는 큰 입으로 침을 뱉고는 한 발로 발돋움을 하여 세 번 뛰었다. 입으로는 큰 소리로 숫자를 셌다. 「하나, 둘, 셋!」

「모든 초가집 지붕에 말뚝버섯이 나타났다.」 창문에 라오위의 음침한 얼굴이 나타났다. 처음에 그는 시신을 치우는 영감인 줄 알았다. 「물 항아리 밑에도 났어요.」

「우리 집에 뭐가 났는지 한번 보세요.」 왕 공장장이 목을 길게 빼고 그의 눈 가까이 다가갔다.

라오위가 주저하는 듯한 표정으로 말했다. 「아마도, 약간 빨갈 거예요. 그렇지 않나요?」 이어서 곧장 고담활론 高談闊論이 시작되었다. 「도시에 치과 의사가 하나 있는데 누구든지 가리지 않고 찾아가 그 앞에 앉기만 하면 마른 수건으로 묶어 놓고 끝없이 목을 문지른대요. 그러다가 피부가 벗겨져 통증을 참을 수 없게 되면…….」

「헛소리하지 말아요! 여기를 좀 만져 보라고요! 여기 푹 파인 데 말이에요. 어때요? 난 죽도록 아프단 말이에요! 이제 갈수록 더 분명하게 알 수 있어요. 이건 틀림없이 암이에요! 곰곰이 돌이켜 생각해 보니 여기가 몇 달 동안 계속 아팠던 것 같더라고요.」

「어쩌다가 이런 병에 걸린 거예요…….」

「이 죽일 놈의 바람 때문 아니겠어요. 귓가에 계속 남쪽을 향하지 말라는 소리가 들린다니까요. 나는 누가 나한테 장난을 치는 줄 알았어요. 어째서 재앙이 닥치리라고 예상하지 못했던 걸까요? 이봐요, 라오위 동지.」 그는 갑자기 서글퍼지기 시작했다. 습관과 다르게 그를 〈라오위 동지〉라고 불렀다. 「일기 예보에서는 이 바람이 10월까지 분다고 했다면서요?」

「모두들 바람이 멈추지 않을 것 같다고 말하네요.」 라오위가 고개를 푹 숙인 채 의기소침하여 말했다. 「며칠 연달아 바람 속에서 시체 썩는 냄새가 났어요. 알고 보니 쓰레기 밑에 영아의 시신이 한 구 있었던 거예요! 어제 파내긴 했지만 완전히 부패해서 문드러졌더라고요. 구청장님이 위안쓰의 아내를 찾아갔어요. 십중팔구 그 매춘부가 저지른 사건이라고요. 그 여자는 매일 머리를 통통 안으로 밀어 넣었다니까요. 목까지 잠기게 말이에요. 아침에는 오줌통에까지 집어넣었어요. 목 부위까지 잠겨 있더라고요. 그 여자 머리칼에 가까이 가면 항상 지린내가 날 거예요.」

「제 대신 가서 설파민 물약 열 통만 사다 줄 수 있어요?」

「눈병에 걸린 건가요?」

「저는 항상 두렵고 당혹스러운 느낌이 있었어요. 생각을 하고 또 해봤더니 제 목에 설파민 안약을 발라야 할 것 같더라고요. 누가 알아요? 바르길 잘한 걸지도 모르잖아요?」

「구청장님이 이주 철거에 관한 소문을 조사한대요.」

「지구가 멸망하는 날까지 조사하라고 해요.」 라오위가 갑자기 큰 소리로 외치기 시작했다. 「그는 도대체 어디서 삐져나온 거예요? 이 사람 말이에요? 어쩌면 이자는 구청장이니 뭐니 하는 사람이 아닌지도 몰라요. 그저 남의 명의를 훔쳐서 행세하는 사기꾼인지도 모르지요. 그가 오던 날, 아무런 흔적이나 징후도 없었어요. 도둑을 지키는 사람들 무리 속에서 갑자기 나타나서는 미친 것처럼 몇 마디 헛소리를 했지요. 그리하여 황니가에 사방에서 소문이 떠돌아다니기 시작하며 사람들의 간담을 서늘하게 했지요. 구청장이라는 사람이 왔다고 하는데…… 누가 그걸 증명할 수 있겠어요? 그는 몸에 걸치고 있는 옷을 왜 몇 년째 갈아입지 않는 건가요? 저는 오래전부터 의심하기 시작했어요. 그가 황니가에 온 것이 혹시 사람들이 알면 안 되는 어떤 목적이 있기 때문이 아닌가 하는 의심이 들었지요. 그가 무슨 올가미를 만들어 놓은 것은 아닐까요? 제가 보기엔 우리가 멍청한 돼지들이 된 것 같아요.」 얘기를 이어 가던 그는 눈길을 한곳에 멈추면서 멍한 표정을 지었다.

「공장장님!」 라오위는 겁이 났다.

「좋아요!」공장장은 야무지게 벽을 한 번 걷어차고는 또 도마뱀을 걷어찼다. 그러고는 다른 쪽 발로 도마뱀을 세게 밟아 버렸다. 「나는 이런 동물이 제일 싫어!」그가 말했다. 술을 마신 듯한 얼굴이었다.

죽은 영아를 묻고서 대로에 사람들이 없는 것을 보고는 치 아줌마가 재빨리 장몌쯔의 작은 집으로 뚫고 들어갔다.

어둠 속에 눈 두 개가 보였다. 위안쓰의 아내가 집 한쪽 구석에 웅크리고 앉아 있었다. 치 아줌마가 다가가 다른 쪽 구석에 쪼그리고 앉았다.

「이번 소변이 몇 번째예요?」

위안쓰의 아내가 말했다. 「오전에 한 번 눴어요. 지금 여기에 있으니 정말 즐거워요! 방금 아줌마가 들어왔을 때, 저 혼자 중얼거리고 있었거든요.」

「저는 방금 그 아기를 묻었어요. 에구, 냄새가 정말 지독하더라고요.」

위안쓰의 아내가 키득키득 웃었다.

「구청장님이 댁을 왜 찾는 건가요?」

「구청장님이 저를 왜 찾아요?」그녀가 눈을 커다랗게 뜨고 멍한 표정으로 말했다. 이어서 눈빛이 밝아지더니 이상하리만치 친절한 표정으로 치 아줌마의 손을 잡았다. 「이건 아무도 생각하지 못한 좋은 일이에요. 요술 호리병 속의 비밀이라고요. 하! 어제 아침 일찍 저는 하늘을 살펴

보고 나서 〈비가 없고 꼭대기까지 밝은 빛이네〉라고 말했
어요. 나중에 부엌에 가서 물을 뜨려고 했는데 바가지가
보이지 않더라고요. 한참이나 답답해했지요! 좋은 일들
은 모두 한곳으로 모이나 봐요. 생각을 좀 해봐요. 정전이
되지 않았다면, 제가 죽은 듯이 잠을 잘 수 있었다면, 서
랍 안에 마 노끈이 없었다면, 어떻게 좋은 운이 제 머리
위로 떨어질 수 있었겠어요? 하지만 좋은 운은 항상 제 머
리 위로만 떨어진다니까요. 방금 저는 혼자서 여기 숨어
웃고 있었어요. 아주 속 시원하게 웃었지요! 저는 이 일을
죽어도 이해하지 못할 거예요.」

　「당신도 좋은 운을 만날 수 있을까요?」 치 아줌마는 그
녀를 쳐다보지도 않고 소변을 보면서 무척이나 흡족한 듯
콧노래를 흥얼거렸다.

　「바로 이런 모습이지요. 당신들은 꿈에도 생각 못 할 거
예요! 맙소사, 저는 참을 수가 없어요. 당장 얘기하고 말
거예요. 구청장님이 우리 집에 왔어요. 이봐요, 내 말 잘
들었나요? 우리 집 안이 아주 어둡다는 거 잘 알잖아요.
등을 켜지 않으면 아무것도 보이지 않지요. 구청장님은
벽을 더듬어 안으로 들어왔어요. 사람을 잘 못 볼 가능성
이 아주 컸지요. 저는 정말 생각 밖으로 아주 즐거워요.
단번에 구청장님을 붙잡았거든요! 저는 마음이 편치 않
았어요. 구청장님이 허공에 떠다니는 연기 같아 갑자기

내 손에서 빠져나와 날아가 버릴 것 같았어요. 당신은 아무리 해도 추측하지 못할 거예요. 저는 그렇게 좋은 방법을 하나 생각해 내고 싶었어요. 그리고 1초 내로 생각해 냈지요. 당시 저는 한 손으로 구청장님을 꽉 붙잡고 한 손으로는 서랍을 열어 마 노끈을 찾아냈지요. 구청장님과 제 몸을 한데 꼭 묶었어요. 노끈을 몇 바퀴 칭칭 감으면서 마음속으로 구청장님이 달아나지 못할 거라고 생각했어요. 구청장님은 정말로 순순히 제 몸에 꼭 붙어서 미동도 하지 않았어요. 지금 구청장님은 아직 제 침대 위에서 자고 있어요. 당신도 저랑 같이 가서 구청장님을 훔쳐볼 수 있어요. 하지만 오래 볼 수는 없어요. 구청장님은 코도 골고 있어요. 정말 끝내준다니까요! 세상일은 정말 예측하기 어려워요. 구청장님이 잘못을 저지를 사람이긴 하지만 일단 제 손에 들어왔잖아요. 흥! 이리하여 저는 운세가 바뀌기 시작했어요! 죽어도 누설하지 않을 거예요. 구청장님의 업무가 곤란하게 전개되도록 할 수는 없으니까요. 지금 저는 이 일을 생각하면 너무너무 즐거워요.」

「저질! 구역질 나네요! 이 세상에는 좋은 사람이 없어요!」치 아줌마가 큰 소리로 나무랐다.

「제발 그렇게 소리 좀 지르지 말아요. 내 운세에 영향을 미치게 된단 말이에요.」

「당신이 그렇게 숨어도 구청장님이 당신을 찾아낼 수

있을 텐데 누가 믿겠어요? 쳇! 이 돼지는 눈도 뜨지 않았는데 지저분한 짓을 하려고 하네! 비열하고 더러운 소인배 같으니라고! 위선자! 독사! 나는 구청장에게 신발도 한 켤레 선물했단 말이에요! 이번엔 정말 화가 나서 죽을 것 같네요!」

「제발 그렇게 소리 좀 지르지 말아요. 나도 이해할 수가 없다고요. 내가 이렇게 숨는데 구청장님이 어떻게 날 찾아온단 말이에요? 당연히 엉뚱한 사람을 찾아가겠지요. 이런 기회는 모든 사람에게 주어지는 게 아니에요. 저의 행운이라고요.」

하루는 쑹 아줌마가 우물가에 물을 길으러 왔다. 멀리 위안쓰의 아내가 보였다. 그녀는 흥분해서 손뼉을 치면서 신이 난 듯 말했다. 「어머! 위안쓰 부인은 정말 예쁘시네요!」

이제 황니가의 남편들은 모두 위안쓰의 아내 앞에서 수줍어하기 시작했다. 그녀를 정면으로 마주치게 되는 남자들은 전부 얼굴을 붉혔고, 부끄러워서 우물쭈물하면서 그녀 옆을 번개처럼 빨리 지나쳤다. 그런 다음 멍한 표정으로 멈춰 서서 고개를 돌리고는 그녀의 뒷모습을 바라보았다. 그녀의 모습이 보이지 않을 때까지 그렇게 서 있곤 했다.

여자들이 말했다.

「위안쓰의 아내는 갈수록 예뻐지고 애교가 넘치는 것 같아.」

「위안쓰의 아내는 전혀 40대 여자로 보이지 않네. 어떨 때 보면 열여덟 살쯤 되어 보인다니까.」

「구청장은 안목이 있는 남자인데 어떻게 사람을 잘못 뽑은 거지? 전등이 없었다고는 하지만 고양이 같은 두 눈으로 모든 걸 선명하게 볼 수 있는데 말이야.」

「위안쓰의 아내는 기회를 잘 잡은 거야. 그가 더 깊이 미혹될수록 좋은 거지.」

위안쓰의 아내는 한동안 득의양양한 모습으로 시간을 보냈다.

갑자기 어둠 속에서 한 가지 소문이 일기 시작했다.

이 소문을 가장 먼저 퍼뜨리기 시작한 사람은 치 아줌마였다. 그녀는 집집마다 돌아다니면서 말했다. 「모두들 절대 속지 마세요! 그 여자가 어떤 물건인가요? 일개 매춘부에 지나지 않아요. 그날 구청장님이 그 여자 집에 갔었다는 걸 누가 증명할 수 있을까요? 이런 일은 확실한 증거가 필요하거든요. 모두가 천편일률적으로 멍청한 소리를 해댄다면 우리 지도자의 위신이 설 수 있을까요? 실제로 구청장님이 우리 집에도 온 적이 한 번 있어요. 그것도 한밤중에 말이에요. 역시 불빛이 없었어요. 그런데 또 어땠나요? 저는 사람들에게 저랑 구청장님이 밤새 아주 단정하게 앉아 있었다고 말했어요. 아무 일도 일어나지 않았지요. 물론 무슨 일이 일어나는 것도 완전히 가능한 상황이었어요. 어쩌면 정말로 뭔가 일어났었는지도 모르지요. 하지만 저는 함부로 발설하지 않기로 결정했어요. 혼자서 어떻게 헛된 망상을 할 수 있겠어요? 저는 정말 멍청하고 바보 같은 사람이 제일 싫거든요! 예컨대 구청장님이 우리 집에 왔다면 그건 어떤 의미가 있는 걸 거예요. 하지만 전 절대로 여기저기 다니면서 떠벌리지 않았지요. 저는 비현실적인 생각을 좋아하는 사람이 아니거든요. 오로지 착실하고 실질적인 방법으로 자신을 잘 지키고 싶을 뿐이지요. 멍청하게 허튼 생각을 하는 사람들이 가장 문제예요!」

나중에 그녀는 신바람이 나서 사람들에게 알렸다. 「동지 여러분, 위안쓰 아내 사건의 진상이 분명히 밝혀졌어요. 알고 보니 납치되었던 거예요! 이 사건에서 구청장님이 극악무도한 사람의 희생물이 되었지요! 이 사건을 통해 모두들 사람들의 참모습을 분명하게 볼 수 있게 되었지요! 놀라운 자기 폭로가 될 거예요! 하늘을 속이고 해를 바꾸는 귀신 연극이지요!」

그날 저녁 구청장은 독 모기에 물려 잠을 자지 못하다가 창문을 열고 환기를 시키기 위해 일어났다. 밖을 내다보다가 우연히 하얀 물체가 쓰레기 더미 위에서 움직이는 것을 보게 되었다.

「누구요?」구청장이 손전등을 비추며 물었다.

「저예요.」여자의 쉰 목소리였다. 알고 보니 치 아줌마였다.

「그 금 조각을 찾고 있는 거요? 어쩌면 해골이 나올지도 모르는데.」

「한 가지 일의 진상을 분명히 밝히기로 결심했어요. 발바로 밑에 똥통이 있는 걸 조심해야 해요.」그녀가 차갑게 웃으면서 대답했다. 입으로 뭔가를 씹고 있는 것 같았다. 「저는 지금 박해 사건 문제를 생각하고 있어요. 그 생각을 하느라 잠이 오질 않아요. 나와서 찾다 보면 뭔가 발견할 수 있지 않을까요?」

「좋아. 경계심이 아주 높군.」구청장이 칭찬했다. 그의 마음속이 왠지 모르게 어두워지기 시작했다. 「이 황니가는 말이야. 정말 무서운 곳이오. 다행히 이곳에서의 세월도 며칠밖에 남지 않았지만.」그는 큰 소리로 중얼거리면서 누런 등불 빛을 뚫어져라 쳐다보았다. 나방 한 마리가 멍청하게 그 전등의 전구에 가서 부딪치더니 땅바닥에 떨어졌다.

「변소에서 지린내가 너무 나요.」주 간사가 그림자처럼 날아 들어왔다. 눈가에 크고 작은 초록색 눈곱이 매달려 있었다. 「연기 때문에 잠을 잘 수가 없어요. 누구랑 얘기하고 계시는 거예요? 저 여자는 도둑이에요. 저 여자를 잘 방비해야 한다고요.」

「저 여자는 과거에 나랑 같이 공부한 적이 있어.」

「그게 또 어때서요? 저 여자가 도둑질을 해도 아무도 인정하질 않아요. 물건을 훔칠 뿐만 아니라 남자도 훔친다고요. 얼마 전에 저 여자 남편이 저 여자 정부의 귀를 자른 적이 있어요. 방금 아래서 족제비 한 마리가 뚫고 들어왔어요. 고약한 냄새를 맡지 못하셨나요? 황니가의 조사 작업은 거의 끝나 가겠지요? 일기 예보에서는 이 바람이 10월까지 불 거라고 하더군요. 정말 기적 같은 날씨예요! 저는 매일 밤 제가 절벽 끝에 살고 있다는 느낌이 든다니까요.」

구청장은 손으로 뒷짐을 지고서 방 안을 한참이나 천천히 거닐었다. 그러더니 마침내 깊은 생각에 잠겼다가 정신을 차린 표정으로 말했다. 「황니가에 박해 사건이 없었단 말인가? 갖가지 흔적과 현상이 예상했던 상황에 부합하지 않아. 설마 생물의 체내에 기괴한 항체가 생겼단 말인가?」

주 간사가 신바람이 나서 말했다. 「훌륭하십니다! 구청장님의 판단이 저랑 완전히 일치하네요. 저는 매일 밤 잠이 안 올 때면 항상 이 문제를 생각했어요. 구청장님도 거리 쪽으로 난 다락방에 계시면 깊은 밤에 무수한 사람이 밤새 잠 못 이루는 소리를 들을 수 있을 거예요.」

「눈앞의 긴박한 문제들을 꼭 잡아야 해. 예컨대 문화 학습반을 운영하는 거지.」

「맞아요. 교양을 높여야 해요. 이것이 모든 문제를 해결할 수 있는 근본적인 방법이지요. 내일 제가 가서 준비 작업을 해야겠어요. 학생들도 마음속에 다 생각이 있을 거예요. 예컨대 치 아줌마랑 위안쓰의 아내 같은 사람들이야말로 우선적으로 교양을 높여야 하는 사람들이지요. 이 변소는 지린내가 정말 지독하네요. 머리가 다 아플 지경이에요. 내일 방공호를 파는 인원 가운데 두 명을 차출해서 전문적으로 이 변소의 위생을 담당하게 해야겠어요. S기계 공장은 언제 다시 가동하게 되나요? 상황이 긴박하게 돌아가고 있거든요.」

「상부에서 아직 문건이 내려오지 않았어. 들리는 바로는 황니가에서 과거에 허후쯔何胡子라는 사람이 죽었다더군. 닭 뼈가 목에 걸려서 죽었다는 거야. 또 스스로 한 줄기 핏물로 변했다는 얘기도 있어. 이게 도대체 어떻게 된 일일까? 사인이 어떻게 이렇게 복잡할 수 있지?」

「누가 알겠어요? 이런 일은 정확히 파악하기가 불가능할 거예요. 사흘 밤낮을 생각해도 머리만 터질 거라고요. 저는 이것이 심리학의 범주에 속하는 일이라고 생각해요.」 주 간사는 일의 성격이 너무나 심오해 도저히 헤아릴 수 없다는 표정을 지었다. 연기 속에서 세모꼴의 작은 얼굴이 더욱 희미하게 보였다. 그는 자신이 〈범주〉라는 품위 있는 단어를 사용한 것에 마음속으로 무척이나 만족해하고 있었다.

「아마도 분명히 밝힐 방법이 없을 것 같군.」

구청장이 동의하듯이 말하고는 정신이 나가 버린 것처럼 누런 등불 빛을 응시했다. 「안타깝게도 내가 여기 남아 있는 시간은 그리 길지 않을 걸세.」

「그런데 새로운 문제가 생겼습니다. 황니가에 말뚝버섯이 미친 듯이 자라고 있어요.」

「그래?」구청장은 그다지 중요한 일이라고 생각하지 않는 것 같았다.

얼마 후 두 사람이 변소 관리에 배정되었다. 구청장은 변기 위에서 미끄러져 넘어지면서 한 손이 오줌 속에 빠졌다. 독 모기 떼가 달려들어 그의 얼굴을 맹렬하게 물어 댔다.

그날 밤 그는 구역질을 하느라 밤새 잠을 이루지 못했다.

5

알고 보니 구청장이 바로 왕쓰마였다! 그날 오전 황니가 사람들이 악몽에서 깨어나 이 일을 생각하고 있을 때 구청장의 모습은 이미 보이지 않았다. 이런 소식은 외눈 승려가 가지고 왔다. 승려는 후싼 영감의 집 처마 밑에 앉아 있었다. 검정 마고자 위로 수척한 어깨가 높이 솟아 있었다. 멀리서 보면 머리가 세 개인 것 같았다. 승려가 가고 나서 치 아줌마는 거리 한가운데 죽은 고양이가 두 마리 있는 것을 발견했다. 이미 악취가 나고 있었다. 말리려고 거리에 널어놓은 커다란 붉은 비단 이불 하나가 흔들리면서 붉게 빛나고 있었다. 〈사악한 징조야!〉 그녀는 속으로 생각했다. 〈누군가가 군중 속의 빈틈을 파고들 거야.〉

「말뚝버섯…….」어떤 사람이 조용히 귓속말로 속삭였다.

맞은편에서 머리 깎는 영감이 눈을 커다랗게 뜨고 다가왔다. 치 아줌마가 그를 보고는 황급히 장메쯔의 작은 집으로 뛰어 들어가 문을 잠그고 빗장을 걸었다. 머리 깎는 영감이 뭐라고 외치는 소리에 사람들 모두 모골이 송연했다. 그는 마침 멜대를 문밖에 세워 놓고 헉헉 거친 숨을 몰아쉬고 있었다. 집 안은 무척이나 축축했고 도처에 가느다란 인광이 파편처럼 흩어져 있었다. 그 깊은 곳에 두 개의 불빛이 떠올랐다.

「저는 오전 내내 용변을 보고 있었어요.」알고 보니 두 개의 불빛은 위안쓰 아내의 눈이었다.

「쉿!」

머리 깎는 영감의 멜대에서 나는 소리가 멀리서 들려

왔다.

위안쓰의 아내가 말했다.

「뱀이 한 마리 있었어요. 제 머리 위 대들보 위에 오전 내내 매달려 있었어요. 제가 줄곧 지켜보고 있었는데 방금 당신이 들어오니까 도망쳤어요. 애석하게도 아줌마는 보지 못했네요. 지금 뭐 하시는 거예요?」

「그 뱀을 찾고 있어요. 아마도 어느 구석에 똬리를 틀고 있겠지요?」

「아마 찾지 못할 거예요! 일이 터질 테니까요. 제가 용변을 보고 있었다고 생각해요? 저는 여기 숨어 있는 거예요. 그들이 저를 잡으려 해요. 아침 일찍 이불 속에서 기어 나와 이곳으로 들어왔어요. 이 망원경을 좀 보세요. 이건 구청장님이 주신 거예요. 저는 오전 내내 이 망원경으로 거리의 동정을 관찰하고 있었어요.」

「어젯밤 내내 한숨도 자지 못했어요. 줄곧 벽 판자에 붙어 자세히 귀를 기울이고 있었지요. 방금 길바닥에서 죽은 고양이를 보니 다리가 후들거리더군요. 하마터면 제대로 걷지도 못할 뻔했어요. 호호호…… 무슨 일이 일어날까요? 거리 도처에 붉은 빛이 보여요. 그날 밤에 그 남자는 S 기계 공장의 담벼락에 붙어서 잠을 잤어요. 당시 저는 쓰레기 더미 속에서 뭔가를 찾고 있었는데 그 남자가 저를 〈늙은 학생〉이라고 부르더군요. 저는 그 남자가 어째서

223

저를 〈늙은 학생〉이라고 부르는 건지 아무래도 이해가 되지 않았어요. 정말 이상한 일이더군요.」

위안쓰의 아내가 또 일어나 말했다. 「쑹 씨네와 그 정부가 소란을 일으키면서 두 사람이 파리채를 서로 낚아채려고 다퉜어요. 도처에 파리가 날아다녔지요. 그 여자는 매춘부 종자예요. 지금 뭐 하시는 거예요?」

「일이 좀 있어요. 공헌자들의 새로운 대우에 관한 얘기 들어 보셨나요?」

「아니요. 요 며칠 너무 무서워서 감히 문밖에 나가지 못했어요. 왜 저를 잡으려 하는 걸까요? 아예 멋대로 행동하면서 저를 귀찮게 굴고 있어요. 대국大局의 관념이 없다고요.」

「소식을 가져온 사람은 외눈박이 승려예요. 그래서 제가 구에 가서 조사를 해봤지요. 어제 누군가 와서 제게 털어놓더군요. 그들이 주사위 던지기를 해서 수상자를 결정했대요. 이게 대체 어떻게 된 일인가요? 상부에서는 이런 행위를 왜 엄정하게 처리하지 않는 거죠? 저는 일찌감치 여기에 아주 음험한 소인배들의 음모가 개입되어 있다고 생각했어요. 이번에 제대로 평가가 이루어지지 않는다면 이런 사실을 세상에 낱낱이 밝히고 말 거예요.」

구에 간 그녀는 큰 걸음으로 씩씩하게 사무원의 방에 걸어 들어가 탁탁 사무실 탁자를 두드렸다.

날은 아직 무척 더웠는데도 사무원은 검은색 솜 모자를 썼다. 게다가 귀마개도 꼭 차고 있었다. 열기를 즐기려는 듯이 뜨거운 차가 담긴 큰 잔을 가슴에 대고 있었다. 두 눈은 희미한 안경 너머로 탁자 위에 놓인 누렇게 바랜 옛 신문지를 뚫어져라 들여다봤다. 신문지의 네 귀퉁이는 잘려 나가고 없었다. 신문지 중간에도 커다란 구멍이 나 있어 붉은 페인트칠을 한 탁자 표면이 드러났다. 그는 신문에 있는 수탉을 연구하느라 누가 들어오는 것을 전혀 의식하지 못했다.

「이봐요!」 치 아줌마가 큰 소리로 말하면서 다시 한번 탁자를 두 번 탁탁 내리쳤다.

「문제의 심각성을 좀 인식하세요!」 그는 고개도 들지 않고 혼자 중얼거리듯이 말했다. 「모든 권력을 다 내려놓았어요!」

치 아줌마가 목소리를 높이며 말했다. 「저는 공헌자들에 관한 새로운 규정을 알아보려고 왔다고요.」

「범포帆布 공장 말인가요? 주거 문제에 관해서는 주택관리과를 찾아가도록 하세요.」 그는 힘주어 손을 휘두르며 두 눈을 안경 위로 크게 뜨고는 교활한 표정으로 치 아줌마를 응시했다. 그녀의 속마음을 꿰뚫어 보는 것 같았다. 「오른쪽 네 번째 문이에요.」

「제게 증명서가 있어요…….」 치 아줌마는 뒤로 물러섰다. 먼 길을 온 탓인지 등줄기로 땀이 흘러내렸다.

「오른쪽 네 번째 문이라고요, 네?」 그가 위엄이 넘치는 동작으로 코를 풀었다.

「저의 공로를 증명할 수 있는 사람이 있거든요…….」

「그게 또 뭐 어때서요? 자신의 공로에 대해 자만하지 마세요! 오른쪽 네 번째 문이에요.」 그는 탁자를 돌아 치 아줌마에게 두 걸음 가까이 다가가서는 목소리를 낮추고 손짓을 하면서 말했다. 「모든 의문이 차례차례 다 해결될 겁니다!」

「제가 묻고 싶은 것은…….」 치 아줌마가 말을 이어 갔다. 하지만 두 발은 뜻밖에도 자신도 모르게 문밖으로 물러서고 있었다. 복도 위로 검은 그림자 몇 개가 미끄러져 지나갔다. 치 아줌마의 머리가 화로 위의 찻주전자처럼 텅텅 소리를 냈다.

「작은 일을 크게 벌이는군!」 사무원은 문에 빗장을 걸고 들어앉아 뜨거운 찻잔을 가슴까지 들어 올리더니 연달아 너덧 번 재채기를 했다.

같은 날 왕 공장장은 자신을 방 안에 가두었다. 그의 말에 따르면 암 증세는 목에서부터 시작되었다고 했다. 그날부터 그는 옷을 입으려 하지 않았다. 「병세가 악화될 수 있거든.」 그는 매일 몸에 실오라기 하나 걸치지 않고 커다란 엉덩이를 뻣뻣이 세우고서 방 안을 오락가락한다고 말

했다. 돼지처럼 씩씩거리면서 구린내 나는 트림을 한다고
도 했다. 어느 날 그의 아내가 옷을 가져왔지만 그는 옷을
문밖으로 던져 버렸다. 그가 씩씩거리며 말했다. 「당신 체
면이 깎일까 봐 그래? 엉? 그렇다면 기필코 사람들에게
보여 줘야겠네. 어때? 엉?」나중에 그는 방문에 자물쇠를
걸어 버렸다. 하루 세끼 식사는 창문을 통해 전달되었다.
식사를 하다 말고 그는 음식에 독이 들어갔다고 중얼거리
더니 밥그릇을 박살 내버렸다. 그러면서 가족들이 합세하
여 자신을 모해하려 한다고 주장했다. 자신의 옷을 몰래
훔쳐 가는 바람에 자신이 알몸이 되었다고 말하기도 했다.

「완전히 사전에 잘 짜인 음모야!」그는 긴 창으로 천장
을 찔러 대며 소리쳤다.

그의 아내가 차갑게 웃으며 구경하러 온 사람들에게 말
했다. 「완전히 모기가 앵앵거리는 것 같네. 황니가에는 독
이 든 모기가 미친 듯이 창궐하고 있어요. 처음에는 목이
조금 아픈 것에 불과했는데 지금은 말이에요, 눈알부터
썩어 가고 있어요. 이게 어떤 성격의 문제일까요? 누가 그
존재하지도 않는 사람의 신원을 증명해 줄 수 있을까요?」

매일 밤, 모두가 잠이 들면 그는 방에서 마구 욕을 하고
소리를 질러 댔다. 누군가가 죽은 개를 침대 밑에 매장하
는 바람에 집 안에 악취가 나서 미칠 지경이라고 말했다.
「너무 일찍 좋아할 것 없어, 다들! 내가 정말로 병에 걸렸

다고? 쳇! 이 목에 생긴 종양은 내가 고의로 만들어 낸 거야. 이 추악한 현실에 익숙지 않기 때문이지! 이런 종양이 생기니까 나는 오히려 훨씬 기분이 좋아.」그가 방문을 세게 걷어차는 바람에 큰 소리가 났다. 그 소리에 식구들이 전부 잠에서 깨서는 의사를 부르러 갔다. 의사가 와서 문을 열어 달라고 소리쳤지만 아무리 소리를 질러도 그는 깨지 않았다. 천둥처럼 코 고는 소리만 들렸다.

「병이 아주 심해졌어요.」아내가 뒷머리를 긁으며 의사에게 말했다.

「병이 훨씬 더 깊어졌어요.」아내의 비웃는 소리가 텅 빈 방에 메아리쳤다.

오전에 그는 창문을 통해 아내의 뒷머리를 보았다. 뒷머리가 커다란 솔 같았다. 「병이 아주 심해졌어요.」그녀가 한창 신바람이 나서 누군가에게 말했다. 그러고는 양철 바닥 신발로 거리를 요란하게 두드리며 어디론가 가버렸다. 그는 갑자기 짜증이 나기 시작했다. 밤에 잠을 이루지 못하고 일어나 고약한 냄새를 풍기는 벌레를 잡았던 것이 생각났다. 연달아 세 마리를 잡아 힘껏 눌러 죽였다. 피가 이불에 튀었다. 그는 다가가 이불을 들추고 그 핏자국을 확인했다. 「이 존재하지 않는 사람의 신원을 누가 증명하지?」그는 큰 소리로 변론하듯이 말했다. 땀자국이 얼룩덜룩했던 오래된 옷이 생각났다. 옷 밖으로 뻗어 나온 팔에 솜털이 무성한 것이 썩어서 곰팡이가 핀 것처럼 보였다. 「그 사람은 아무것도 아니야! 그저 한 가지 소문, 일종의 억측일 뿐이라고. 그 사람은 억측에 지나지 않는단 말이야! 황니가에는 죽은 물고기가 쏟아진 적도 있고 1년 사계절 내내 하늘에서 먼지가 떨어져 내린 적도 있어. 지금은 도처에 말뚝버섯이 자라고 있지. 나방은 또 박쥐만큼이나 크고 말이야. 이런 현상에 담긴 이치를 누가 설명할 수 있겠어? 저마다 스스로 똑똑하다고 하면서 비현실적인 생각에 빠지겠지!」 그는 팔을 휘둘러 여러 가지 힘 있는 동작을 취해 보였다. 「예전에 자아도취에 빠진 녀석 하나가 기상천외하게 황니가로 조사를 하러 왔었어. 그는 항상 눈을 크게 뜨고 침을 흘렸지. 결과는 어땠을까? 배가 썩어 2년이 채 안 돼서 죽고 말았어! 누구도 눈을 크게 뜰 필요가 없어. 우리 황니가 사람들은 모두 눈이 작거든. 하지만 우리는 후각으로 어떤 일이 옳고 어떤 일이 그른지 정확하게 알아맞히지! 이봐요, 모두들 쓰레기 처리장에 관해 어떤 생각을 갖고 있나요? 설마 이것이 시대의 획을 긋는 일이 아니란 말인가요? 네? 부엌에 유자나무를 심는 실험에 대해서는 다들 어떤 생각을 갖고 있나요? 거대한 음모가 준비되고 있단 말이에요!」

「병이 아주 심해지지 않았나요?」 아내가 또 창밖에서 누군가에게 말했다. 그 소리가 무척이나 의미심장했다.

그녀 자신처럼 바싹 말라 모가 나 있었다. 「한밤중에 일어나 용변을 보다가 불덩이 하나가 황니가에 떨어지는 것을 보았어요. 왕주 아줌마네 돼지가 또 한 마리 죽었더군요. 사람에게 맞아 죽은 다음에 하수도에 버려진 거예요. 냄새가 나지 않나요? 모두들 9월이 되면 풍향이 바뀔 거라고 하더군요. 요 몇 달 동안은 바람이 불어 사람들 정신을 쏙 빼놓았지요. 세계의 종말이 다가온 것 같았어요……. 들어 보세요. 우리 집 라오왕老王이 도마뱀을 때려잡는 것 같네요. 라오왕은 항상 긴 작대기로 천장을 마구 찔러 대요. 천장에 금세 벌집이 생기고 말지요!」

한 여자의 목소리가 들렸다. 「구청장이 어째서 왕쓰마이고 왕쓰마는 또 어째서 구청장이 된 건가요? 이 문제에 관해 이리저리 생각해 봤어요. 하루 종일 생각해 봤지만 아무래도 이 수수께끼를 풀 방법이 없네요. 그가 오는 것에 대해 저는 아주 오래 답답해했어요. 평상복 차림의 민정 시찰이라고? 이게 무슨 의미지요? 어쩌면 그는 왕쓰마도 아니고 구청장도 아닌지 몰라요. 민정을 시찰하기 위해 상부에서 파견된 요원인지도 모르지요.」

「통증을 가라앉히려면 〈상습지통고傷濕止痛膏〉를 붙여야 할 것 같아요.」 왕 공장장이 서랍을 열어 상습지통고를 꺼내 연달아 대여섯 장을 목에 붙이고는 몇 번 힘껏 두드렸다. 금세 목이 편해졌다. 〈정말로 림프샘을 잘라 내야 할지도 몰라요.〉 그는 의사의 말이 생각나 안절부절못했다.

창문으로 쑹 아줌마의 주름 가득한 작은 머리가 쑥 들어왔다. 눈빛으로 집 안을 한번 훑어본 그녀가 목소리를 낮춰 말했다. 「저기요, 댁이 앓고 있는 그 병은 아무것도 아니에요.」 그녀는 잠시 말을 멈추더니 목소리가 갑자기 아주 가늘고 조급해졌다. 「한번 해보세요. 힘이 드는 것도 아니고 돈이 드는 것도 아니잖아요! 파리 피로 한번 문질러 보시라고요. 아픈 데 문지르면 돼요. 알았지요? 과거에 제가 암에 걸렸을 때도 파리 피를 문질러서 나았거든요. 아픈 걸 두려워하지 말아요. 왜 잠방이를 입지 않는 거예요? 이 바람에 말이에요, 바람이 몹시 차가워지고 있다고요…….」 아줌마의 이뿌리는 붉은 자줏빛이었다. 파리 피 같았다.

「대변을 보고 싶어요. 냄새가 고약해 죽겠어요.」 그가 미소를 지으며 말했다. 그러면서 바지를 벗는 시늉을 했다.

아줌마는 몸을 웅크리더니 아무런 소리도 내지 않고 가버렸다.

「천장이 곧 벌집이 되겠군.」 아내가 밖에서 말했다. 바싹 마른 목소리는 부서질 것 같았다. 「밤에 기어 일어나 천장을 찍어 대면 집 안 가득 먼지가 날리잖아요. 그러니 그 사람 병이 나을 리가 없지요!」

그 자루 달린 긴 솔이 또다시 창문에 나타나더니 손들이 위협적으로 움직이기 시작했다.

목소리를 낮추자 은밀한 속삭임으로 변했다. 한 줄기 바람이 방 안을 한 바퀴 빙 돌면서 집 안 가득 지린내를 퍼뜨렸다.

「집 안에 죽은 사람 냄새가 가득해요. 이 바람이 산에 있는 묘지에서 불어오는 건가요?」왕 공장장이 큰 소리로 말하면서 허리를 숙여 요강을 집어 들고는 오줌을 콸콸 다 쏟아 버렸다.

은밀한 속삭임이 즉시 멈췄다.

「나을 수가 없어, 이 병은!」바싹 말라 부서지는 소리가 거리에 울렸다. 양철 바닥 신발이 깨진 기와들을 마구 밟고 지나갔다.

목이 또 아파 왔다.

「일찌감치 설파민 약물을 샀어야 했어. 쑹 아줌마는 돼지의 몸을 빌려 세상에 나온 여자야. 거리가 온통 오줌 천지네.」

거리 위에 비쩍 마른 개 두 마리가 똥 무더기 속을 헤집고 있었다.

「설파민 물약 열 병만 주세요.」

그가 창춘 약방 계산대에 대고 말했다.

「치질을 앓고 계신가요?」시신을 염할 때 쓰는 천처럼 희멀건 젊은이가 부드럽고 긴 손바닥으로 입을 가리고 다가와서는 낮은 목소리로 말했다.「왜 〈얼룩말〉 표 안약을 사시지 그러세요? 최근에 황니가에 치질이 유행했을 때, 모두들 〈얼룩말〉 표 안약으로 눈을 씻었더니 아주 영험한 효과를 보았대요. 장몌쯔의 작은 집 지붕에 있는 선인장은 정말 냄새가 죽도록 지독해요. 그거 보셨어요? 지금 집 안에 오줌이 가득해요. 이 사람들은 정말 거칠고 야만적이었어요.」

그의 입에서는 독이 든 비지 냄새가 났다.

「설파민 안약 열 병 주세요.」

「법사가 와서 우체국 문 앞 돌계단 위에 앉았어요. 제가 그쪽에서 오면서 지네 다섯 마리가 바위틈에서 기어 나오는 것을 직접 목격했어요. 법사가 신발 바닥을 두드리자 전보원의 배에서 보글보글 거품이 나오기 시작하더군요.」젊은이는 열 손가락을 머리칼 속에 집어넣더니 두피를 왕창 뜯어내서는 어지럽게 계산대 위로 던졌다. 그러고는 한숨을 내쉬고 나서 다시 입을 열었다.「이 거리는 정말 이상해요. 저는 이 계산대에 10년을 넘게 서 있었어요. 항상 뭔가 바닥을 파는 소리가 들렸지요. 한 번도 소리가 멈춘 적이 없어요. 때로는 변소 쪽을 파는 것 같기도 하고 때로는 저쪽 약장 밑을 파는 것 같기도 했어요. 한밤중에 쾅쾅 울리는 소리에 한번 잠이 깨면 다시는 잠을 이룰 수 없었어요. 저는 약방에서 잠을 잘 때면 항상 문 뒤에 술병 두 개를 놓아두곤 하지요. 누군가 문을 열고 들어오면 술병에서 소리가 나거든요. 제가 이렇게 한 지 벌써 10년이 넘었지만 아무도 들어오지 않았어요. 하지만 그래도 저는 지금도 술병을 놓아두고 자요. 만일의 사태에 대비하기 위한 것이지요. 누가 미래의 일을 예상할 수 있겠어요? 어쩌면 단 한 번 소홀히 했다가……. 우리 집은 시골에 있어요. 그곳에는 포도나무 넝쿨이 한 주 있지요. 해가 완전히 익은 금앵자 같네요…….」 그는 얘기를 이어 가다가 계산대에 엎드려 코를 골기 시작했다.

6

그날 밤에는 달이 뜨지 않았다. 별도 없었다. 치 아줌마는 쓰레기 더미 속에 서서 사무동 창문의 커튼이 바람에 흔들리는 모습을 바라보고 있었다. 거무튀튀한 괴조 한 마리가 이리저리 날아다니는 것 같았다. 도시의 커다란 종이 두 번 울렸다. 쓰레기 더미 속에서 누군가가 끙끙거리고 있었다. 치 아줌마가 소리 나는 곳을 연탄집게로 마구 쑤셔 댔다. 「아이고!」 그 사람이 끙끙거렸다. 하지만 그 사람은 쓰레기 더미 속에 있는 것이 아니라 사무동 벽에 붙어 있었다.

「늙은 학생, 뭘 파고 있는 거요?」약간 원망이 담긴 목소리였다. 알고 보니 구청장이었다. 구청장이 가지 않고 남아 있었던 것일까? 구청장이 어떻게 왕쓰마일 수 있는 것일까? 왕쓰마는 또 어떻게 구청장이 될 수 있었던 걸까? 예전에 고기를 팔던 도축업자가 있었다. 부자가 된 그가 황니가를 방문했다. 그가 그 집에 들어가 앉자 등에서 계속 돼지기름이 흘러나왔다. 30분쯤 지나자 온몸이 젖어 버렸다. 미끈미끈하고 고약한 냄새가 물씬 풍겼다. 정말 창피했다. 치 아줌마는 잠들기 전에 이 왕쓰마 문제에 관해 생각했다. 앞뒤로 몸을 뒤집어 가며 생각하다 보니 등에 땀이 났다. 이어서 그녀는 또 부엌에 가서 한동안 바퀴벌레를 잡고서야 잠을 잘 수 있었다. 머리를 베개에 대자마자 쥐가 그녀의 두피를 갉아 먹는 소리가 들렸다.

「오늘은 밤이 너무 어두운 것 같아요.」그녀는 알 수 없는 한마디로 대답을 대신했다. 마음속으로는 왜 그가 자신을 〈늙은 학생〉이라고 불렀을까 하는 문제를 생각하고 있었다. 정말 이상한 일이었다. 이 이상한 물건, 이 벽 위의 도마뱀은 왜 황니가에 온 것일까? 그녀는 그에게 또 신발 한 켤레를 공짜로 주었다. 그녀는 집으로 돌아갈 작정이었으나 그 쓰레기 더미 안에는 그녀의 발을 휘감아 꼼짝 못 하게 하는 것이 아주 많았다. 그녀는 밖을 향해 몸부림을 치면서 간신히 뭔가를 떨어내고 나서 한동안 신음을 내뱉었다.

「시립 제20 중학교 앞의 나이 든 경비원이 농약을 마시고 죽었어요.」 담장 위에 있던 사람이 무표정하게 말했다. 치 아줌마는 불어오는 바람 속에서 희미하게 액취를 맡았다.

그녀는 어둠 속에 안정적으로 서서 기와 가루를 씹으면서 말했다. 「이곳 황니가에서는 항상 사람들이 역병으로 죽어 나가요. 아주 건강한 사람도 단번에 죽어 나간다니까요. 겉에서 보면 아주 활력이 넘치는 것 같지만 속으로는 오장육부가 전부 썩어 문드러져 있던 거예요. 상부에서 사람을 파견하여 화학 실험을 해보고는 이곳에 어떤 바이러스가 있다고 말했어요. 물속에도 있고 흙 속에도 있고, 공기 중에도 있다는 거예요. 이 쓰레기 더미 속에는 열 구의 유해가 묻혀 있어요. 제가 매일 밤 이곳에 와서 쓰레기 더미 위를 밟다 보면 끙끙대는 소리가 들려요. 지금 황니가에는 말뚝버섯이 가득 자라고 있어요. 심지어 집 대들보에도 자란다니까요. 밥을 먹다가 잠시라도 조심하지 않으면 버섯이 밥그릇 속으로 떨어지기도 해요. 우리는 아침저녁으로 독에 의해 죽어 가고 있는 셈이지요…… 철거 이주는 또 어떻게 된 건가요? 말뚝버섯은 여전히 자라고 있는데 말이에요.」

「이 바람 속에서 무슨 냄새가 나는 거지?」

「이 바람은 묘지를 지나서 불어오나 봐요. 시신을 태우는 화장터 소각로의 기름 냄새가 나는 것 같지 않아요? 웩! 토할 것 같네! 원래 저는 고양이를 한 마리 키우고 있었는데 쥐에게 물려 죽고 말았어요. 우리가 사는 이곳의 쥐들은 정말 놀랍다니까요!」

나중에 왕쓰마는 정말로 가버렸다. 왕쓰마는 왜 가버린 것일까? 치 아줌마 때문에 놀라서 가버린 것이었다. 그는 S 기계 공장의 담장 위에 앉아 있었고 치 아줌마가 한밤중에 일어나 그를 보고는 몇 가지 질문을 던졌다. 그는 대답을 하지 못하고 잠시 후에 도망쳐 버렸다.

햇빛 찬란한 황니가

1

낡은 쓰레기차 한 대가 황니가 쪽으로 기어 올라왔다. 차체에는 누런 진흙이 두껍게 한 겹 덮여 있어 창문도 제대로 보이지 않았다. 차에서 괴상한 사람 몇 명이 비틀비틀 뛰어내렸다. 하나같이 쥐색 옷차림이었다. 머리는 범포로 만든 모자로 단단히 감싸고 있었다.

「이 거리는 아주 작군!」그 가운데 한 사람이 모자 속에서 잘 들리지 않는 소리로 말했다.

「무슨 거리가 이렇지? 거리 같지가 않네.」또 한 사람이 덩달아 탄식을 내뱉었다.

「쳇!」세 번째 사람이 모자 밑으로 짙은 가래를 뱉었다. 가래가 거리 위로 날아갔다.

치열기우가 치 아줌마에게 말했다. 「저기서 뭔가를 파내기 시작했어요. 까마귀 우는 소리 못 들었어요? 정말 시끄러웠다니까요. 모기가 먼지처럼 많아 곧장 날아와 코 위에 달라붙더라고요.」

「뭐 볼 게 있다고 그래?」 치 아줌마가 비웃듯이 냉소하며 말했다. 「견문이 없으니 모든 게 신기하게 보이지. 이게 뭐 볼 게 있다고 그래. 어린애의 초라한 식견에 불과하지!」 그녀가 대나무 의자를 걷어찼다. 우당탕 소리가 났다. 치얼거우는 깜짝 놀라 달아났다. 「말뚝버섯은 빈틈만 보이면 비집고 들어가지. 신발 속에서도 자란다니까.」 그녀는 몸을 일으켜 기름때에 전 수건을 집어 대야에 잠깐 담갔다가 꺼내더니 얼굴을 마구 문질렀다. 그러고는 황급히 쑹 아줌마 집으로 달려갔다. 「어째서 이렇게 냄새가 나는 거죠? 죽은 영아라도 있나?」

그녀가 입을 열었다. 「어제 또 밤새 바람이 불어 제 영혼의 가장 중요한 부분이 날아가 버렸어요. 저쪽에서는 아직도 뭘 파내고 있나요? 삽으로 시멘트 바닥을 긁는 소리를 들었어요. 마치 제 머리를 파내는 것 같더군요. 그들은 어디에서 왔죠? 저 사람들 말이에요. 이것 때문에 사람이 살 수가 없잖아요. 누가 그들에게 이런 권력을 준 건가요? 우리는 상부 사람들의 마음속에서 도대체 어떤 위치를 차지하고 있는 거죠? 황니가를 구할 수 있는 약은 없는 건가요?」

「흥, 일찌감치 들었어요. 아침 일찍 검은 그림자 세 개를 보았어요……. 누가 꾸민 계략인가요? 무슨 일이 일어나지 않을까요? 우린 이렇게 가는 건가요? 이 모기들이 말이에요, 아예 흉악한 폭행을 저지르고 있다니까요.」

「뱀을 한 마리 꺼냈어요.」 위안쓰의 아내가 커다란 그릇에 담긴 죽을 받쳐 들고 왔다. 돼지처럼 입맛을 다시면서 다가왔다. 「저는 장몌쯔의 집에 있던 그 뱀이 아닌지 의심이 들어요. 그 사람들은 음험한 의도를 품고 있거든요. 물론 누구나 다 그렇다는 걸 알 수 있지요. 하지만 우리가 그 괴상한 사람 몇 명을 너무 높이 평가하고 있는 것은 아닐까요? 누가 알겠어요, 어쩌면 그 찢어진 쥐색 천 안에 만질 수 있는 물건이 존재하지 않는지도 모르지요. 어쩌면 그들은 미친 천 조각 몇 개에 지나지 않는지도 몰라요. 아직 그 안에 뭐가 들어 있는지 본 사람이 아무도 없거든요.」

그 괴상한 사람 몇몇이 미친 듯이 이것저것 파내고 있었다. 모두들 그들이 파내는 것이 쓰레기가 아니라 그들의 창자인 것 같다고 느꼈다. 초록색도 있고 노란색도 있고 검은색도 있었다. 하나같이 끈적끈적했다. 쇠 삽이 시멘트 바닥 위에서 귀를 자극하는 소리를 내자 사람들은 일제히 딸꾹질을 하면서 목을 길게 뺐다. 입으로는 쉰 밥 냄새를 토하고 있었나. 무슨 귀신을 끄집어내는지, 사실은 움직이려고 하지 않는 것뿐이었다. 이 물건들이 또 뭐

그리 더럽단 말인가? 이렇게 쓰레기를 파냈는데도 거리 전체에 지독한 악취가 가득했다. 이렇게 억지로 무리를 하는데도 이토록 많은 모기가 나온다면 학질에 걸리지는 않을까? 상부에서는 도대체 황니가에 대해 어떤 생각을 갖고 있는 것일까? 정말 알 수 없는 일이었다.

「망할 놈의 쓰레기 처리장 같으니라고. 모기에, 파리에, 쥐, 나방까지 자라지 않는 게 없네. 그제 잠깐 들어가 봤을 뿐인데 허벅지에 커다란 부스럼이 생겼더라고!」

「예전에는 모두들 쓰레기를 강에다 갖다 버렸으니 그런 악취가 날 리 있었겠어요? 저는 일찌감치 쓰레기 처리장 설치에 반대해 왔다고요. 지금은 차라리 다행이에요. 결국 큰 문제가 생겼으니까요.」

「이번에 쓰레기 더미를 뒤엎으면 한 달은 악취가 날 거야. 우리는 매일 변소 안에 들어가 있는 거나 마찬가지라고.」

「이건 일종의 음모가 아닐까요? 까마귀가 정말 신나게 울어 대네요.」

「내가 바람이 부는 건 좋은 일이 아니라고 진즉에 말했잖아.」

「전에는 바람이 불지 않았어요. 어디든지 태평하기만 했지요.」

말똥구리가 기어 올라오자 괴상한 사람 셋이 창문 밖으

로 머리를 내밀고는 큰 소리를 내면서 가래를 뱉었다.

「황니가의 세월이 얼마 남지 않았어.」 후싼 영감이 단언했다. 영감은 이 한마디를 던지고 괴로운 듯 웩 하고 소리를 지르더니 슬픈 표정으로 눈을 감았다. 그러고는 초록색 손가락으로 주름 가득한 가슴을 문질렀다. 가슴속에 먼지가 많다고 하면서 토해 내야 편할 것 같다고 말했다. 한참을 문지르더니 뭔가 만져지는 것이 있는지 토할 준비를 했다. 모두들 한쪽으로 비켜서 지켜보았다. 하지만 그는 토하지 않고 한마디 말을 덧붙였다. 「세상 돌아가는 도리가 별로 바람직하지 않아.」

쓰레기를 파낸 뒤로 황니가의 모든 초가집 지붕에서 물방울이 똑똑 떨어지기 시작했다.

사실 하늘에서는 비도 오지 않았고 누군가가 지붕에 올라가 물을 뿌리지도 않았다. 어떻게 된 건지 모르지만 물소리는 쉬지 않고 계속됐다. 떨어지는 물방울은 먹물처럼 검었고 시신에서 나오는 물처럼 고약한 냄새가 났다. 황니가 사람들은 지붕 위에 덮은 이엉이 다 썩어서 물이 떨어지는 것이라고 말했다.

쑹 아줌마 집 지붕이 처음으로 썩어 무너져 내렸다.

그날 밤 그녀는 이불 속에 들어가 파리를 먹고 있었다. 갑자기 흐물흐물한 덩어리와 부스러기, 따끈따끈한 물건이 그녀의 발 옆으로 떨어져 내렸다. 불을 켜고 살펴보니 지붕의 이엉이었다. 축축한 것이 마치 살아 있는 생물처럼 불빛 아래 반짝이고 있었다. 「이 마른 풀은 죽은 지 여러 해가 지났는데도 살아 있는 사람처럼 손에 쥐면 열기가 솟아나는 것이 느껴져요.」 그녀가 눈을 크게 뜨고 살펴보니 지붕 위에 사발만 한 구멍이 하나 뚫려 있었다. 막 남편을 부르러 가려는 순간, 퍽 하는 소리와 함께 그 구멍이 세숫대야만큼 커졌다. 도깨비불 같은 초록색 별들이 보였다. 그 구멍으로 차가운 바람이 불어왔다. 「지붕이 썩어서 무너져 내렸어요.」 쑹 아줌마가 말을 하려는 순간 사방에서 철벅철벅 소리가 들려왔다. 지붕의 이엉이 썩은 고기처럼 한 덩어리씩 떨어져 내린 것이다. 도처에 떨어져 내린 풀 더미였다. 30분이 채 되지 않아 모든 풀 더미가 전부 떨어져 내렸다. 세 칸의 방이 전부 휑해졌다. 쑹 아줌마의 남편이 가장 큰 풀 더미 위에 앉아 큰 소리로 말했다. 「꼭 죽은 사람의 살덩이가 떨어진 것 같네.」 이어서 두 사람은 상대방을 진흙탕에 밀어 넣으려 했다. 한동안 서로 밀쳐 대며 소란을 피우다가 갑자기 멈추더니 함께 고개를 숙인 채 코를 골기 시작했다.

도시의 큰 종이 울렸다. 다 합쳐서 세 번 울렸다. 떨리면서도 그윽한 소리였다.

쑹 아줌마는 종소리를 듣자마자 남편의 등을 힘껏 밀었다. 손이 뻐근할 정도로 세게 밀면서 말했다. 「아침 일찍부터 쓰레기를 파내면 일이 터질 수도 있다고 말했는데 정말로 일이 터졌네요. 제가 방금 자세히 분석을 해봤는데 모든 현상과 흔적이 동일한 문제를 설명하고 있고 한 가지 단서가 그 사이를 관통하고 있어요. 이런 상황을 의식하지 못했나요?」

「장수이잉 그 아줌마가 알고 보니 매춘부였어.」 남편이 말하면서 눈을 비볐다.

「저는 어떤 소리를 들었어요.」 그녀는 야위어서 가는 목을 움츠리고 빨갛게 충혈된 눈을 깜빡거리면서 깊은 사색에 빠져들었다. 「그 존재하지도 않는 사람이 아닐까요? 제가 들은 바로는 그 사람은 벽에 붙어서 잠을 잔대요. 도마뱀처럼 말이에요. 여자를 보면 항상 〈늙은 학생〉이라고 부르고요. 정말 알다가도 모를 일이에요.」

「위안쓰의 아내가 거리에 문짝을 하나 설치해 놓고는 그 구청장인가 뭔가 하는 사람과 함께 문짝 위에 엎드려 엉덩이를 말리고 있다더군.」

「지붕이 뚫린 게 그렇게 나쁜 일은 아니에요. 지붕이 내려앉지 않았다면 항상 파리가 떨어져 내렸겠지요. 제가 잡은 것만 해도 조롱으로 서너 개는 됐으니까 말이에요. 전부 이엉에서 자라난 거예요. 저는 저도 모르게 이런 흔적과 현상 늘을 항상 왕쯔광 사건과 연결시키게 된다니까요. 그래서 정신이 몹시 긴장하게 돼요.」

「왕추이샤王翠霞도 매춘부 종자야. 한눈에 알아볼 수 있지.」

「지붕이 무너져 내릴 때 저는 한창 꿈을 꾸고 있었어요. 꿈속에서 커다란 해바라기를 보았지요. 그 위에서 수많은 파리가 냄새를 맡고 있었어요. 이게 무슨 뜻일까요? 아무리 해도 적절한 해답이 떠오르지 않네요.」

「내가 대충 셈을 해보니까 황니가의 매춘부들이 뜻밖에도 일고여덟 명이나 되더라고! 어째서 이렇게 많은 거지?」

「꽃이 말이에요, 세숫대야만큼이나 크더라고요. 제가 손을 뻗어 하나 따려는 순간 파리들이 떼거리로 덤벼들더라고요. 엄청나게 많은 수였어요!」

「문화 학습반은 무슨 놈의 문화 학습반이야, 매춘부 학습반을 운영해야 한다고.」

「여보, 한번 말해 봐요, 저의 그 꿈이 대체 어떤 징조일까요?」

「나는 지금 감히 거리에 나가지도 못하겠어. 거리에 나갔다가는 매춘부와 마주치게 될 테니까 말이야. 정말 재수 없어!」

「저는 그래도 잘 잤어요. 이 집에서 무슨 냄새가 나는 걸까요?」

「매춘부 문제가 내 마음을 교란시키는 바람에 기분이

아주 안 좋아.」

쑹 아줌마는 아주 오래 코를 골았다. 남편은 아직도 매춘부 문제를 생각하고 있었다. 격노한 탓인지 잠을 이루지 못했다.

밤사이에 황니가에서 열 채가 넘는 집의 지붕이 내려앉았다.

하늘이 희미하게 밝아 올 무렵 몇몇 사람이 썩은 풀 더미를 뚫고 나와서는 부들부들 떨면서 담장 아래 서서 큰 소리로 재채기를 해댔다.

개 같기도 하고 개 같지 않기도 한 물체가 거리를 곧장 가로질러 왔다.

「머리 깎아요……..」

아주 먼 곳 어딘가에서 희미하게 소리가 들려왔다. 실제인 것 같기도 하고 환각인 것 같기도 했다.

변소 옆에서 치얼거우가 가위를 갈고 있었다. 쓱싹쓱싹 소리가 희미한 아침 햇살 속에서 아주 멀리 퍼져 나갔다.

치 아줌마는 봉두난발을 하고서 길 가장자리에 번쩍 나타나서는 형형한 눈빛으로 한곳을 바라보고 있었다. 그녀는 밤중에 또 쓰레기 더미를 뒤적거리면서 한참을 몸부림쳤다. 영아의 시신을 찾으려는 것이었다.

「아……! 아……!」 후싼 영감이 힘껏 하품을 하고는 몽롱한 상태로 변소에 들어갔다.

「지붕이 없어지니까 정말 더럽게 춥네. 동굴 안에 사는 것 같아.」

「바람이 쉬지 않고 울어 대네요. 절벽 위에 사는 느낌이 에요.」

「아침에 일어나 보니 위가 뻥 뚫려 있더군. 별빛이 눈을 찌르더라고. 나는 내가 묘지에서 자고 있는 줄 알았어.」

「지붕이 없는 집에서는 살 수가 없지요. 가리고 덮어 주 는 것이 없으면 재앙이 닥칠 수 있거든요. 저는 밤새 눈을 붙이지 못했어요. 계속 위에서 뭔가 떨어지지 않을까 걱 정이 돼서 말이에요.」

「지붕이 내려앉는 그 순간은 천지를 뒤덮을 정도로 격 렬하지! 나는 세계의 종말을 생각하면서 침대 밑으로 숨을 준비를 했어. 나중에는 마누라와 함께 한참을 뚫고 나오려 고 발버둥 치고서야 간신히 빠져나올 수 있었지. 집 전체 가 돼지우리처럼 변해 고약한 냄새가 가득하더라고!」

「황니가의 매춘부 문제는 해결되지 않았어.」 쑹 아줌마 의 남편이 신발을 지르신고 밖으로 나와 담벼락 쪽에 있 던 사람들을 향해 큰 소리로 뭐라고 말했다. 말하면서 귀 신 같은 얼굴을 했다. 고약한 냄새가 나는 엉덩이를 두드 리기도 했다.

장메쯔의 작은 집이 무너졌다. 물이 흘러 들어와 조금 씩 천천히 무너진 것이다. 황록색 똥물이 벽 아래로 조금

씩 흘러나와 거리를 적셨다. 왕 공장장은 지팡이를 짚고 길을 건넜다. 목을 어루만지면서 〈비참하다〉라는 말을 연달아 열 번 넘게 했다. 말을 마친 그는 몸을 돌려 음식점으로 들어가 고기소가 들어간 바오쯔를 여덟 개 사서는 단숨에 다 먹어 치웠다. 그러고는 탁자 옆에 엉덩이를 붙이고 잠을 자기 시작했다. 의식이 몽롱한 가운데 아주 긴 장례 행렬이 눈에 들어왔다. 그는 한걸음에 달려가 손을 허리에 대고 외쳤다. 「동지 여러분! 오늘은 아주 중요한 날입니다! 잘 기억해 주시기 바랍니다…….」 누가 그를 밀자 화난 얼굴로 펄쩍 뛰면서 큰 소리로 물었다. 「쓰레기 처리장에 대해 고집스럽게 동의하지 않는 사람이 누구예요? 설마 역병에 걸린 개의 문제가 하나의 신호탄이 아니란 말이에요?」

「왕쓰마는 S 기계 공장 사무동 담장 위에 있어요.」 판매 사원이 께느른한 표정으로 대답하고는 하품을 하기 시작했다. 공장장 앞에서 아주 오래 콧구멍을 후볐다. 뭔가를 파내 얼굴 안쪽에 문지르는 것 같았다. 「보셨는지 모르겠지만 그 담장 위에 밤새 검은 날개가 돋아났어요. 이 거리는 밤만 되면 엎치락뒤치락해요. 꼭 뱀 같다니까요. 저는 종종 자다가 깨면 온몸에 한기도 들더라고요. 저는 창가의 작은 의자에 앉아 창문 틈새로 밖을 엿보지요. 이 거리가 어떻게 엎치락뒤치락하는지 관찰하는 거예요…….」

「더러운 돼지 새끼!」왕 공장장이 갑자기 욕을 한마디 던지더니 트림을 한 번 하고는 문을 나섰다. 그는 그날 하루 종일 위 속이 몹시 불편했다. 배 속이 더러운 걸레 뭉치로 막혀 있는 것 같았다. 트림을 하자마자 고약한 냄새가 풍겨 나왔다.

「서랍 하나 가득 들어 있던 설파민 물약을 이미 다 발랐어요.」그가 라오위에게 고통을 호소했다.

「이 병이 어떻게 나을 수 있겠어요? 나을 수가 없는 병이에요!」마누라가 괴상한 미소를 지으며 말했다.

지붕이 썩어 무너진 후 후쌴 영감은 썩은 풀 더미 위에서 자면서 한밤중에 괴상한 꿈을 꾸었다. 이번 꿈에서는 염장한 수많은 생선과 고기가 전부 썩어 버렸는데도 달콤한 냄새가 났다. 잠에서 깼을 때 그는 지네 몇 마리가 곰팡이 핀 벽 위로 기어가고 있는 것을 발견했다. 하나같이 손가락만큼이나 굵었다. 어제 쓰레기를 치우면서 먼지를 많이 마신 탓인지 코와 목구멍이 건조하고 가려웠다. 그는 줄곧 기침을 하고 싶었지만 코가 간질간질하기만 하고 시원스레 기침이 나오진 않았다. 그러다가 지금 지네를 보니 마음속으로 화가 나면서 소리를 지르고 싶어지고 맹렬하게 기침이 터져 나왔다. 기침을 하니 분홍색 물체가 하나 튀어나왔다. 가까이 다가가 자세히 살펴보니 안에 꿈틀거리는 작은 벌레가 가득했다. 「이 집은 사람과 마찬가지로 안에서부터 천천히 썩어 가고 있어. 다 썩으면 벌레로 변하지. 세상에 있는 것은 뭐든지 다 썩기 마련이야. 철도 그렇고 구리도 그렇고 수명이 다하면 전부 벌레로 변하고 말아. 조반파에게는 아직 희망이 있을까?」

딸이 손으로 허리를 짚고 지붕 위에 서 있었다. 무척이나 즐거워하는 모습이었다.

「지붕이 없어지면 아버지는 양로원에 들어가실 수 있어요.」 그녀는 신바람이 나서 말하면서 검게 변한 커다란 입을 오므려 죽을 먹고 있었다. 기름이 좔좔 흐르는 머리칼이 자연스럽게 죽 위로 흘러내렸다. 그녀는 죽을 먹을 때마다 항상 죽에 머리칼을 빠뜨렸다. 고개를 들면 또 머리칼이 옷섶에 닿아 온몸에 죽이 묻어 축축해졌다. 「황니가에 여든까지 사는 사람이 몇 명이나 될까요? 도무지 알 수가 없네요. 무엇 때문에 여든까지 살아야 하는 걸까요? 말하자면 이는 적에게 대립하기 위한 한 가지 사상에 지나지 않아요.」 그녀는 입을 씰룩거리며 트림을 했다.

「지붕이 무너져 내리는데 어째서 천장도 막아 주지 못하는 거지?」 후싼 영감이 흐리멍덩하게 생각에 잠겨 말했다. 「혹시 천장도 일찌감치 썩어 있어서 그런 건가? 어쩐지 항상 버섯이 자라고 파리가 생기고 하더라니. 속이 완전히 썩어 있었던 거야.」

천천히 거리로 나선 그는 힘껏 눈을 떴다. 해가 보이고 먼지 가득한 누런 하늘이 보였다. 허공이 뿌옇고 희미했다. 안개가 낀 것 같았다. 그 시뻘건 불덩어리는 나뭇가지 위에 멈춰 있었다. 하늘 위의 해보다 더 밝았다. 그는 감히 바라볼 수 없었다. 바라보았다가는 태양혈이 견디지 못할 정도로 부풀어 오를 것만 같았다.

「황니가에 박해 사건이 있었나?」 아주 먼 곳에서 이렇게 말하는 소리가 들려왔다.

뭐라고?

기억의 현이 잠시 튕겨지자 후싼 영감은 종렷빛 누런 노안을 지그시 감고 아주 빠른 속도로 말했다. 「여자의 팔 한 짝이 묻혀 있었어. 바로 저기 담장 밑에 말이야. 내가 직접 봤다고. 집 처마에서 핏방울이 떨어졌어. 그 불덩어리는 창살 위에 멈춰 있었는데, 이게 혹시 누군가 모해를 준비하고 있는 것을 의미하진 않을까? 보라고! 불덩어리가 나무 가장귀에 걸려 있잖아! 각자 자기 눈을 조심하라고! 나는 밥에서 지네와 거미를 건져 냈어. 나는 독에 저항할 수 있지. 원하면 당장 시험해 보여 줄 수도 있다고! 요 며칠 계속 하늘에서 먼지가 떨어지고 있어. 예전에도 온갖 사물이 떨어지곤 했지……」 얘기를 하다가 눈을 뜬 그는 놀라움을 금할 수 없었다. 알고 보니 그의 얘기를 듣는 사람이 아무도 없었던 것이다. 한바탕 꿈을 꾸고 있던 것뿐이었다. 어떻게 낮에도 꿈을 꿀 수 있는 거지? 그는 자신이 최근에도 여러 차례 이런 식으로 꿈을 꾸었던 것이 생각났다. 때로는 해 아래서 꿈을 꾸었고 때로는 변소에서 용변을 보다가 꿈을 꾸었다. 얘기를 하기만 하면 꿈은 찾아왔다. 꿈이 찾아올 때는 반드시 뭔가 얘기를 해야 했다…….

「아버지 가래에 구더기가 저렇게 많네요. 어쩐지 최근에 집 안에 파리가 그렇게 많이 바글거리더라니!」 딸이 창문 밖으로 머리를 내밀고는 추파를 던지면서 뭔가를 말했다. 말을 마치자마자 호호 웃음소리가 들려왔다. 「이제 지붕이 없어졌으니 제가 내일 양로원에 가서 입원 신청을 해야겠어요. 아버지가 그곳에서 기거하실 수 있게 말이에요.」

지붕이 뚫리기 전에 천장 틈새에서 작은 사물들이 잔뜩 떨어졌다. 부스스 침대 휘장 위로 내려앉아 두껍게 한 겹 쌓였다. 그는 종종 그 사물들이 몸부림치고 푸덕거리며 휘장 위에서 그것을 흔드는 것을 관찰하곤 했다.

「아버지 폐에도 구더기가 자라고 있을 거예요. 이건 전염병이라고요.」 그녀는 웃는지 안 웃는지 알 수 없는 표정으로 그를 쳐다보았다.

「천장은 작은 구멍에서부터 썩어 가기 시작했어.」 그는 흐리멍덩한 표정으로 말하면서 창가에서 셀 수 없이 많은 하루살이가 날아오르는 것을 바라보았다.

2

S 기계 공장 사무동 담장 위에 박쥐가 열몇 마리 매달려 있었다. 박쥐의 배 속에 잔뜩 든 것은 전부 피였다. 치 아줌마는 한밤중에 쓰레기를 버리러 가다가 그 박쥐들을 보았다. 담벼락에 검은 깃발이 열몇 개 걸려 있는 것 같았다. 바람이 불어오자 갑자기 뭔가가 날카롭게 소리를 지르기 시작했다. 처량하면서 음산한 소리였다.

그녀가 말했다. 「어떤 목소리가 나를 〈늙은 학생〉이라고 불렀어요. 약간 이상한 소리였어요. 사람인 것 같기도 하고 다른 사물인 것 같기도 했어요. 자세히 들어 보려고 했더니 소리가 또 들리지 않더라고요. 저는 박쥐 한 마리가 저를 부르는 거라고 생각했어요. 원래 왕쓰마가 박쥐였나요? 아주 오랫동안 저는 종잡을 수가 없었어요. 왕쓰마가 어떻게 담장에 매달릴 수가 있지요? 그때 저는 미처 생각하지 못했어요. 담장에 매달리는 것은 당연히 박쥐겠지요!」

「그럼 왕쓰마가 어떻게 구청장일 수 있는 건가요?」 위안쓰의 아내가 다급하게 물었다. 「구청장이 또 어떻게 박쥐로 변할 수 있냐고요. 구청장은 엄연히 사람 아닌가요? 아줌마는 나를 놀리고 싶은 거로군요? 그렇죠? 에이, 정말 갈수록 뭐가 뭔지 모르겠네요. 저는 분명히 그를 제 몸 위에 묶어 놓았어요. 당시에는 등불이 없어서 아주 어두왔지요. 그는 재잘재잘 뭐라고 얘기를 하고 있었어요. 그가 도대체 무슨 얘기를 했는지 저는 제대로 알지 못했어요. 틀림없이 아주 심오한 문제를 거론했을 거예요. 저는 어떤 사상이 그를 초조하고 고통스럽게 하고 있는 게 틀림없다고 생각했어요. 그는 온몸이 몹시 뜨겁고 푹 젖어 있었지요. 정말 불쌍했어요. 어제 사람들이 하는 얘기를 들으니 왕쓰마가 바로 장몌쯔라고 하더군요! 다른 사람들에게는 알리지 마세요.」

「예전에 고기를 파는 사람 하나가 황니가에 왔었어요. 그의 등에서 돼지기름이 흘러내렸지요. 장몌쯔의 작은 집이 똥물에 붙어 무너진 거라는 여론이 일었어요. 제가 뭣 때문에 매일 한밤중에 일어나겠어요? 첩자 문제 때문에 잠을 이룰 수가 없어서 그래요. 저는 항상 어떤 단서를 발견하려고 하거든요.」

S 기계 공장 사무동 아래 수많은 사람이 모여 있었다. 하나같이 밀짚모자를 쓰고서 말없이 그 담장을 마주하고 있었다. 담장은 회색이었다. 모두들 창문으로 물을 버려서 모든 창문 아래에 커다란 오수의 흔적이 남아 있었다.

풍향은 이미 변해 있었다. 서풍이었다. 바람에 진하고 검은 흙먼지가 실려 있었다. 검은 먼지가 폭우처럼 쏟아져 내리면 바람에서 비린내가 났다.

담장에 박쥐가 없다는 것을 누구도 분명하게 보지 못했

다. 엉엉! 흑흑! 화장장 쪽에서 나는 울음소리가 바람에
실려 왔다. 새 한 마리가 집 처마의 깨진 구멍 속에서 괴
상한 울음소리를 내고 있었다.

「두 번째 창문에서 검은 날개가 삐져나왔어요.」 쑹 아
줌마는 사람들 무리 속에서 등을 활처럼 구부리고 별명이
〈형세가 좋아〉인 여자를 향해 뭐라고 말했다. 그 여인은
얼굴이 반쪽밖에 없었다. 반쪽은 뭔가에 의해 깎여 나
갔다.

「왕쓰마 사건의 진상은 아주 분명해요.」 치얼거우가 갑
자기 놀라며 말했다. 「철문 위의 까마귀들이 움직이고 있
어요.」

「뭐라고?」

「들리는 소문에 따르면 집집마다 담장 밑에 쥐가 열 마
리 넘게 묻혀 있대요.」

「어젯밤에 머리 깎는 영감이 외치는 소리가 특별히 사
람들을 놀라게 했어요. 집 안 어느 구석에 숨어 있는 것
같더군요. 저는 머리를 이불로 단단히 감싸고 있었는데도
그 소리가 들리더라고요. 올해는 정말 사람들을 미치게
하는 일이 많은 것 같아요!」

「왕 공장장이 그러는데 담장 위의 박쥐들은 남아 있는
문제들과 연관이 있대요.」

「박쥐 문제는 하나의 신호탄이에요!」

치 아줌마가 두 손으로 나팔을 만들어 큰 소리로 외쳤다. 「첩자를 조심해야 해요! 첩자를 조심하라고요!」 이렇게 외치던 치 아줌마는 〈형세가 좋아〉 앞에서 갑자기 입을 다물었다. 알고 보니 그 여자가 엉덩이를 다 드러낸 채 땅바닥에 쭈그리고 앉아 있었다. 나무 대야에서 옷을 꺼내 빨고 있는 것이었다.

그날 한밤중에 라오위는 한차례 소동에 잠이 깨고 말았다. 팍, 파박……! 수많은 물건이 문과 창문에 부딪쳤다. 그는 〈박쥐〉가 생각났다. 온몸이 편치 않았다. 발을 뻗어 차가운 이불깃에 닿자 또 크게 놀라고 말았다.

「침대 밑에 들어가서 자지 그래요…….」 아내가 잠이 덜 깬 듯한 어투로 말했다. 뚱뚱한 몸이 침대 널빤지를 눌러 삐그덕 소리가 났다. 그렇게 한참을 몸부림치더니 트림을 몇 번 하고는 이내 또 잠이 들었다.

「픽!」 뭔지 모르지만 물체 하나가 떨어졌다. 그가 전등을 켜고 살펴봤더니 정말로 박쥐가 바닥에 떨어져 있었다. 아주 작고 추악한 머리를 돌리고 있었다. 그가 자리에서 일어나 박쥐를 구두로 세게 밟았다. 찌직 하는 소리가 나더니 작은 물체는 더 이상 움직이지 않았다. 그는 발뒤꿈치로 다시 한번 힘껏 밟아 댔다.

「이사히도록 변기통에 넣어 버려요.」 잠에서 깬 아내가 말했다.

「밖에는 박쥐가 정말 많아. 썩어서 무너진 창문을 갉아 먹으려는 것 같아.」그가 박쥐를 처리하고 나서 허리를 펴면서 말했다.

「위원회 건에 관해 상부에서 태도 표명을 했나요? 공연히 얼마 전까지 오래 기다려 봤지만 아무 반응도 없었잖아요! 어떤 사람이 공기를 방출하면서 황니가에는 박해 사건이 없었다고 말했지요······. 왜 그랬을까요? S 기계 공장 변소 벽에는 달팽이들이 잔뜩 기어다니고 있는데 이게 어떻게 된 일이에요? 그때 당신이 솔선수범해서 나방을 죽이지 않았다면 이렇게 많은 것이 생겨나진 않았을 거예요. 지금은 무슨 일이든지 다 정상이 아닌 것 같아요. 찬장 안에 전갈이 한 마리 숨어 있던데 처리했나요?」그녀는 또 트림을 하고 한숨을 내쉬었다. 마음이 심란해 잠을 잘 수가 없었다.

「내 생각에는 처마 밑에 틀림없이 박쥐 소굴이 있을 것 같아. 낮에 내가 사다리를 받치고 올라가 한참을 찾아봤지. 사람들은 이 박쥐가 전문적으로 사람의 피를 빨아 먹는다고 하더라고. 나는 잠이 들 때마다 목이 뭔가에 쏘이는 것 같고 머리 전체가 마비되는 것 같은 느낌이 들곤 해. 박쥐가 집 안에 숨어 있는 건 아니겠지?」그는 이렇게 말하면서 작대기로 여기저기 쑤셔 댔다. 집 안 가득 먼지가 일었다.

「저는 이 모든 것이 헛수고라는 것을 일찌감치 간파하고 있었어요. 그 박쥐는 죽었나요? 당신은 올해 일어난 일들을 정확히 인식할 방법이 없어요. 어제 누군가가 또 도깨비불 두 개를 보았대요. 절대 갈고리로 끌어당기지 말아요! 저는 왜 매일 꿈에서 달팽이를 보게 되는 걸까요? 달팽이를 봤다 하면 항상 위가 몹시 불편해요. 그 차가운 바오쯔를 하나만 주세요. 제가 먹게요.」

「처마에 박쥐들이 매달려 있다가 바람이 불면 커튼처럼 흔들려. 나는 아주 오래 깊이 생각해 봤어. 이제야 뭔가 알 것 같더군. 구청장은 범죄를 저지른 도망자야. 한번 생각해 보라고. 평상복 차림으로 민정 시찰을 한다잖아. 지난번에는 날 찾아와서 안약을 달라고 하더라고. 구청장은 그 망가진 눈을 붕대로 가린 채 음산한 눈길로 나를 쳐다봤어. 아주 긴 코털이 콧구멍 밖으로 삐져나와 있더군. 꼭 고양이 수염 같았어. 그 모습을 보자마자 내 위아래 이가 서로 부딪치기 시작하더군. 당시 구청장이 내게 어디가 불편하냐고 묻더라고. 나는 치질이라고 대답했지…… 치얼거우의 부엌이 무너졌어. 거대한 흰개미 소굴을 캐냈지. 지금은 바람만 불어도 걱정이 돼. 거기 누구요?」

「자네가 내가 지네를 삼키지 못할 거라고 말했나?」 후싼 영감이 아주 굵고 큰 작대기로 창살을 두드리면서 준엄한 얼굴로 그를 쳐다보았다.

「영감님 따님이 영감님을 위해 양로원 입원 문제를 처리하고 있어요.」

「잔재주 부릴 생각 말라고. 내가 이 일을 묻는 것은 내가 지네를 삼키지 못한다고 자네가 말하는 걸 누군가가 들었기 때문이야. 자네는 무슨 증거를 갖고 그런 말을 한 건가? 나는 자네가 내게 광적인 질투심이 있다는 것을 알아챘네. 내가 성공한 것을 보면 자네는 죽도록 눈이 빨개지잖아. 내가 내 능력에 기대서 나를 내세울 때마다 자네는 날 비방하는 소문을 퍼뜨렸지. 나를 사지로 몰아넣은 다음에 재빨리…… 지금 당장 시험해 보자고!」 그가 힘껏 작대기를 휘두르자 쾅 하고 유리가 떨어졌다. 다시 한번 내려치자 유리가 또 떨어졌다.

「일단 양로원에 들어가시면 맘대로 나오지 못해요.」라오위는 이렇게 말하면서 다락방으로 올라갔다.

「지네 다섯 마리를 가지고 시험을 해보자고! 지금 당장 말이야! 열 마리도 괜찮아! 있는 대로 전부 삼켜 버릴 테니까!」

그는 아래층에서 나무 작대기로 천장을 찔러 대며 큰소리로 떠들어 댔다. 「내가 당장 확실한 철의 증거를 보여주지! 싸움터에 나와서 도망치는 것은 강아지들이나 하는 짓이라고!」

다락방 안에 박쥐들이 가득, 나란히 가지런하게 매달려

있었다. 후쌴 영감은 이 박쥐들이 먼지 더미 속에서 생겨난 것이라고 생각했다. 다락방 안에는 먼지 덩어리가 아주 많았기 때문이다. 그는 한동안 박쥐들을 살펴보다가 대걸레 자루를 마구 휘두르기 시작했다. 박쥐들이 사방으로 날아갔다. 몇 마리는 바닥에 떨어져 그의 발에 밟혀 죽고 말았다. 부상당한 한 녀석은 몸부림을 치다가 쓰레기통 밑으로 기어 들어갔다. 그는 신발을 수리할 때 쓰는 송곳을 찾아 단번에 가는 털이 난 녀석의 등을 찔러 바닥에 꽂아 버렸다. 그 박쥐는 가느다란 눈을 구슬처럼 크게 뜨고 있었다. 눈동자가 눈 밖으로 튀어나올 것 같았다. 그는 잠시 창밖을 바라보았다. 도망친 박쥐 떼가 석양을 막아 버리는 바람에 하늘이 갑자기 캄캄해졌다. 〈알고 보니 박쥐 눈이 사람 눈과 똑같군!〉 그는 속으로 생각했다. 다락방 안의 먼지가 계속 그의 콧구멍을 파고들었다. 재채기가 나올 것 같았다.

삭, 삭, 삭⋯⋯. 치얼거우가 칼을 갈고 있었다.

「설파민 안약이 그 사람 눈병을 완전히 치료했어요.」 양철 바닥 신발이 거리 노면을 두드리는 소리가 지나갔다. 창문에는 비쩍 마른 엉덩이가 번쩍 스쳐 갔다.

「박쥐가 두 마리 떨어졌어요!」 아내가 위층에서 중얼거리듯이 말했다. 「내가 떨어진 박쥐들을 똥통에 넣어 버렸는데도 계속 푸덕거리네요! 바깥 하늘은 온통 박쥐들이에

요. 하늘이 캄캄해져 등을 켜야 할 것 같아요! 창문을 잘
좀 살펴봐요. 박쥐들이 뚫고 들어오지 않는지 말이에요.」

잠자기 전에 그는 또 한참이나 밖에서 왔다 갔다 했다.
쑹 아줌마 집의 닫힌 창문 안을 들여다보니 방 안이 안개
가 낀 것처럼 희미했다. 쇄쇄 물소리도 들렸다. 희미한 등
잔 하나가 작은 불꽃을 유지하고 있었다. 바람이 불 때마
다 불꽃이 흔들렸다. 안에 있는 사람들은 남몰래 쉬지 않
고 웃고 있었다. 아줌마는 등불 아래서 고개를 숙이고 뭔
가 하고 있었다. 손이 가볍게 움직였다. 라오위는 담장에
바싹 붙어 재빨리 몸을 옮겨 창문 아래 그림자 속으로 숨
었다.

아줌마는 누군가와 얘기를 하고 있었다. 「황니가에서
는 뭐든지 다 자라요. 한번은 제가 털실로 짠 옷을 상자
맨 아래에 넣어 두고는 깜빡 잊고 세탁을 하지 않다가 이
듬해에 상자를 열어 봤더니 털실로 짠 옷이 어망으로 변
했더라고요. 그리고 두께가 손가락만 한 벌레들이 잔뜩
붙어 있더군요. 나중에 불 속에 던져 버렸더니 타닥타닥
소리를 내면서 한참을 타더라고요! 지금도 그 일을 생각
하면 온몸에 닭살이 돋는다니까요.」

알고 보니 아줌마가 손에 들고 있는 것은 축축한 죽은
박쥐였다. 그녀는 박쥐 몸에 난 가는 털을 하나하나 뽑고
있었다.

「쥐가 내 발가락 반쪽을 물어 버렸어요.」눈에 보이지 않는 사람이 말했다.

「황니가의 매춘부들은 일망타진해서 시신을 태우는 소각로에 던져 버려야 한다니까.」쑹 아줌마 남편의 목소리였다. 가래 때문에 목구멍이 막힌 것 같았다.

이어서 집 안에서 희희낙락하는 소리가 들렸다. 입을 맞추는 소리도 섞여 있었다 박쥐를 빼앗으려고 서로 쟁탈전을 벌이고 있는 것 같기도 했다. 두 사람은 귀신 얼굴을 하고서 이리저리 쫓고 도망치다가 보온병을 깨뜨리고 말았다. 탕 하고 요란한 소리가 났다.

「올해 박쥐들은 전부 통통하면서도 부드러운 것 같아요.」라오위가 창문 깊숙이 머리를 집어넣어 얼굴 가득 미소를 보이면서 말했다.「어쩌면 누군가가 과거 그 왕쯔광 사건을 기억하고 있지 않을까요? 주 간사의 조사 분석이 황니가에서 주류의 지위를 장악한 뒤로 생각이 다른 수많은 사람이 이 부분에서 틈을 노리고 있습니다. 저는 애당초 두 가지 측면에서 두루 관찰하고 생각하는 태도로 주 간사의 조사 내용을 대했다면 쉽게 핵심적인 부분을 파악할 수 있었을 것이고, 형세가 비교적 긍정적인 방향으로 발전해 나갔을 거라고 생각합니다. 요컨대 왕쯔광 사건은 대단히 엄중한 교훈이있어요. 황니가의 멍청이들이 사태를 송두리째 손쓸 수 없도록 악화시켜 우리를 스스로 헤어 나올 수 없는 곤경에 빠뜨려 버렸지요.」

「위원회 문제는 끝까지 철저하게 조사해야 해요!」아줌마가 한쪽 눈으로 그를 힐끗 쳐다보았다. 손에 들고 있던 것은 이미 던져 버린 것이 분명했다.

「저는 황니가에서 누군가가 군중의 이목을 혼란시키고 있다는 사실을 발견했어요. 이는 아주 심각한 문제입니다.」눈에 보이지 않는 사람이 입에서 나오는 대로 경박하게 지껄였다.

「저는 이미 구에 황니가의 매춘부 문제에 관한 자료를 보냈어요.」남편이 어둠 속에 숨어 뿌듯해하며 웃음을 지었다. 치아 사이로 뭔가를 씹고 있었다. 박쥐를 먹고 있는 것 같았다.

「박쥐가 이렇게 많으니 음식을 만들어 먹어 볼 수 있지 않을까요?」라오위가 노안을 가늘게 뜨고서 상황을 분명하게 인식하려고 애를 썼다.

「우리 집에는 지금 시멘트 기와를 올리고 있어요.」아줌마가 쇄쇄 물소리 속에서 말했다. 「감히 아무도 다가오지 않았어요. 만일 기와가 떨어져 내리면 어떻게 하느냐고 하더군요. 전에 초가집일 때가 더 좋았다는 거예요. 우리 집에 가까이 오지 마세요. 그 시멘트 기와가 언제든지 떨어져 내릴 가능성이 있거든요.」

박쥐들이 쉭쉭 머리 위를 날아갔다. 저녁 안개가 내려

천지가 몽롱했다.

주점의 파란 등불 빛 아래 머리를 깎는 영감의 멜대가 나타났다. 눈처럼 빛나는 칼이 번쩍거렸다.

「당신이 간 다음에 일고여덟 마리가 더 떨어졌어요. 지금은 전부 똥통 속에 들어가 있어요. 이젠 더 이상 들어갈 틈이 없어요.」 아내가 다가와 중얼거리듯이 말했다. 「전부 어디서 온 건가요? 창문은 줄곧 꼭 닫혀 있었거든요. 모기 새끼 한 마리 들어올 틈이 없었다고요…….」

「밤에 너무 깊이 잠들지 마. 박쥐가 피를 빨아 먹는단 말이야.」

밖에서 머리 깎는 영감이 튀어나올 것처럼 눈을 휘둥그레 뜨고 누군가에게 흉악한 표정과 목소리로 물었다. 「평평하게 깎아 드릴까요, 아니면 박박 밀어 드릴까요? 머리를 밀기만 하실 건가요, 아니면 깎은 다음에 감고 가실 건가요?」

다음 날 밤 자다가 몸이 아파서 깬 라오위의 아내는 자신의 손바닥이 커다란 못으로 침대 가장자리에 박혀 있는 것을 발견했다. 침대 가장자리를 따라 붉은 피가 흘러내리고 있었다.

「사람 살려요!」 그녀는 정신이 흐릿한 상태로 소리를 질렀다.

「내가 미리 실험해 봤어.」 라오위가 집 모퉁이의 어두운 그림자 속에서 괴상한 표정과 어투로 말했다. 「그 못 구멍에서 피가 흘러나오는 것이 꼭 가느다란 띠 같네.」

다음 날 라오위가 실종되었다. 사람들은 모두 라오위의 실종이 어떤 사건의 연장이라고 말했다.

치얼거우가 문지방 위에서 칼을 갈고 있을 때 쑹 아줌마는 등을 활처럼 구부리고 있었다. 얼굴이 온통 검은빛이었다.

「열몇 마리나 되는 커다란 박쥐가 전부 못에 박혀 죽었어. S 기계 공장 사무동 벽이 피로 붉게 물들었지! 그 사람의 실종은 결국 뭘 의미하는 걸까?」 쑹 아줌마가 눈을 깜빡였다. 밤새 잠을 자지 못한 기색이 역력했다. 「나는 밤새 괴로워서 누구든 한 입 깨물고 싶었어.」

치얼거우가 칼을 갈던 돌을 내려놓고 연달아 너덧 번 하품을 했다. 「정말 피곤해 죽겠네.」 변소 쪽에서 모기들이 떼를 지어 몰려와 그의 목을 물었다. 빨간 자국이 여러 개 남았다. 그는 신발을 벗고 침대에 올라 먹물처럼 검은 모기장을 쳤다. 걱정스러운 몇 가지 문제가 그를 괴롭히고 있었다. 그는 방금 생각을 분명하게 정리하고 편히 잠을 자기로 작정한 터였다. 얼마 후 그는 여러 차례 꿈을 꾸었다. 꿈속에서 모기가 그의 전신을 물어 온몸이 빨갛게 부어올랐다.

「라오위가 사무동 처마의 부서진 구멍 속에 숨어 지내

면서 매일 밤 나와서 박쥐를 죽이고 있어요.」누가 말하는
건지 알 수 없었다. 황니가 사람들은 하늘을 쳐다보고 나
서 몸을 움츠리고 손을 소매 안으로 집어넣으며 말했다.
「날이 좀 춥네.」그러면서 잔뜩 몸을 움츠린 채 작은 집 안
으로 들어갔다.

오래지 않아 S 기계 공장의 변소 안에서 죽은 박쥐가
발견되었다. 수십 마리나 됐다. 하나같이 머리 부분에 못
이 박혀 있었다.

치 아줌마는 한밤중에 쓰레기 더미 속에서 그림자 하나
가 둥실둥실 떠다니는 것을 보았다. 진짜 사람의 그림자
같지는 않았다. 그녀는 쫓아가서 도대체 어떻게 된 건지
확인해 보고 싶었지만 갑자기 허공에서 피가 쏟아져 내려
그녀의 신발을 다 적셔 버렸다. 그녀는 긴장한 표정으로
사방을 둘러보았다.「그 신발은 지금 대야에 담가 둔 채 아
직 빨지 않고 있는데. 내가 보기엔 과거와 마찬가지로 그
수천 수백만 사람의 머리가 문제인 것 같아요. 이런 위협
은 끝이 없어요. 사람들을 정신병에 걸리게 만들지요. 모
두들 장수이잉이 남자를 훔친 사건에 대해 들어 봤나요?」

황니가 사람들은 대문을 꼭 잠그고 빗장을 걸었다. 그
러고는 짐짓 코를 고는 척했다. 창문 유리가 흔들릴 정도
로 큰 소리를 내면서 코를 골았다.

쑹 아줌마는 집에서 공공연하고 대담하게 박쥐를 구워

먹었다. 유혹적인 냄새가 저녁까지 하루 종일 창문 밖으로 새어 나갔다.

「저 불덩어리를 잡아라! 불덩어리가 있다!」후싼 영감은 양로원에 가는 것이 두려워 하루 종일 집에서 큰 소리로 떠들어 대면서 미친 척을 했다. 사람들이 길을 지나갈 때마다 그는 구청장이라고 오인하고는 죽어라고 달려들어 붙잡으면서 외쳤다. 「……그때는 좋은 시절이었어! 지붕 위의 띠 풀이 사람 키만큼 길었었지. 거리의 눈먼 점쟁이는 깊은 밤에 노래를 불렀어. 하수도에는 기름진 고기가 흘러 다녔지! 조반파는 언제 몸을 뒤집은 거야? 나는 83년을 살았는데 아직 죽고 싶은 생각이 전혀 없어. 이봐, 자네가 보기엔 어떤가? 응?」

치얼거우는 하루 종일 변소 옆에 쭈그리고 앉아 모기를 잡고 파리를 잡았다. 모기와 파리를 잡아다가 박쥐를 먹였다. 그의 집 다락방에서 1백여 마리의 크고 살진 박쥐를 먹였다. 황혼이 되면 쑹 아줌마가 와서 박쥐를 받아 갔다.

「오늘은 날씨가 정말 안 좋네.」그녀는 항상 큰 소리로 한숨을 내쉬면서 수심 가득한 모습을 보였다.

「황니가의 사회 기풍은 정말 문제가 많아요.」치얼거우가 맞장구를 쳤다.

구두 소리가 울렸다. 그녀는 당당하게 위층으로 올라갔다.

「이 아줌마는 박쥐를 먹고 나서부터 더 통통하고 부드러워졌어.」치얼거우의 아내가 원망 가득한 어투로 말했다.「모두들 그녀가 피만 빨고 나머진 먹지 않는다고 말하더군요. 그게 아니라면 어째서 박쥐가 그렇게 많은 거지요?」

치얼거우가 눈을 휘둥그레 뜨고 아내를 쳐다보았다. 「아줌마 목뒤 쪽에 때가 두껍게 한 겹 앉았어요. 왜 얼굴을 닦으면서 목뒤 쪽은 닦지 않은 거예요? 흰개미들이 작은 굴을 만들어 놓았잖아요. 밤중에 삭삭 갉아 먹는 소리가 들린단 말이에요.」

3

치얼거우가 변소 옆에서 파리를 다 잡고 돌아왔다. 부엌에 가득 고인 물이 이미 넘쳐서 문밖으로 흘러나오고 있었다. 창문으로 들여다보니 아내가 엉덩이를 뻣뻣이 세우고 토담 위의 균열을 메우고 있었다.

어제저녁 무렵 비가 내릴 때, 고인 물이 작은 구멍을 통해 천천히 스며 들어오고 있었었다. 당시 그 틈새는 크기가 손가락 절반 정도밖에 되지 않았다.

「뭔가를 찾아서 막아야겠어요. 집이 무너질 수 있거든요. 정말 죽일 놈의 날씨예요.」아내는 이렇게 중얼거리면서 못 쓰는 천을 찾으려고 상자를 뒤적거렸다. 그렇게 끝도 없이 몸부림을 쳤다. 뜻밖에도 구멍은 갈수록 커졌고 엄청난 오수가 끊임없이 부엌으로 새어 들어왔다. 그녀는 밤중에 30분에 한 번씩 잠시 일어나 못 쓰는 천을 잔뜩 찾아 구멍을 막았다. 밤새 그렇게 막았지만 아침이 되어 살펴보니 벌어진 틈은 이미 발 하나가 들어갈 정도로 넓어져 있었다.

「무슨 귀신을 막겠다는 거야? 벽 전체가 정말 대단하네. 저 벽은 작년에 큰비가 올 때 무너졌었는데 말이야.」 치얼거우는 증오에 불타 이불로 머리를 꼭 감싼 채로 눈을 찌르는 불빛을 피하며 저주를 퍼부었다. 「막을수록 더 빨리 무너질 거라고!」

이제 고인 물이 문지방을 넘어 새어 나가기 시작했는데도 아내는 여전히 막고 있었다. 그녀의 밥주걱만 한 머리는 한 가지 생각만 받아들이기 때문에 항상 똑같은 일을 쉬지 않고 반복하고 있는 것이었다. 지렁이가 땅속 깊이 파고 들어가는 것과 마찬가지였다. 치얼거우가 막 자리에 앉자마자 쑹 아줌마가 커다란 바구니를 어깨에 메고 들어왔다.

「위층에 올라가서 물건을 하나 찾아야겠어요.」 그녀는 철벅철벅 고인 물을 밟고 위층으로 올라갔다. 잠시 후 위층에서 쿵쿵 소리가 들렸다. 아마도 박쥐를 잡는 모양이었다.

「그 토담이 무너져 내려 당신 엉덩이에 부딪칠 거라고.」 치얼거우가 아내에게 말하면서 갑자기 발길질을 했다. 커다란 천 뭉치가 그의 발에 차여 날아갔다.

여자는 물에 불어서 하얗게 변한 더러운 손을 걸레에 문질러 닦고는 고개를 숙인 채 방 안으로 들어갔다.

그녀는 안에서 뭔가를 만지작거렸다. 아주 오래 만지작거리더니 누군가와 맞잡고 싸우는 듯한 소리가 났다. 점심을 준비할 때까지 계속 그렇게 소란을 피웠다.

「내일 그 벽을 무너뜨려야겠어.」 치얼거우가 밥을 먹으면서 말했다. 「저 벽이 우리를 자극하고 있어. 부엌은 완전히 쓸데없이 남아도는 공간이라고. 항상 바퀴벌레랑 쥐가 나오잖아. 내가 보기에는 차라리 침실에서 밥을 하는 게 나을 것 같아. 이봐, 이 밥에서 무슨 냄새가 나는지 알아?」 그는 젓가락을 내려놓고 두려움에 질린 표정으로 그릇 속을 내려다보았다.

마누라가 밥을 마구 퍼먹으면서 말했다. 「별것 아니에요. 하수도 물로 밥을 지어서 그럴 거예요. 하수도 물도 그다지 더럽지 않더라고요. 밥을 두 그릇이나 먹으면서 아무것도 감지하지 못했잖아요?」

「뭐라고? 나를 독살하려는 건 아니지? 응? 나를 독살할 생각은 소금도 없었던 거지? 그렇지? 여자들은 정말 이상해! 여자들은 작은 얼룩무늬 강아지 같다니까!」 그는 잠시 혀를 내밀더니 갑자기 큰 소리로 웃기 시작했다. 「위층에 박쥐가 한 마리 있는데 작은 의자만큼이나 커. 당신이 빨리 가서 살펴봐야 할 것 같아!」

「요 며칠 달이 정말 큰 것 같아요. 아주 크고 노랗더군요.」 그녀가 멍한 표정으로 고개를 돌렸다. 뭔가를 걱정하고 있는 것 같았다. 「일단 달이 뜨면 창살에 희미하게 빛이 한 줄기 들어와요. 어떤 물체가 움직이고 있는 것 같아요. 우리가 사는 이 거리에는 항상 뭔가가 이리저리 돌아다니고 있어요.」

법의관이 와서 시신을 부검할 때, 왕 공장장은 집에서 자신의 검은 암탉에게 모이를 주고 있었다. 그 암탉은 깃털이 검정과 자줏빛이 섞인 진한 색이었다. 눈은 하나밖에 없고 온몸에 기름이 흘렀다. 암탉이 손바닥에 얹혀 있는 쌀을 쪼아 먹을 때마다 그는 손바닥이 무척 아팠다. 한번은 발에 부스럼이 생기더니 석 달 동안이나 고름이 흘렀다. 이 외눈박이 암탉이 그의 발 주위를 몇 바퀴 돌고는 종기 한가운데를 맹렬하게 쪼기 시작하더니 벌레 한 마리를 끄집어냈다. 나중에 종기가 있던 자리에서 콩나물이 자랐다. 모이를 다 주고 나서 그는 또 아침에 잡은 바퀴벌레 한 무더기에게도 먹이를 주었다.

창문으로 라오위의 작은 머리가 들어왔다. 콧구멍에 긴 못이 하나 박혀 있었다. 얼굴 전체가 가지처럼 보라색이었다. 알고 보니 그가 위층에서 키우던 커다란 박쥐 1백여 마리가 매일 밤 전부 나와 사람들의 피를 빨아 먹었던 것이다. 변소 안에서 파리를 잡는 것은 그저 사람들의 눈을 가리려는 술책에 지나지 않았다는 것을 누구나 다 알게 되었다. 사람들을 속여 넘기는 행위였다.

「황니가의 일련의 문제들은 누구와 연관된 건가요? 공장장님은 제가 최근에 어디에 가 있었다고 생각하시나요? 솔직히 말해서 저는 줄곧 방공호에 숨어 있었어요. 저는 황니가의 문제들이 신비하고 예측 불가능하다는 사실을 깨달았습니다. 예컨대 여러 집의 전등이 한밤중부터 날이 밝을 때까지 켜져 있어요. 그 외에 박쥐 문제도 있지요. 방공호 안은 물이 아주 깊어 박쥐가 놀랄 정도로 많아요! 저는 매일 한밤중에 황니가를 이리저리 돌아다니곤 했습니다.」

왕 공장장은 그를 반나절이나 세심하게 관찰하면서 그의 말 속에 남긴 의미를 알아내려고 노력했다. 그리고 마침내 말했다. 「당신은 이 닭이 문제를 해결할 수 있을 거라고 생각하지 않나요? 이 닭은 사람들의 말을 거의 다 알아들을 수 있어요. 물론 이 눈에 농창이 생겼던 적이 있지요. 농창으로 눈이 멀어 확실히 희귀한 닭이 된 겁니다! 어제 저는 한 끼 식사로 바오쯔를 여덟 개나 먹었어요. 제가 보기에는 상황이 그다지 좋지 못한 것 같아요. 어째서 아플수록 더 먹기가 힘들어지는지…… 혹시 어떤 위험한 변화가 발생하려는 것은 아닐까요?」.

「못을 콧구멍에서부터 찔러 넣어 죽이는 게 이상한 일이 아닌가요? 더 이상한 것은 사건의 동기를 찾아낼 수 없다는 거예요. 그가 직접 못을 박은 걸까요?」

「그럴 가능성이 크지요. 이건 대표적인 사건입니다. 문서 기록을 작성하여 구에 보고해야 할 것 같군요.」

왕 공장장은 갑자기 화가 치밀었는지 발로 닭을 걷어차면서 큰 소리로 말했다. 「정말 짜증 나 죽겠네!」

「저는 최근에 아주 우울해했어요.」 라오위가 회상하며 말했다. 「당시 푸르스름한 등잔 하나가 그를 비추고 있었어요. 저는 그가 박쥐의 다리를 찢는 것을 보았지요. 꼭 미친 것 같았어요. 그가 죽던 날 저녁에 그의 아내가 꿈을 꾸었대요. 꿈속에서 질항아리에 콩이 세 알 들어 있었대요. 이게 대체 무슨 징조일까요? 소문에 따르면 하수도에 커다란 이무기 한 마리가 매복하고 있었대요. 하수도를 파내 확인해 봐야 하지 않을까요? 저는 항상 마음이 불안해요. 요 며칠 날씨가 또 좋지 않은 것 같아요. 바람도 엉뚱하게 불고 있고요. 솔직히 말하자면 저는 현재의 도덕 기풍에 익숙해지지가 않아요. 치얼거우네 부엌 토담이 갈라져 균열이 한 가닥 생겼다고 하네요. 혹시 가보셨나요?」

「균열이 생겼다고요?」

「균열이 발 하나가 들어갈 정도로 넓대요.」

「닭이 또 찬장 안에 똥을 쌌겠군!」 왕 공장장은 증오에 찬 몸짓으로 펄쩍 뛰면서 소리쳤다. 「이봐! 아무도 없나? 다들 죽은 거야?」

그 균열은 겉에서 보면 아주 평범했다. 못 쓰는 천을 잔뜩 가져다 가려 놓았기 때문이다. 오수는 천에 막혀 한 방울씩 가늘게 떨어지고 있었다.

구청장이 자전거를 타고 황니가를 향해 달려오고 있을 때, 황니가 사람들은 갑자기 크게 깨닫는 바가 있었다. 알고 보니 구청장이 **왕쓰마가 아니라 진짜 사람이었던 것이다.** 그들은 마음속에 있던 돌 하나가 땅바닥으로 내려앉는 기분이었다. 하나같이 또 옛 버릇이 되살아나면서 희희낙락 서로 장난치며 시시덕거렸다. 미친 척하기도 하고 멍청한 척하기도 했다. 서로 추파를 던지기도 하고 소리를 지르면서 허장성세하기도 했다. 못 하는 짓이 없었다. 너무나 가증스럽고 죽도록 경박한 모습이었다.

「이 집에는 쥐가 없나?」 구청장이 물었다. 미간을 잔뜩 찌푸리고 고약한 냄새가 나는 천 뭉치를 하나하나 그 균열이 난 틈새에서 뽑아 낸 그는 한참이나 자세히 관찰해 보고 나서는 또 깊은 생각에 잠겼다. 곧이어 단호하게 결심을 내리고 벽 밑에 엎드려 비쩍 말라 쪼글쪼글해진 머리를 그 틈새 주변으로 뻗어 위아래를 두루 살펴보았다.

얼굴 가득 오물이 묻었다. 다시 몸을 일으킨 그는 주변의 사람들을 둘러보고 나서 성난 목소리로 말했다.「알고 보니 그랬었군!」말을 마친 그는 몹시 다급한 모습을 보이더니 검정 서류 가방을 옆구리에 끼고 빠른 걸음으로 구로 돌아갔다.

「알고 보니 그랬었군!」모두들 이 말을 따라 하면서 웅성거림을 멈추고는 구청장의 뒷모습을 바라보면서 칭찬하는 어투로 말했다.「구청장님이 〈노동〉 표 고무신을 신으셨네.」

「내 생각에는 구청장님이 뭔가 찾아내신 것 같아.」치얼거우의 아내가 추위를 느꼈는지 어깨를 가볍게 들어 올리더니 흘러내리는 두 줄기 콧물을 훌쩍훌쩍 들이마시고 있었다.

쑹 아줌마가 담장 밑에 엎드려 구청장처럼 머리를 틈새에 가까이 댔다. 그러고는 다시 일어서서 잇새의 더러운 피를 토해 내더니 큰 소리로 탄식하며 말했다.「이 집에 박쥐가 있네요.」

「이거 아주 이상한 일 아니에요?」라오위의 목소리가 그 틈새에서 들려오는 것 같았다.

모살에 관한 소문이 전해질 때, 장수이잉은 마침 발톱을 깎고 있었다. 발톱은 길고 뾰족했다. 정말로 닭 발톱 같았다. 그녀는 발톱을 다 깎고 나서 담배를 한 대 피웠다.

발톱을 틈새의 먼지 더미 사이로 밀어 넣으려는 순간 미치광이 양싼이 왔다.

「알고 보니 그랬었군!」 그가 말했다.

「네!」 장수이잉이 모호하게 반응하고는 고개를 숙인 채 손톱을 깎았다.

「그날 밤 달이 아주 노랗고 컸던 것은 누구나 다 알지요. 무언가 음모를 준비하고 있는 것 같았어요. 구청장은 황니가에 올 때 〈노동〉 표 고무신을 신고 있더라고요…….알고 보니 그랬어요!」

「어떤 사람은…….」

「나는 법정에 가본 적이 있어요. 법관은 모살 사건을 〈모살〉이라고 하지 않더라고요. 그가 뭐라고 했을까요? 한번 맞혀 봐요. 정말 이상하더라고요! 그가 〈머리에 뿔이 하나 났다〉라고 말하더라고요. 이 영악한 사람들의 의도를 확실히 알려고 하지는 말아요. 제가 보기에 관건은 벽에 난 그 틈새인 것 같아요.」

「맞아요, 벽에 난 틈새예요. 누군가…….」

「그 틈새의 모양이 꼭 발바닥 같지 않던가요? 구청장은 왜 머리를 그 틈새 안으로 들이밀었던 걸까요? 벽이 걱정되어 그랬던 거예요! 서는 집에 돌아가자마자 우리 집 벽을 자세히 조사해 봤어요.」

「그저께 그가 또 고양이를 한 마리 잡았어요. 미친 고양이인 것 같아요. 밤새 미친 듯이 소리를 지르더라고요. 제 대신 처리 좀 해주시겠어요?」

「칼을 가져와요.」

고양이가 갇혀 있는 조롱같이 생긴 우리 가까이 다가가 보니 고양이는 몸을 돌돌 말고 경련을 일으키고 있었다. 입에서는 자주색 점액을 토하고 있었다.

「안 돼요!」 그는 안절부절못하면서 집 안으로 들어갔다. 「이 고양이에게는 영혼이 있단 말이에요. 저는 알아볼 수 있어요. 이 고양이를 죽이고 나서는 잠잘 생각일랑 하지 말라고요. 제 친척 하나도 영혼이 있는 고양이를 죽였다가 매일 밤마다 고양이가 울어 대는 소리를 들어야 했다고요. 3년이나 그 소리를 들어야 했지요. 제가 그 친척을 만났을 때는 이미 해골처럼 말라 있더라고요.」

「그럼 고양이를 어떡하지? 혹시 누가…….」

「키우면 되잖아요. 어쩌면 정상 상태를 회복할 수 있지 않을까요?」

미치광이 양싼이 가고 한참이 지나서도 장수이잉은 여전히 그 미친 고양이 일을 생각하고 있었다. 밤에 그 고양이는 문을 열고 들어오려고 애썼다. 밤새 그렇게 버둥거렸다. 처량한 울음소리가 사람들의 모골을 송연하게 했다. 날이 밝아 올 때가 되어서야 남편은 고양이를 우리 안에 던져 버렸다. 그녀의 남편은 뭐든지 다 잡았다. 새도 잡고 뱀도 잡았다. 돼지도 잡고 개도 잡았다. 눈에 보이는 건 뭐든지 다 잡았다. 잡아 가지고 집에 돌아오면 새장 같은 우리 안에 넣었다. 굶어 죽을 때까지 그렇게 가둬 두었다. 그녀는 아무리 해도 그 우리를 이해할 수 없었다. 그다지 높지는 않았지만 안은 아주 넓었다. 가늘지만 아주 단단한 나무에 못을 박아 만든 것이었다. 아래에는 다리가 네 개 달려 있어 흉측한 모습으로 뒤뜰에 세워져 있었다. 어제 한밤중에 고양이가 울고 있을 때, 그녀는 남편이 음험한 눈빛으로 자신을 바라보고 있는 것을 보았다. 무슨 괴물을 보듯 한참을 바라보았다. 그녀가 깨어나자 그는 아무렇지도 않은 척하면서 말했다.「어느 집 지붕이 또 무너진 모양이야.」말을 하면서 창가로 가서 내다보는 척했다. 그때 그녀가 아무 생각이 없는 듯이 말했다.「그 우리는 사방으로 바람이 통해서 정말 추웠어요.」남편이 등을 돌렸다. 그가 하는 말이 들렸다.「여자들은 정말 돼지처럼 멍청하군.」말을 마친 그는 등을 끄고 침대에 올랐다. 그녀는 어둠 속에서 자신이 이미 그의 음모를 꿰뚫고 있다고 생각했다. 그녀는 치열거우의 말이 생각나 자리에서 일어나 사방의 벽을 세심하게 살펴보았다. 나중에는 생각할수록 마음을 놓을 수가 없어 아예 잠을 자지 않고 신발을 지르신고 밖으로 나서 거리를 돌아다니기로 했다.

아침에 그녀는 위안쓰의 아내가 대머리 남자와 함께 길

고양이처럼 그녀의 집으로 들어가는 모습을 보았다. 검은 문이 쾅 하고 닫혔다.

치얼거우의 집 부엌 벽 아래에 스무 명이 넘는 교활하고 음흉한 사람들이 쪼그리고 앉아 있었다. 구청장이 허리에 손을 얹고 버니어 캘리퍼스로 그 벌어진 틈을 측량하고 있었다. 틈이 이리저리 움직이는 바람에 측량이 쉽지 않았다. 「사람이 뚫어 놓은 것 같진 않군.」 그는 힘주어 회백색 눈을 비볐다. 이마에서 김이 났다. 「이 부근에 무슨 야생 동물이 있나?」

「사람이 뚫어 놓은 것 같지는 않아!」 미치광이 양싼이 신바람이 나서 손가락을 비비고 있었다. 이어서 목소리를 낮추고 구청장의 그 가늘고 긴 귀에 대고 말했다. **「그 물건 말인가요?** 여기서 어떤 사람들은 구청장님이 왕쓰마라고 말하고 있어요!」

「뭐라고?」 구청장의 낯빛이 변했다.

「헛소문을 퍼뜨리는 사람이 있다고요.」 미치광이 양싼이 목소리를 조금 높였다. 「구청장님이 왕쓰마라고 말하고 있어요. 왕쓰마가 바로 구청장님이라고 말한단 말이에요. 구청장님은 왕쓰마랑 하나로 합쳐져 구분할 방법이 없대요.」

「구분할 방법이 없다고?」 구청장이 화가 나서 가슴을 두드리면서 소리쳤다. 「모두들 이처럼 황당한 암시를 조

심하도록 하세요. 구분할 방법이 없다니요! 사람들의 시
선을 교란시키는 사악한 놈들 같으니라고! 음험하고 악독
한 소인배들! 동지 여러분, 제가 다시 한번 말씀드리지만
황니가와 관련된 문제의 저항력은 여러분이 상상하는 것
과는 전혀 달라요. 절대로 물러서지 말고 꿋꿋하게 앞으로
밀고 나아가야 합니다. 투쟁이 방금 시작됐습니다…….」

「시신에서 냄새가 나기 시작했어요. 냄새를 맡지 못하
셨나요?」

「〈그 물건〉이 다 합쳐서 네 번 왔었어요.」쑹 아줌마가
말했다. 어째서 눈에 누런 눈곱이 가득 끼었는지 알 수 없
었다. 아무리 비벼도 깨끗이 없어지지 않았다.「지금 우리
집에 시멘트 기와를 얹고 있는데 바람이 불 때마다 삭삭
소리가 나요. 지금 이게 어떻게 된 건가요? 아무래도 뭔가
잘못된 것 같아요.」

「황니가의 문제는 반드시 12월 이전에 해결되어야 합
니다.」구청장이 단호하게 말하고 나서 자전거를 끌고
갔다.

장수이잉이 고래를 숙인 채 진흙이 잔뜩 묻어 있는 구
청장의 그 〈노동〉 표 고무신을 바라보았다. 놀라고 당황
한 그녀가 어찔 줄 몰라 하며 말했다「우리 집에는 우리
가 하나밖에 없어요. 누군가 이걸……. 이건 어떤 성격에
속하는 문제인가요?」

「모든 문제가 반드시 해결되어야 합니다.」구청장이 한 손을 높이 들어 단호하게 휘둘렀다. 그러고는 이 한마디를 던지면서 자전거에 올라탔다.

장수이잉은 신발을 지르신고 집 처마 밑으로 돌아왔다. 해는 이미 밝게 빛나면서 기와 틈새로 기어 들어가기 시작했다. 그녀는 한참을 숨어서 구청장의 신발 바닥에 말거머리가 붙어 있는 게 아닐까 생각했다. 이어서 그녀는 잠을 잤다. 꿈속에서 바퀴벌레 한 마리가 창호지를 물어 구멍을 내고는 아주 작고 검은 머리를 내밀었다. 바퀴벌레가 천천히 창호지를 뚫더니 몸 전체가 창호지 밖으로 기어 나왔다. 이어서 한 가닥 물길을 따라 내려가 그녀의 베개 옆에 이르렀다. 한쪽 다리가 그녀의 목을 간질이자 그녀가 손을 뻗어 쳐내면서 잠에서 깼다. 알고 보니 남편이 손을 뻗어 그녀의 목을 조르고 있었다. 「아야!」그녀가 소리쳤다. 남편은 손을 거둬들이며 헤헤 어색한 웃음을 웃으면서 지나갔다. 그러더니 마당 밖을 바라보며 말했다. 「내가 보기에 이 고양이는 죽지 않아. 밤중에 고양이가 우는 건 그나마 괜찮지. 편안하게 잘 수 있거든. 어제 나는 고양이가 배가 고파서 나무를 갉아 먹는 걸 봤어. 그래서 물고기 한 마리를 먹으라고 던져 주었지. 오늘 아침에 녀석은 또 물고기 한 마리를 먹었어. 오늘 밤에는 더 흉악하게 울어 댈 게 뻔해. 나는 앞으로 매일 녀석에게 물고기를 한 마리씩 먹여 줄 작정이야.」

「그 사람의 이 병은 다 나았어. 이거 기적 아닌가?」왕 공장장이 비웃는 소리가 창밖으로 울렸다. 「나는 이런 사람을 보면 아무리 해도 죽지 못할 것 같아!」

잠시 후 왕 공장장이 또 걸으면서 말하는 소리가 들렸다. 「나는 이제 한 끼에 바오쯔를 아홉 개나 먹을 수 있게 되었는데 느낌이 별로 좋지 않아. 무슨 약이 없을까? 내가 망가지는 일은 없겠지? 그렇지?」

「내일 아침 일찍 나무 작대기로 이 고양이를 죽여야겠어. 녀석은 충분히 오래 살았거든. 무슨 근거로 내가 녀석을 키워야 한다는 거야?」남편은 이렇게 말하면서 여전히 창밖 마당을 바라보며 생각에 잠겼다. 뭔가 고민거리가 있는 것 같았다. 이마 위의 주름도 깊어졌다.

어디선가 집 안으로 연기가 날아 들어왔다. 공기가 파랗게 어두워졌다. 모기향 냄새도 나는 것 같았다.

「화장장에서 시신을 태우고 있는 거야.」남편은 이렇게 말하면서 긴 앞니를 드러냈다.

그날 밤 고양이가 또 울어 댔다. 이번에는 더더욱 사람들을 놀라게 했다. 아직도 그 우리의 나무를 갉아 먹고 있는 것 같았다. 장수이잉은 머리를 감싸 쥐고 거리로 뛰쳐나왔다. 머리에 붉은 눈알과 초록 눈알이 가득했다.

「내일 아침 일찍 나무 작대기로 녀석을 죽여 버려야겠

어.」남편이 창문 앞에서 말했다.

4

후싼 영감이 건들건들 거리를 산책하고 있었다. 몇 걸음 걷다 말고 또 멈춰 서서 큰 소리로 물었다. 「올해가 어느 해지?」

황니가 사람들이 깜짝 놀라 희미한 창문 밖으로 주름투성이 작은 얼굴을 내밀고는 메아리처럼 대답했다. 「올해는…….」

해가 차가워지기 시작했다. 까마귀들과 참새들이 몸을 움츠리고 애기괭이밥과 개사철쑥이 누렇게 시들었다.

「해가 어떻게 된 거예요? 뭔가 좀 이상하잖아요!」 미치광이 양싼이 거리 한가운데를 향해 술잔을 하나 내던졌다. 그러고는 뭐라고 말을 하면서 걸음을 옮겼다. 「예전에는 해가 정말 대단했지. 비추는 곳마다 구더기가 기어 나왔어! 선인장은 전부 죽고 지붕 위의 풀은 다 어디로 갔지? 내 관절은 만터우처럼 부었네! 그때는 제소 위원회가 하나 있어서 모든 사람이 가서 제소를 할 수 있었지. 사방에 침을 뱉으면서 말이야…….」

위안쓰의 아내와 빡빡머리 남자가 함께 초가집 창문으로 몸을 반쯤 내밀고는 퉁퉁 부은 눈을 비비면서 노래라도 하듯이 연달아 여러 번 하품을 했다. 그러고는 꺼이꺼이 울기 시작했다.

「황니가의 모든 사물이 천천히 변질되고 있어요.」쑹 아줌마가 중얼거리면서 두려움에 빠진 듯 시멘트 기와를 바라보았다.「이 기와 안에는 도대체 어떤 성분이 들어 있는 걸까요?」기와는 반질반질했고 위에는 진흙이 한 겹 묻어 있었다. 바람이 불면 괴상한 소리가 났다. 금방이라도 깨지고 무너져 내릴 것만 같았다. 며칠 전 그녀는 집의 높이를 재보았다. 그녀의 집은 이미 지면을 향해 세 치나 가라앉아 들어간 터였다. 가라앉을수록 집은 더 작아졌다. 이제는 문틀 높이가 그녀의 키와 비슷해졌다. 그녀의 남편은 허리를 숙여야 집을 드나들 수 있었다. 어제 그녀의 남편은 똥통을 비우러 밖으로 나가다가 깜빡 잊고 허리를 숙이지 않는 바람에 문틀에 세게 부딪쳐 똥통 안의 똥이 밖으로 넘쳐흐르고 말았다. 그는 똥통을 발로 걷어차 똥물이 문 앞까지 흐르게 해놓고는 문지방에 주저앉아 오전 내내 욕을 해댔다. 정말 대단한 말들을 쏟아 놓았다. 누군가가 자신을 음해하고 있고 황니가의 매춘부들이 사람을 잡아먹는다는 얘기도 했다. 자신의 눈썹 뼈가 부러져 죽을지도 모른다고도 했다. 이렇게 온갖 소리를 다 쏟아 냈다.

치 아줌마는 마지막 바퀴벌레 한 마리를 때려 잡고 나오다가 류톄추이가 창문 앞에 서 있는 것을 보았다. 그가 말했다.「황니가에 살아 있는 시신이 한 구 있어요. 쯧 쯧…… 허! 다리에는 곰팡이가 슬었지만 눈동자는 아직 움직여요. 이불에 꽁꽁 싸여 있지요. 집이 가라앉는다는 얘기 못 들었어요? 모두들 지면에 거대한 구멍이 생겨 거리의 집들을 전부 삼켜 버릴 거라고 하더군요. 그런 다음 구멍이 다시 닫힐 거래요. 어제 우리 집 벽에 아주 가는 균열이 생겼어요. 밤새 이 균열의 틈새를 지켜봤지요……. 지직 지직…….

오늘 아침 찬바람 속에 약간의 피 냄새도 섞여 있었어요. 여러분은 발에 닭 발톱이 나는 문제가 어떤 성격의 문제에 속한다고 생각하나요? 군중을 상대로 공개 토론을 벌여야 하지 않을까요? 어떤 사람은……」그녀는 갑자기 목이 메더니 손가락을 머리칼 사이에 넣고 딱딱하게 돌기 한 부분을 매만지면서 말했다.「제 머리에 뭔가 난 건가요?」그녀는 혼자 중얼거리듯이 한마디 하고는 거울을 보러 가려고 했다.

「알고 보니 산 시신은 미치광이 양싼의 부모였어.」그녀의 남편이 말하면서 뱀처럼 혀를 날름거렸다.

「그녀는 죽은 지 열흘 하고도 며칠이 지나지 않았나? 알고 보면 죽지 않았던 건지도 몰라. 이 일은 아무것도 아닌 것을 일부러 현묘玄妙하게 보이려고 그러는 건지도 몰라. 내가 반드시 조사를 해봐야겠어.」

「내 머리 위에……」그녀가 갑자기 탁자를 내리치더니 정신을 못 차리고 갈팡질팡하면서 큰 소리로 말했다. 「가서 약물을 사다 발라야겠어! 죽을 것 같단 말이야! 도둑놈아! 역병 걸린 돼지 새끼야! 모든 일에 완전히 희망이 없어졌어!」

「올해가 어느 해지?」후싼 영감의 목소리가 맹렬하게 울렸다. 음침한 목소리였다. 묘지를 떠도는 귀신 같았다. 「저건 핏덩어리야!」그는 무척이나 엄숙한 목소리와 표정으로 말을 하고 있었다.

「흥! 그 사람 병이 뜻밖에도 아무런 흔적도 남기지 않고 다 나았어요.」왕 공장장의 아내가 차갑게 웃으면서 양철 바닥 신발로 귀를 찌르는 소리를 막았다. 「남의 이름을 훔쳐 쓴 그 녀석은 황니가에서 뭘 한 건가요? 내가 보기에는 누군가가 맹목적으로 추종하는 것 같아요. 여러분은 이런 문제를 주목해야 합니다.」

한밤중에 치 아줌마의 남편이 전등을 켜더니 괭이를 하나 들고 와서는 벽 구석을 파기 시작했다.

치 아줌마가 밖에서 돌아와 추위를 달래면서 말했다. 「밖이 누가 페인트를 쏟은 것처럼 검어요. 뱀 한 마리가 위안쓰 아내의 창문을 뚫고 나오는 걸 봤어요. 그 여자가 몰래 키우던 게 아닌가 하는 의심이 들더군요. 거리는 극도로 조용한데 모든 벽에 균열이 가고 있어요. 저는 정말로 걱정인데…… 뭘 파고 있는 거예요?」

「해골.」

그녀가 말했다. 「어떻게 해골이 있을 수 있지요? 저는 줄곧 뱀 문제에 관해 생각하고 있었어요. 그 뱀은 절대로 보통 뱀이 아니에요. 여보, 한번 찾아봐야 해요. 그렇게 아무 생각 없이 마구 파지 말라고요. 모든 벽에 균열이 가고 있고 제가 직접 그 소리를 들었단 말이에요.」

치 아줌마는 닭이 깰 때까지 잤고, 남편은 여전히 벽 밑을 파고 있었다. 삼베옷을 입은 넓은 등짝을 마구 흔들면서 파고 있었다. 벽 한쪽 구석에는 이미 아주 깊은 굴이 하나 생긴 터였다. 깨진 벽돌과 흙이 집 한가운데 작은 산을 이루었다. 썩은 습기가 사람들의 숨을 막아 기절하게 할 정도였다.

「어떻게 해골이 있을 수 있는 건가요?」 치 아줌마가 이렇게 물으면서 손이 가는 대로 흙을 한 줌 집어 입에 넣고 씹었다. 「정확히 말한다고 하는 사람들은 전부 허장성세 아니에요? 나는 오히려 장수이잉, 그 매춘부를 찾아가 보고 싶더라고요.」

점심때 그녀가 돌아와 보니 남편은 아직도 구덩이를 파고 있었다.

「설파민 약을 발랐더니 두피에 난 돌기가 좀 부드러워지는 것 같아요.」 그녀가 얼굴에 거짓 미소를 지으며 답했다. 「지금 이 거리 사람들 전부가 설파민을 바르고 있어요. 모든 병을 고친다고 하는데 왜 당신도 시험해 보지 않는 거예요? 내 생각에는 최근에 당신에게 병이 있는 것 같아요. 도대체 언제까지 구덩이를 팔 거예요?」

「여기 지하에 스물네 개의 해골이 묻혀 있다고.」 남편이 그녀에게 가까이 다가가 말하고는 힘껏 이를 갈았다.

「당신은 눈앞의 형세에 대해 어떤 견해를 갖고 있어요?」 치 아줌마가 당황한 듯 두피를 어루만지며 뒤로 물러섰다.

「이번 달 내로 황니가는 열세 가지 이상의 중대한 문제를 해결해야 합니다.」 왕 공장장이 밖에서 누군가에게 말했다. 「어제 누군가가 보고를 했어요. 어느 집에서 뱀을 기르고 있다고 말이에요. 이봐, 이게 뭘 의미하는 거지요?」

「집이 또 두 치 넘게 가라앉았어요. 부엌은 이미 사용이 불가능해요. 제가 지금의 형세를 살펴보니 좋아질 희망이 전혀 없어요.」 이렇게 말하면서 쑹 아줌마는 끝없이 한숨을 쉬어 댔다. 「어젯밤에 달이 또 아주 노랗고 컸어요. 몽롱하고 어두웠지요. 저는 옷을 걸치고 마당에 나가 한참이나 쪼그리고 앉아 있었어요! 밤에는 황니가가 죽은 뱀으로 변하더군요. 아주 차가웠어요. 예전에는 밤마다 어떤 사물이 사라졌어요. 괴상하게 소리치고 서로 드잡이하면서 싸웠지요. 저는 그 모든 소리를 전부 선명하게 들었어요. 그때 제 뒤통수에 부스럼이 나는 바람에 잠을 잘 수가 없어서 아침까지 계속 그런 소리들을 들었어요. 해가 뜨자 제 얼굴에 홍조가 일더군요. 치얼거우 이 잡종은 왜 자살을 하지 않는 건가요? 사실 저는 이미 한 가지 절묘한 계책을 생각해 놨어요. 이 계책이 이 거리 전체를 구해 줄 거예요. 적당한 때가 오면 이 계책을 실행할 거예요.」

「모든 일에 완전히 희망이 없어졌어요.」 치 아줌마가 창문 밖으로 머리를 내밀었다. 나방 한 마리가 그녀의 이마에 부딪치더니 누런 물을 뿌렸다.

「올해가 어느 해지?」 후싼 영감이 곧장 지팡이로 그녀의 코를 가리키며 고함치듯이 물었다.

치 아줌마는 멍한 표정을 지었다. 온몸에 맥이 풀렸다.

「흰쥐를 잡으러 온 적이 있어요…….」

「불덩이는 왜 밤새 창살에 걸려 있는 거지?」 영감이 또 물었다. 목소리가 함석판을 두드리는 것처럼 쟁쟁 울렸다.

「별것 없어요. 홍. 누가 그의 〈늙은 학생〉이라는 거예요? 제가 보기에 황니가의 문제에는 간첩이 연루되어 있어요! 동지 여러분, 간첩을 막아야 해요!」

「아……! 아!」 후싼 영감이 두 팔을 크게 벌리고 하늘을 향해 소리쳤다. 흰 머리칼이 말의 갈기처럼 휘날렸다.

위안쓰의 아내와 빡빡머리 사내가 창문 밖으로 봉두난발한 머리를 내밀고는 퉁퉁 부은 눈을 비볐다. 그러고는 키득키득 쉬지 않고 웃어 댔다.

고추를 먹고 나니 치 아줌마는 두피의 그 자리가 약간 가려웠다. 손을 뻗어 긁었더니 작은 두피가 한 조각 긁혀 나왔다. 손에 들고 보니 주름이 쪼글쪼글한 피부였다. 피가 약간 맺혀 있었다. 그녀는 두피 조각을 힐끗 보고는 괴상한 비명을 지르면서 재빨리 거울을 보러 갔다. 두피가 잘린 부위는 축축해지더니 이미 붓기 시작했다. 잠시 뒤에는 만터우만 하게 부어올랐다. 말랑말랑해서 꾹 누르면 작은 웅덩이가 파였다.

「이게 혹시 암은 아닐까요?」 그녀가 깜짝 놀라 위안쓰의 아내에게 물었다.

「그 뱀은 이미 떨어졌어요. 알고 보니 죽은 뱀이더라고요! 냄새를 맡아 봤더니 이미 악취가 나더라고요. 암은 무슨 암이에요? 제가 보기에는 그저 곰팡이에 지나지 않아요. 제 몸에도 이런 게 났어요. 이거랑 똑같은 곰팡이였다고요. 황니가에는 도처에 이런 곰팡이가 자라고 있어요. 심지어 개의 몸에도 이런 게 난다니까요. 우리 몸에 나는 곰팡이랑 똑같아요. 그들이 저를 잡아가려고 했어요. 제가 하마터면 제 좋은 운을 그들에게 줄 뻔했지요. 저는 그 노끈에 감사해야 해요. 정말이에요. 그 노끈이 어떻게 마침 서랍에 있었던 걸까요? 생각해 봐요. 그 노끈이 없었다면 아무 일도 일어나지 않았을 거예요. 그런데 마침 그 노

293

끈이 있었던 거예요! 아이고, 기뻐서 죽을 것 같네!」

「기와 조각으로 날 좀 긁어 줄 수 있나요? 너무 많이 부었어요.」

「쳇! 긁어 드릴 수가 없네요. 죽을 수도 있거든요. 부은 부위가 완전히 곪을 때까지 기다려요. 다 곪은 다음에 깨끗이 짜내면 돼요. 손바닥에서 피를 좀 뽑는 것도 나쁘지 않겠지요.」

「저는 지금 누가 몸 안에 송곳으로 구멍을 뚫는 것처럼 아파요.」 그녀는 한 발로 집 안을 깡충깡충 뛰어다녔다. 반나절이나 그렇게 뛰다가 빨개진 얼굴로 말했다. 「지금은 좀 나아졌어요. 그 매춘부는 남편이 우리에 가뒀어요. 남자를 유혹한 탓이 아닐까요? 제가 전에도 말한 적이 있지만 황니가의 도덕 기풍은 바뀔 수가 없어요.」

「우리 집 뒤의 담장에서 소리가 나요. 저는 밤새 검은 물 위에 떠 있었어요. 톱이 머리 위에서 이리저리 움직이는 것 같았어요. 후싼 영감은 거리에서 소리를 질러 사람들을 놀라게 하고 있어요. 누군가 그가 죽은 지 닷새가 지났다고 말하더군요. 그의 살아 있는 시신이 거리를 돌아다니고 있다고 말하는 사람도 있어요. 쑹 아줌마는 살아 있는 시신은 그가 아니라 미치광이 양싼의 노모라고 말하더군요. 저는 지금 아무리 해도 이런 일들을 정확히 이해할 수가 없어요. 살아 있는 시신이니, 박쥐니 하는 일들 말이에요. 이런 것들을 생각하기만 하면 눈병이 도진다고요.」

「부엌이 또 두 치 정도 가라앉았어요.」 쑹 아줌마의 목소리가 벽을 타고 전해져 왔다.

「살아 있는 시신은 설파민 약물로 적셔 놓았나요?」

구청장은 황니가 입구에 도착하자마자 먼지 때문에 사레가 들리고 말았다. 그는 큰 소리로 기침을 하면서 열이 나는 눈을 어루만졌다. 그는 마음속으로 먼지가 이미 폐속에서 한 알 한 알 작은 덩어리로 변하고 있다고 생각했다. 행인들은 거리를 지나가면서 도둑놈처럼 머리와 얼굴을 가렸다. 그 나무는 원래 도둑놈을 매달았던 나무인데 지금은 이미 말라 죽어 버렸다. 검게 변한 코이어 로프는 뱀처럼 나무 위에 엉켜 있었다. 까마귀가 나무 위에서 의심스러운 괴상한 울음을 토해 내고 있었다. 항아리를 든 사람 몇몇이 쉭 하고 그의 곁을 뛰어 지나갔다. 눈 깜짝할 사이에 어디로 갔는지 보이지 않았다. 그는 손을 뻗어 등 한가운데를 긁었다. 긁으면서 갑자기 후싼 영감과 등에서 돼지기름이 흘렀다는 그의 말이 생각났다. 그는 천천히 네모진 손바닥을 모아 주먹을 쥐고는 코앞으로 높이 들어 올렸다. 「황니가의 방해 요소들을 반드시 제거해야 해!」

후싼 영감이 원숭이처럼 도로 위로 펄쩍 뛰어올라 구청장의 소매를 꽉 잡고서 중얼거렸다. 「구청장님은 지금의

형세에 관해 어떻게 생각하시나요? 네? 우리가 사는 이곳
에는 몰래 활동하는 매춘부들이 있어요. 한번 세어 보세
요. 거리 입구에서 열세 번째 문까지……. 구청장님이 보
시기에 오늘은 날씨가 어떤가요? 아주 춥지요. 말뚝버섯
도 전부 얼어 죽었다니까요. 어떤 사람은 제게 악랄한 수
법을 써야 한다고 하더군요. 저기요, 거미를 삼킨 일에 대
한 생각이 바뀌지 않으셨나요? 그들이 항아리에 담고 있
는 것은 설파민 물약이에요! 모두들 제가 죽은 지 이미 닷
새가 지났다고 얘기하지요. 왜 그럴까요? 분명하게 세어
보세요. 열세 번째 문까지 말이에요. 오른쪽 길을 따라서
쭉…….」

「좋습니다!」 왕 공장장이 항아리를 들고 길가에 번쩍 나
타났다. 그가 완력을 사용하여 후싼 영감의 손을 구청장의
팔에서 떼어 내고는 귀신 같은 얼굴을 하고서 구청장 귀에
가까이 다가가 말했다. 「설파민 물약 필요하지 않으세요?
제가 쉰 병이나 가져왔거든요. 아직 따지 않은 새것이에
요……. 치질에 대한 설파민 물약의 효능에 관해서는 이미
정리해 놓은 자료가 있습니다. 마침 구청장님께 드리려고
하던 참이었어요. 이건 정말로 시대의 획을 긋는 자료라고
할 수 있지요……. 조심하세요. 후싼 영감은 살아 있는 시
신이에요. 죽은 지 이미 닷새나 지났다고요…….」

구청장은 정신을 가다듬고 콧구멍을 파기 시작했다.

「열세 건의 큰 문제는 어떻게 처리했나? 내 생각에는 문제를 대충 처리하는 것은 멸망으로 가는 길인 것 같아. 박쥐가 사람을 잡아먹는 일이 있지 않았나? 옛 혁명 근거지의 전통이 아직도 필요할까? 이번에 내가 황니가에 온 것은 긴급회의를 소집하여 열세 가지 근본 문제의 해결 방법에 관해 얘기하기 위해서야. 치얼거우의 사후 문제는 잘 처리했나? 귀신을 본 뒤로 나는 사흘 밤낮을 잠을 자지 못하고 있어. 류劉 서기가 내게 닷새 밤낮 잠을 자지 않을 준비를 하라고 하더군. 지금은 누가 날 슬쩍 밀기만 해도 곧장 쓰러질 것 같아. 일단 쓰러지면 일주일 내내 밤낮으로 잠만 잘 것 같다고!」

「올해가 어느 해인가요?」 후싼 영감이 갑자기 끼어들어 물었다. 목소리가 무척이나 처량했다.

「네?」 구청장은 다리가 약간 풀렸다. 머리에서는 땀이 나고 등이 미치도록 가려웠다. 「쳇! 아, 아니에요?」 그는 솜옷을 벗어 길가에 선 채 한참이나 뒤적거리며 이를 찾았다.

거리에 항아리를 든 사람들이 가득했다. 몸을 이리저리 감췄다가 드러내기를 반복했다.

그날 저녁 포루에서 긴급회의가 열렸다. 구청장은 새벽 2시까지 계속 뭔가를 얘기했다. 모든 사람의 머리가 윙윙 울릴 때까지 얘기를 계속했다. 그는 정신이 몽롱한 상태에서 갑자기 눈을 휘둥그레 떴다. 건물 가득 벌이 날아다 녔다. 도대체 어떻게 된 일인지 모른 채 마침내 큰 소리로 욕을 해대기 시작했다. 목이 찢어지도록 욕을 하고 나서야 산회를 선포했다.

다음 날 아침 구청장의 얼굴 한쪽이 많이 부어 있었다. 그는 양치질을 하면서 어젯밤 자신이 했던 욕 가운데 한 구절을 기억했다.

「류마쯔劉麻子 이 개자식.」 문득 류劉 자를 왕王 자로 바꿔야 한다는 생각이 들었다.

쑹 아줌마네 부엌의 벽이 무너졌다. 벽 속에는 박쥐 뼈가 가득했다.

5

작고 창백한 해가 떠 있었다. 하늘은 썩어 문드러진 장막 같았다.

썩은 띠 풀 위에서 도깨비불이 타고 있었다.

도깨비불이 이름 없는 자줏빛 작은 꽃을 비추고 있었다.

벽에서 쩍쩍 소리가 났다. 균열이 생기려 하고 있었다.

작은 집이 더 낮아졌다. 작은 집이 땅속으로 가라앉고 있었다.

흰개미가 미친 듯이 번식하고 있었다.

괴상하고 희미한 신음이 들렸다. 누군가 땅속 깊은 곳

에서 웅얼웅얼 중얼거리듯이 물었다. 「올해가 어느 해인가요?」

항아리를 든 마지막 사내가 총총히 거리 위를 지나갔다. 항아리 가장자리에서 피가 흘러내리고 있었다.

어느 고양이의 배가 썩어서 구멍이 난 채 먼지 구덩이 속을 뒹굴고 있었다. 뒹구는 와중에도 배에서는 고름이 계속 흘러나왔다. 한 사내의 그림자가 나뭇가지 하나를 들고 있다 매섭게 고양이를 내리쳤다.

치 아줌마가 신발을 지르신고 창가로 가서 밖을 향해 머리를 내밀고 화를 내듯이 말했다. 「오늘은 문밖에 나갈 생각 하지 말아요! 저는 오늘 하늘에서 뭔가 떨어지기를 기대하고 있어요. 사람 키만큼 뭔가 쏟아져 문이 봉쇄되면 잠이나 실컷 자는 거예요!」 말을 마친 그녀는 침대로 돌아가 검은 모기장을 쳤다.

황니가에는 좀처럼 눈이 오지 않았다.

황니가는 1년 사계절 내내 재가 내렸다. 그 재에서는 짠 냄새가 났다. 화장장의 기름이 타면서 생긴 재였다. 그날 아침, 도처에 온통 하얀 대지가 펼쳐졌다. 눈이 내린 것이라고 생각하는 사람들도 있었다. 하지만 발을 뻗어 밟아 봤더니 먼지였다. 죽음의 재였다.

얼굴을 가린 사람들이 엄청난 대오를 이루어 아무도 모르게 담장에 바싹 달라붙어 줄지어 가면서 가는 길 내내 발자국을 남겼다.

「설파민으로 암을 치료할 수 있어요.」왕 공장장이 배시시 웃으면서 말했다.

구청장은 미간을 찌푸리며 고민이 가득한 표정으로 물었다. 「S 기계 공장은 언제 가동이 회복되는가? 이 문제에 대해 어떤 다른 의견들이 있는 건가? 즉시 특별 안건 토론회를 조직해야 해. 나는 이미 반년이나 잠을 자지 못했다고.」그가 두피를 긁자 비듬이 우수수 옷깃 위로 떨어졌다. 오후에 그는 변소에 가서 용변을 보았다. 변소 벽에는 파리의 사체가 가득했다. 아직 썩지 않은 발판에 금이 가려고 하고 있었다. 바닥에는 누런 오줌이 고여 있었다.

「이 변소의 위생을 위해 이미 전문 요원을 네 명 파견했는데도 여전히 걸핏하면 유사한 문제가 발생하네요.」주간사가 목소리를 낮춰 말했다. 무슨 비밀 이야기라도 하는 것 같았다. 최근에 그는 마음이 몹시 불안했다. 걸핏하면 밤새 옆방에 가서 이리 뛰고 저리 뛰고 하면서 갖가지 다른 소리를 내면서 소란을 피웠다.

죽은 후싼 영감이 하루 종일 거리를 돌아다니면서 큰소리로 외쳤다. 「거미는 또 어떻게 된 거야? 응? 나는 한 입에 삼켜 버릴 수 있지! 당장 시험해 보라고! 내가 왜 꼭 죽어야 하는 거지? 전에 내게는 버섯이 자라는 천장이 있었어. 나중에는 흰개미들이 깡그리 갉아 먹어 버렸지. 이렇게 불행한 일이 벌어지긴 했지만 어째서 감히 내가 거미를 먹어 버리면 안 된다고 말하는 거지? 나에 대해 반복적으로 검사를 진행해 보라고!」

장수이잉이 우리에 갇힌 채 포효하고 있었다. 시퍼런 핏줄이 드러난 손으로 우리 위의 기다란 나뭇조각을 붙잡았고 두 눈은 파란색 깊은 구멍으로 변해 있었다.

엔라오우가 거리 한복판을 향해 짙은 가래를 내뱉고는 중얼중얼 혼잣말을 했다. 「지금 시간이 어떻게 됐지? 날이 밝지도 않았었는데 하늘이 왜 이렇게 어두운 거야? 지금은 확실히 알 수 있는 것이 아무것도 없네.」

왕 공장장은 소태나무 아래 앉아 솜옷을 벗고 등의 통통한 살에 햇볕을 쬐고 있었다. 그렇게 햇볕을 쬐다가 코를 골기 시작했다. 후쌴 영감이 등을 활처럼 구부리고서 입을 그의 귀에 가까이 대고 말했다. 「그게 언제 있었던 일인가? 기억나나? 핏빛 햇살 속에서 까마귀 두 마리가 날아다니다가 단번에 유리창에 부딪쳐 죽었지. 그때 자네는 없었어……. 누군가가 집에 자물쇠를 채웠지. 집 안은 정말로 축축했고 땅에는 말뚝버섯이 가득 자라나 있었어. 나는 절대 죽지 않아! 과거에는 불행을 만났었지. 그때 천장이 주저앉았지만 나는 늑대처럼 빠져나왔어. 그들은 전부 무척 기뻐했지. 내가 끝난 줄 알았던 거야. 흥! 나는 오늘 군중 앞에서 거미를 삼키는 묘기 공연을 할 작정이야.

그럼으로써 일부 사람들의 어리석은 생각과 망상을 제거
할 생각이지. 나는 이미 그들의 심리적 약점을 충분히 파
악하고 있거든.」

구청장은 S 기계 공장 사무동에서 자고 있었다. 한밤중
에 도처에 무언가가 무수히 날아다니면서 어지럽게 마구
부딪쳤다. 그는 이불로 머리를 단단히 감쌌다. 나중에는
천장에 균열이 생기더니 바닥으로 무너져 내렸다. 작은
산 같았다.

주 간사가 머리를 들이밀고 맑은 콧물을 들이마시면서
원망하듯 말했다. 「확실히 도둑놈 하나가 밤새 문밖에서
빗장을 열려고 만지작거렸어요. 저는 이미 몇 번이고 온
몸에 땀을 흘렸지요. 조금 전에는 신발을 던져 허실을 확
인해 봤어요. 꽉하고 신발이 문에 부딪치는 소리 못 들었
나요? 건물 안에 도대체 파리가 얼마나 있는 건지 모르겠
어요. 이렇게 한 무더기가 쌓여 있는 걸 보면서 정말 이상
하다는 생각이 들더군요.」

황니가는 한 번도 꿈에서 완전히 벗어난 적이 없었다.

그들은 꿈에서 거미를 보았고 파리를 보았다. 벽에 난
푸른 풀을 보았고 등이 화려한 뽕나무하늘소를 보았다.
작은 자줏빛 꽃을 보았고 여름날의 모든 것을 보았다. 박
쥐들과 누런 호박벌들이 그들의 머리 위를 어지럽게 날아
다녔고 날이 어두워질 때부터 코 고는 소리가 울려 퍼졌

다. 작은 집이 흔들릴 정도였다. 검은 먼지가 가득 쌓여 있던 창살이 흔들려 균열이 생겼다. 작고 창백한 해와 녹슨 쇠 같은 색깔의 구름 몇 조각이 한데 뭉쳐 망가진 우산 같은 지붕 위에 걸려 있었다.

그들은 꿈에서 깨어나면 항상 얼굴이 누렇게 변해 있었다. 두 눈이 부어오른 채 어리둥절한 표정으로 혼자 중얼거리듯 말했다. 「또 꿈에 뭘 봤는지 알아요? 이번에는 정말 끝장인 줄 알았어요. 밤새 머리에서 피가 흘렀거든요. 커다란 통으로 하나는 흘리지 않았을까요?」

「이번 꿈은 영원히 끝나지 않을 것 같았어요!」

「저는 때때로 중간에 꿈에서 깨고 싶었지만 한 번도 성공한 적이 없어요.」

「혈압이 이렇게 높은데 제발 꿈속에서 죽지는 말았으면 좋겠어요.」

「요와 이불에 곰팡이가 슬기 시작했어요. 저는 곰팡이 냄새를 맡으면 항상 꿈을 꾸고 싶어져요.」

「까마귀가 한 번 울 때마다 저는 꿈을 한 가지씩 꾸게 돼요. 황니가 어디에서 이렇게 많은 까마귀가 날아오는 걸까요?」

배가 썩은 고양이는 먼지 더미 속에서 뒹굴수록 더 흉측한 모습으로 변해 갔다. 아주 거대한 흙먼지가 한데 말려 버섯구름을 이루고 있었다.

「고양이가 벽을 무너뜨릴 작정인 것 같아요.」

「정말 흉악하기가 극한에 이르렀군요.」

「밤에 비가 오니까 땅에 말거머리가 가득 기어 올라왔어요. 저는 말거머리만 생각하면 온몸이 떨린다니까요. 맨 처음에는 똥통에서 회충이 기어 올라온 게 아닌가 하고 의심했지요. 곧 겨울이 올 텐데 어째서 밖에 아직 말거머리가 있는 걸까요?」

어떤 늙은이가 주부코를 작은 집 문틈으로 내밀더니 휘리릭 소리와 함께 콧물을 거리 한가운데로 발사하면서 욕을 해댔다. 「무슨 날씨가 이래? 사람 죽일 날씨로군!」 그러고는 다시 문을 닫고 빗장을 걸었다.

9월에 감방에서 돌아온 라오쑨터우가 S 기계 공장 철문에 목을 매 죽었다. 아무도 시신을 보지 못했지만 밤중에 그가 어두운 곳에서 말하는 소리가 들렸다. 「용포龍袍가 한 점 있습니다. 아주 확실한 용포예요. 동지 여러분, 이 문제에 대해 어떤 의견들을 갖고 계시나요? 지금의 형세는 어떤가요?」 달빛이 철문 위의 날카로운 철침을 비추고 있었다. 음산하고 처량했다. 무리를 이룬 박쥐들이 지상에 거대한 그림자를 던지고 있었다.

장수이잉의 남편은 한 발로 우리 위를 밟고서 허공을 바라보며 말했다. 「아주 오래전부터 이랬어요. 뭐든지 제가 잡는 것은 전부 이 우리 안에 집어넣었지요. 여러분의

견해는 어떤가요? 제가 계산을 해보니 고양이는 보름을 살 수 있고 쥐는 13일을 살더군요. 미친개는 아무리 가둬도 죽지 않아요……! 쳇! 그녀는 스스로 기어 들어온 거예요. 그녀가 날이 밝을 때까지 밤새 소란을 피운다는 것은 누구나 다 알고 있지요. 그녀가 꿈속에서 저의 음모를 알아채고서도 계속 꿈을 꾸고 있는 척하면서 천둥처럼 코를 곤다고 하더군요. 어제는 뜻밖에도 머리를 집어넣더니 나가지 못했어요. 그곳이 아주 좋다고 말하더군요. 집에 있는 것보다 더 안전하대요. 방금 저는 양치질을 하다가 칫솔을 배 속으로 삼키고 말았어요.」

「너무 먹는다고 병이 생기진 않겠지요? 네? 어떻게 예상하세요? 왜 제가 이렇게 잘 먹는 사람이 된 걸까요? 네? 생각해 보니 바오쯔 아홉 개가 문제였던 것 같아요! 그것도 한 끼에 말이에요. 구멍을 메우는 것 같았어요! 병아리를 가둬요! 거미가 알을 낳는단 말이에요!」 왕 공장장은 몹시 놀라 탄식하면서 갈수록 부풀어 오르는 뱃가죽을 걱정스러운 눈으로 내려다보았다.

어느 날 아침, 잠에서 깬 황니가 사람들 모두가 꿈에서 본 다리가 여덟 개인 영감을 기억하고 있었다. 영감은 온몸이 갑각甲殼이었고 배는 초록색이었다. 그는 꽃게처럼 거리 한가운데로 기어 나와 여덟 개의 가는 다리를 벌리고는 푸드득푸드득 똥을 누웠다. 어떻게 거리의 모든 사람들이 똑같은 꿈을 꾸었을까? 모두들 여기에 담긴 연유를 생각해 내지 못했다.

「이런 날씨에는, 정말 피곤해 죽겠어!」 모두들 문지방 위에 앉아 있었다. 기분이 몹시 안 좋았다. 음침한 눈으로 거리를 바라보고 있었다. 「까마귀 다섯 마리가 칭수이탕 밑에서 떠오르네요.」

「최근에 저는 쓰레기 처리장 문제에 대한 믿음을 잃었어요.」 치 아줌마가 낮은 목소리로 말했다. 「정말 공허해요. 저는 이곳의 기풍에 전혀 익숙해지지 않아요. 누군가 집 안에서 독사를 키우고 있어요. 여러분은 이 문제에 대해 깊이 생각해 본 적 있나요? 저의 가장 큰 약점은 정의감이 너무 강하다는 거예요. 어제 저는 잠시 의기소침해져 손을 거두고 전혀 신경을 쓰지 않으려고 했어요.」

「집 안 가득 먼지를 일으킨 것이 저를 숨 막혀 죽게 하려는 의도가 아니었나요?」 치얼거우가 어둠 속에서 말했다. 「이렇게 낮도 없고 밤도 없는 상황이 사람들을 죽음으로 내모는 수단이 아닐까요?」

아내가 침대 밑에서 탕탕 소리를 냈다. 「침대 밑에서 새끼를 낳는 쥐가 있어요. 풀을 제거하려면 뿌리부터 없애야 해요.」 그녀가 억지로 입을 꽉 다물고 시무룩한 표정으로 대답했다. 침대 밑은 춥고 축축했다. 그녀는 찍찍 소리를 따라 손을 뻗어 더듬었다. 겁이 나서 벌벌 떨면서도 계속 탐색해 들어갔다. 갑자기 손가락 끝이 마비되면서 아려 왔다.

남편이 또 말했다. 「이건 꼭 무덤 안에서 자는 기분이네. 알고 보니 난 이미 죽어 있었던 거야. 이건 정말 생각지 못한 일이야.」

「동지 여러분.」 라오위가 창밖의 창백하고 그림자 같은 작은 동그라미를 가리키며 말했다. 「올해의 해는 어째서 이런 모양이 된 건가요? 이건 크고 붉은 해가 아니잖아요? 정말 크고 붉었던⋯⋯. 도시 녹화는 어느 해의 일이었지요?」 그의 목소리가 점차 낮아지더니 속삭임으로 변했다. 「이 세상은 빠른 속도로 발전하고 있어요⋯⋯.」 대들보에서 쩍쩍 소리가 나자 라오위의 얼굴빛이 변했다. 「죽일 놈의 시멘트 기와 같으니! 몸을 피해야 하나?」

구청장이 거리 위를 지나갔다. 거리 가장자리에는 설파민 중독 환자 두 명이 누워 있었다. 그들은 누가 침을 더 높이 뱉는지 시합을 벌이고 있었다. 침이 자기 얼굴 위로 떨어지면 놀라서 비명을 질러 대면서 데굴데굴 굴렀다. 얼굴이 검게 변했다.

「우리는 속임수에 당한 것 같아요.」 구청장을 본 그들은 갑자기 조용해졌다. 「설파민이 우리의 목숨을 요구하고 있어요.」

「당신들은 누구요?」 구청장이 중독된 그들의 몸에 코를 가까이 대고 냄새를 맡았다. 여러 가지 재료를 섞어서 만든 쏸차이酸菜[18]의 달콤한 냄새가 났다.

「설파민 안약은 일종의 세균 무기예요.」그들은 구청장이 어째서 이 점을 중시하지 않는지 이상하기만 했다.

작고 창백한 동그라미가 왕쓰마의 집 지붕 뒤로 사라졌다.

그때 거미는 거미줄을 치지 않았다. 거미도 꿈을 꾸고 있었던 것이다.

류톄츄이가 썩어서 속눈썹이 없는 빨간 눈을 깜빡거리면서 쩡쩡 울리는 목소리로 물었다. 「오늘이 몇 월 며칠인가요? 제가 잠을 얼마나 오래 잔 건가요?」

「무슨 냄새가 나네요. 강에서 떠내려온 건가 봐요.」아내가 이렇게 말하면서 성냥개비로 이를 쑤셨다. 이를 쑤시면서 배 속에 들어 있던 것들을 토해 냈다.

머리 깎는 영감이 수탉의 목을 뗐다. 닭의 몸이 그의 손에서 버둥거렸다. 땅바닥이 온통 붉은 피로 물들었다.

파란 구름은 응결한 귀신들의 얼굴 같았다.

왕 공장장은 침대에 누워 천장 틈새에 코가 여러 개 나타나는 것을 보고는 침대 위에서 펄쩍펄쩍 뛰었다. 뛸 때마다 쇠지팡이로 찔러 대자 코들은 이내 사라졌다. 숨을 헐떡거리며 그가 다시 침대에 눕자마자 코들이 다시 나타

18 갖가지 채소를 살짝 발효시켜 만든 음식.

났다. 코끝에는 물집이 나 있었다. 하나같이 다른 모습이었다.

「왜 자꾸 찔러 대는 거예요?」 아내가 날카로운 목소리로 말했다. 「소리가 날 때마다 내가 놀란단 말이에요. 제가 보기에 당신 병은 눈에 띄게 좋아진 것 같지 않아요. 이번 겨울에 암 환자 두 명이 죽었대요. 그들 말로는 암은 낫지 않는대요.」

「이 세상은 아주 빠르게 발전하고 있어……」 라오위가 목소리를 높이면서 창문으로 들어가려고 했다.

주 간사가 말했다. 「제가 찾아냈어요. 알고 보니 그 도둑놈은 바람이었어요. 저는 방 안에서 하루 종일 왔다 갔다 했지요. 가위로 머릿속을 자르는 것처럼 두통이 심했어요. 이처럼 살인적인 바람은 아주 오래 불겠지요?」

구청장은 긴 잠옷 바지를 들고 검은 얼룩이 가득한 거울로 왼쪽을 비춰 보고는 큰 소리로 외치기 시작했다. 「이쪽 귀가 이미 까맣게 변했어! 이보게, 이쪽의 초록색 점을 좀 보라고……. 사태가 어쩌다 이 지경까지 이른 건가? 에이, 이보다 더 심한 낭패가 없네. 썩은 배추 같아! 들리는 소문에 의하면 원인 불명의 독창이라고 하더군! 쯧쯧, 원인을 모르겠어……. 이곳은 말이야, 눈에 보이는 그대로 정말 더러워. 자네가 변소의 위생을 좀 더 철저히 해야 할 것 같네. 이봐, 내가 어제 자네랑 협의했던 그 큰 문제들에 관해 좀 더 깊이 생각해 보았나? 마음속에 구체적인 계획이 있겠지? 어떤 동지들은 승리에 취해 머리가 혼미해졌어. 옛 혁명 근거지의 전통이 아직도 필요할까? 무슨 생각이 좀 있나?」

「쉿!」 주 간사가 펄쩍 뛰면서 손짓을 하고는 음침한 얼굴로 귀를 문틈에 가까이 가져다 댔다. 「또 이 죽일 놈의 바람이네요……」 그는 처량한 표정으로 고개를 가로저었다. 「제 발에 파란 닭 눈이 하나 났어요. 제가 칼날 두 개를 잘랐어요. 돌처럼 단단하게 되었지요.」

「부녀자를 우리에 가둔 일은 조사가 어떻게 진행되고 있나?」 구청장이 귀를 만지면서 경계하는 표정으로 창밖을 내다보았다.

「지금 한창 군중들을 대상으로 조사 활동을 준비하고 있습니다. 어떤 사람이 제게 사실 우리에 갇힌 사람은 죽은 후싼 영감이라고 말해 주더군요. 도대체 어떻게 된 일인지 모르겠습니다. 요컨대 황니가의 문제들은 완전히 밝히는 것이 불가능해요. 저는 지금 이를 도덕 교육의 범주로 수용해야 하는 것은 아닌지 고려하고 있습니다. 과거에도 제가 한번…… 강조하지 않았습니까? 옛 혁명 근거지의 우수한 전통을 크게 선전하고 확대해야 한다고 말이에요.」

썩은 띠 풀 위에 이름 없는 작은 자줏빛 꽃이 피어 희미하고 차가운 빛을 토하고 있었다.

도깨비불이 정처 없이 떠다니고 있었다. 수많은 눈[眼]들이 허공에 떠다니는 것 같았다.

추워서 몸이 마비된 모기들이 비실비실 창살 아래로 날아다녔다.

어떤 악몽이 검은색 외투처럼 희미한 별빛 아래 떠다녔다.

누군가 녹이 탱탱 슨 쇠 삽으로 쓰레기 속에서 이리저리 삽질을 하면서 귀를 찌르는 소음을 냈다.

소금 냄새를 동반한 화장장의 연기 먼지가 떨어져 내렸다.

등불 없는 공중변소 안으로 그림자 하나가 번쩍하고 들어갔다. 오줌이 나무판자 위를 때리는 소리가 들려왔다.

「항상 꿈에 풍뎅이가 나와요. 항상 꿈에 풍뎅이가 나온다고요……」 쑹 아줌마가 이불 속에 들어앉아 원망을 늘어놓았다. 이불 위로 새끼 쥐 한 마리가 기어오르고 있었다. 「온몸이 아파 죽겠네! 왜 S 기계 공장에서는 아무 소리도 나지 않는 건가요? 네? 그게 어느 해의 일이지요?」

후싼 영감이 거리 한구석 어두운 곳에서 눈을 가늘게 뜨고 작은 목소리로 설명했다. 「예전에 한동안 해가 불 같던 때가 있었어. 도처에 악취를 풍기는 생선과 썩은 새우가 널려 있었지. 침대 밑에서는 구더기가 자랐어. 해 아래 모든 사물에서 기름이 흐르고 거품이 났지. 우리는 항상 해 안에서 잠을 자면서 한 번도 솜옷을 벗지 않았어. 계속 햇볕을 쬐고 있다 보니 몸에서 땀이 나고 무지무지 더웠지……. 그게 어느 해의 일인지 한번 알아맞혀 봐.」

치얼거우 아내가 꽃게처럼 집 안을 이리저리 기어다니면서 못 쓰는 천과 해진 신발을 전부 모아 벽에 난 틈새(그 틈새는 이제 개가 드나들 수 있을 정도로 넓게 벌어져 있었다)를 막고 있었다. 그녀는 끊임없이 이런저런 물건에 부딪치면서 바닥에 무겁게 넘어졌지만 이를 앙다물고 계속 움직였다. 해가 뜰 무렵, 그녀의 옷은 완전히 땀에 젖어 있었다. 잠시 후 그녀는 벽 한쪽 구석에 몸을 기대고 잠이 들었다. 꿈속에서 박쥐 한 마리가 그녀의 목을 물었다. 「도처에 이런 박쥐 천지네!」 그녀가 꿈속에서 소리쳤다. 「전부 어디서 나온 거야?」

「왕쓰마가 돌아왔다.」 미치광이 양싼이 하품을 한 번 하고는 거리의 발걸음 소리에 자세히 귀를 기울였다.

희미한 별빛 아래서 한 가지 악몽이 떠다녔다. 검고 공허한 외투였다.

공중에서 뼈를 씹는 소리가 들려왔다.

갑자기 부엉이가 울기 시작했다. 너무 놀라서 넋이 나간 것 같았다.

시신을 소각하는 화로의 재가 비처럼 떨어져 내렸다.

죽은 쥐와 박쥐가 땅바닥 위에서 썩어 가고 있었다.

창백하고 그림자 같은 작은 동그라미가 솟아올랐다. 썩은 우산 같은 작은 집의 상공으로 솟아올랐다.

그 어린아이의 얼굴에 뱀 껍질처럼 비늘이 가득했다. 그가 손을 뻗자 손에도 비늘이 가득 돋아났다. 손등 한가운데에는 암홍색 궤양이 나 있었다.

「암 환자가 정말 많이 죽었어요. 독살된 쥐들처럼 마구 쓰러졌어요.」 그가 내게 알려 주었다. 그러고는 곪아서 빨갛게 부은 눈꺼풀을 껌뻑이면서 정신을 한데 모아 이 사이에 낀 흙먼지를 씹었다.

「그런 거리는 없어요.」 그가 마지막으로 말했다. 목소리가 공허하고 무미건조했다.

그가 철문을 벗어나자 박쥐 사체 하나가 픽 하고 그의 발밑에 떨어졌다. 철문은 일찌감치 부식되어 무너져 있었다. 나는 화장장의 기름 연기 냄새를 맡았다.

나는 앞을 향해 나아갔다. 내 발자국이 먼지 위에 찍혔다. 길쭉하고 축축한 걸음이었다. 아무 의미도 없는 것 같기도 하고 고의적인 것 같기도 했다.

내 등에서 기름이 흘러내리고 있었다. 덥고 건조한 공기의 흐름이 엄청난 규모의 모기떼를 몰고 왔다. 하수도 안의 물에서는 커다란 거품이 일었다. 나는 손을 뻗어 머리칼을 만져 보았다. 머리칼에서 바삭바삭 메마른 소리가 났다. 불이 붙을 것 같았다.

나는 일찍이 황니가를 찾아간 적이 있었다. 아주 긴 시간 동안 찾았다. 몇 세기에 걸쳐 찾은 것 같았다. 꿈의 부스러기가 내 발 옆에 떨어졌다. 죽은 지 이미 오래인 꿈이었다.

석양과 박쥐, 풍뎅이, 애기괭이밥. 오래된 지붕은 아득하고 다른 모습이었다. 석양이 비쳤다. 이 세상은 무척 상냥하면서도 부드러웠다. 창백한 나무 끝에서 푸른 연기가 피어올랐다. 연기의 냄새는 정말 이상했다. 저 멀리 연기 구름 같은 먼지가 가득 차 있었다. 먼지는 불꽃처럼 작고 파란 꽃을 감싸고 있었다. 파란 꽃은 보일 듯 말 듯 미세하게 뛰어오르고 있었다.

상징으로 그려 낸
부조리한 세기말 풍경화

　소설가는 완벽하고 아름다운 허구를 통해 역사가들이 꿈꾸는 현실 혹은 진실에 도달하고 문제의 발견에 탁월한 독자들은 소설을 통해 역사의 진상을 유추한다. 중국 작가 옌롄커閻連科의 말이다. 찬쉐의 데뷔작으로 알려진 『황니가』가 완전히 아름다운(사실은 구토가 나올 정도로 지저분한) 허구인지 아니면 그로테스크한 허구의 탈을 씌운 고통스러운 역사와 현실의 은유인지는 단정하기 어렵다. 판단은 독자들의 몫이다. 언제나 소설의 최종적인 소비자이자 해석자는 독자들이다.

　『황니가』는 순수하게 시적 언어로만 이루어진 세계 종말의 풍경화라는 것이 상당수 중국 평론가의 진단이다. 『황니가』에 등장하는 황니가라는 거리는 실존하는 공간이다. 이 소설은 그 거리와 관련된 수많은 인물과 사물을 묘사하고 있다. 공간은 실존하지만 인물과 사물은 전부 허구다. 황니가의 사물은 하나같이 더럽고 지저분하다. 심지어 하늘에서 내리는 비마저도 더러운 잿빛이다. 우리의 일상에서 만날 수 있는 온갖 더러운 사물이 이 한 편의 소설에 거의 다 등장하기 때문에 비위가 약한 독자들은 책을 읽다가 입을 틀어막고 화장실로 달려가게 될지도 모른다. 일관된 스토리의 전개도 없이 간단한 인물과 단순한 이야기의 파노라마로 이어지는 소설의 대의는 점진적인 소멸을 향해 나아간다. 그래서 슬픈 이야기일 수밖에 없다.

소설은 아주 완고하게 톱니바퀴처럼 치밀한 논리에 따라 전개된다. 동시에 소설의 서두와 중간, 결말 부분을 관통하는 커다란 서사의 줄기가 있지만 중간에 연결의 고리가 끊어지는 부분이 적지 않다. 동문서답이나 환경과 인물의 돌발적인 전환이 논리에 충실한 스토리텔링에 익숙한 독자들의 집중적인 열독과 몰입을 방해할지도 모른다. 그럼에도 그러한 전환과 비약, 비논리성은 이 소설의 가장 큰 서사적 특징이자 장점이다.

『황니가』의 전체적인 방향은 죽음과 소멸이다. 사라지기 위해 존재하는 인간의 본질적인 조건에 무력할 수밖에 없는 우리의 모습을 반영한 것일 수도 있고 문화 대혁명의 폐해와 상흔이 그대로 남아 있던 중국 사회의 정치적 현실에 대한 은유일 수도 있다. 실제로 〈10년 대동란〉으로 규정된 문화 대혁명 과정과 그 직후에 중국 사회가 노정했던 혼란과 폭력, 부조리와 절망의 양상은 이 소설의 서사에서 크게 벗어나지 않았다.

찬쉐의 이처럼 난해하면서도 섬세한 묘사는 일반적인 소설의 묘사와는 전혀 양상이 다르다. 찬쉐 소설의 가장 큰 특징은 지나칠 정도로 풍부한 이미지의 운용과 비논리적인 사유의 변화 및 비약성이다. 이러한 특징으로 찬쉐는 기존의 전통적인 소설의 서사와 사유의 틀을 거부하고 처음부터 자기만의 독특한 전형성을 구축하고 있다.『황니가』에 등장하는 사람들은 하나같이 주어진 운명을 피하지 못한다. 하지만 그들은 매 순간 죽음의 힘에 대해 목숨을 건 싸움을 전개한다. 이는 작가인 찬쉐 자신이 처했던 정치적, 문화적 곤경일지도 모른다. 찬쉐의 서사는 이처럼 대단히 황당무계하고 기상천외하다. 그리고 그 배후에는 우리의 인식의 망에 잡히지 않는 상징적 의미들이 파편처럼 깔려 있다. 때문에 그녀의 작품을 온전히 이해하는 것은 쉬운 일이 아니다. 독자들을 미혹시키기도 하고 무슨 말인지 몰라 어리둥절하게 만들기도 한다. 해석 자체가 쉽지 않다. 작가에게 〈신비한 무녀巫女〉라는 별명이 따라다니는 이유이기도 하다. 하지만 이처럼 괴이하고 화려한 이미지들이 이루는 거대한 소용돌이 속에서 독자들은 깊은 사유의 심연 속으로 빠져들 수 있다. 개인과 사회의 소외, 개인과 개인의 운명 사이에 놓여 있는 거대한 불통의 강 혹은 높은 담장, 진정한 소통이 배제된 완전한 타자들의 세계가 갖는 냉혹함과 잔인함은 우리가 반드시 체감하고 극복해야 하는 현실의 또 다른 모습인지 모른다.

『황니가』가 구현하고 있는 다양한 이미지의 착종과 교란에는 다량의 상징과 암시가 운용되고 있고 모호한 인물의 이름과 호칭, 의식의 흐름 같은 대화와 심리 묘사, 환경과 장면의 갑작스러운 전환과 사건의 교차 등이 작품의 서두부터 결말까지 쉬지 않고 이어진다. 그리고 글자 하나하나와 각 행 사이에 무수한 사유의 함정이 도사리고 있어 정신을 바짝 차리고 읽어야만 이야기의 입구와 출구를 제대로 찾아 온통 복잡한 이미지들로 구성된 미로를 빠져나올 수 있다. 이야기기 다 끝나고 나면 그제야 그녀가 말하고자 하는 주제가 떠오르게 된다. 다름 아니라 죽음과 소멸이다.

찬쉐는 이처럼 한 획 한 획 정교하게 인성과 자아, 생명에 대한 철학적 사유를 조탁해 내는 동시에 문학예술 자체에 대한 놀라울 정도의 집착과 탁월한 수사력을 드러내기도 한다. 이 작품에 나타나는 그녀의 수사와 상상력은 중국의 어느 작가에게서도 찾아보기 어려운 고도에 도달해 있다. 그녀가 문자의 장인이라고 불리는 이유이기도 하다. 그녀가 문자로 짜내는 더없이 정교한 추상화의 자수 한 땀 한 땀에는 인간 존재의 비애와 한계에 대한 서글픈 인식이 담겨 있다. 요컨대 그녀의 실험적 글쓰기는 중국 당대 문학의 새로운 하늘을 열었다고 해도 과언이 아니다. 중국 독자들은 종종 찬쉐의 작품을 읽는 일을 두고 자신을 상대로 주먹다짐을 하는 것으로 비유하곤 한다. 두피에 잔뜩 힘을 주고 미지의 영역을 맞이할 단단한 각오를 갖춰야만 놀라운 문학적 사유의 격류 속에서 어렵사리 물살을 벗어나 수면 위로 떠오를 수 있고, 숨을 헐떡이면서 주위를 둘러본 뒤에야 자신이 이미 먼 거리를 표류해 왔고 근육의 힘이 소진되었음을 알게 된다. 바닥이 보이지 않을 정도로 캄캄한 길을 반딧불의 조명에 의지해 걷다 보면 밤이 반딧불보다 더 아름답다는 사실을 깨닫게 되는 것으로 비유하는 사람도 있다. 이런 느낌들이 우리가 문학을 통해 체험할 수 있는 짜릿한 전율 같은 아름다움이자 매력이 아닐까?

이 두서없이 장황한 글은 어디까지나 첫 번째 독자이기도 한 역자의 개인적 감수이자 번역 과정에서 체험한 고통의 토로이다. 무수한 상징들에 대한 치밀한 분석을 거치지 않은 일천한 반응일 수밖에 없다. 이 책을 접하는 독자들 모두 문제의 발견에 탁월한 분들이기를 기대한다.

2023년 7월
김태성

옮긴이 **김태성** 서울 출생. 한국외국어대학교 중국어과를 졸업하고 같은 학교 대학원에서 타이완 문학 연구로 박사 학위를 받았다. 중국학 연구 공동체인 한성 문화 연구소(漢聲文化硏究所)를 운영하면서 중국 문학 및 인문 저작 번역과 문학 교류 활동에 주력하고 있다. 중국의 문화 번역 관련 사이트인 CCTSS 고문, 『인민문학』한국어판 총감 등의 직책을 맡고 있다. 『인민을 위해 복무하라』, 『사람의 목소리는 빛보다 멀리 간다』, 『딩씨 마을의 꿈』, 『공산』, 『마르케스의 서재에서』, 『일광유년』 등 130여 권의 중국 저작물을 우리말로 옮겼다. 2016년 중국 신문출판광전총국에서 수여하는 〈중화 도서 특별 공헌상〉을 수상했다.

황니가

발행일 2023년 8월 5일 초판 1쇄
       2024년 10월 15일 초판 3쇄

지은이 찬쉐
옮긴이 김태성
발행인 홍예빈
발행처 주식회사 열린책들

경기도 파주시 문발로 253 파주출판도시
전화 031-955-4000 팩스 031-955-4004
홈페이지 www.openbooks.co.kr 이메일 literature@openbooks.co.kr

Copyright (C) 주식회사 열린책들, 2023, *Printed in Korea.*
ISBN 978-89-329-2343-7 03820